Me Leva para Casa

Também de Carrie Elks

Um verão na Itália
Um amor de inverno
Uma surpresa na primavera
Uma luz no outono

CARRIE ELKS

Me Leva para Casa

Tradução
Cláudia Mello Belhassof

1ª edição
Rio de Janeiro-RJ / São Paulo-SP, 2024

Título original
Take Me Home

ISBN: 978-65-5924-191-0

Copyright © Carrie Elks, 2020
Edição publicada mediante acordo com Bookcase Literary Agency
Os direitos morais da autora foram assegurados.

Tradução © Verus Editora, 2024
Direitos reservados em língua portuguesa, no Brasil, por Verus Editora. Nenhuma parte desta obra pode ser reproduzida ou transmitida por qualquer forma e/ou quaisquer meios (eletrônico ou mecânico, incluindo fotocópia e gravação) ou arquivada em qualquer sistema ou banco de dados sem permissão escrita da editora.

Verus Editora Ltda.
Rua Argentina, 171, São Cristóvão, Rio de Janeiro/RJ, 20921-380
www.veruseditora.com.br

CIP-BRASIL. CATALOGAÇÃO NA FONTE
SINDICATO NACIONAL DOS EDITORES DE LIVROS, RJ

E42m

Elks, Carrie
  Me leva para casa / Carrie Elks ; tradução Cláudia Mello Belhassof. - 1. ed. - Rio de Janeiro : Verus, 2024.   (Os irmãos Heartbreak ; 1)

  Tradução de: Take Me Home
  ISBN 978-65-5924-191-0

  1. Romance inglês. I. Belhassof, Cláudia Mello. II. Título. III. Série.

24-93012
  CDD: 823
  CDU: 82-31(410.1)

Gabriela Faray Ferreira Lopes - Bibliotecária - CRB-7/6643

Revisado conforme o novo acordo ortográfico.

Seja um leitor preferencial Record.
Cadastre-se no site www.record.com.br e receba informações sobre nossos lançamentos e nossas promoções.

Atendimento e venda direta ao leitor:
sac@record.com.br

1

O auditório vibrava com gritos, assobios e uivos. A batida de pés no piso pegajoso de ladrilhos ecoava com o som do sangue correndo nos ouvidos de Gray Hartson. Ele ficou parado por um instante, com a guitarra pendurada no ombro, as mãos segurando o microfone, e se deixou ser tomado por aquilo.

Era o ápice. O barato que nunca durava muito. Mas ele o aproveitava enquanto durava. Pelo tempo que durava.

— Sydney, foi incrível. Obrigado e boa noite. — Mesmo com o fone de retorno no ouvido, ele não conseguia ouvir a própria voz por causa do barulho da multidão. Parecia que eles não iam parar tão cedo. Ele levantou a mão e se virou para ir embora, mas o barulho aumentou, envolvendo-o como um cobertor enquanto ele saía do palco.

Nas coxias, um técnico tirou os fones de Gray, o outro levantou a guitarra para tirá-la e colocá-la com cuidado num suporte. Gray pegou uma toalha das mãos de alguém e secou o suor do rosto, depois pegou uma garrafa de água e bebeu tudo num gole só.

— Vão ter que acender as luzes se quiserem que eles saiam — disse Marco, seu empresário, sorrindo para Gray enquanto eles seguiam pelo corredor em direção aos camarins. — Três bis. Três! Graças a Deus que nós ensaiamos todas. Eles te amaram. — Houve uma época em que isso o teria feito se sentir o máximo. Agora ele só estava exausto.

Gray abriu a porta do camarim com um empurrão, fazendo cara de poucos amigos para todas as pessoas que estavam lá dentro. Os caras da Fast Rush, a banda promissora que abria o show dele na última parte da turnê mundial, já estavam no terceiro — ou talvez quarto — drinque, cercados de um grupo de mulheres dando risadinhas. Ele reconheceu os caras do setor de artistas e repertórios da gravadora e várias outras tietes que estavam transformando o camarim numa festa. Tentou não suspirar.

Não era culpa deles que o baixo astral já estivesse batendo.

— Ai, meu Deus! É o Gray Hartson! — Uma das garotas que cercava a Fast Rush o notou. De repente a banda de apoio foi esquecida porque as mulheres foram para cima dele.

— O outro camarim está vazio? — perguntou Gray a Marco, em voz baixa.

— Está.

— Tudo bem, vou pra lá.

O segundo camarim era usado pelos músicos locais que tinham trabalhado na parte final da turnê. Ele se virou para sair, mas uma das garotas segurou seu braço. Ela colocou alguma coisa no bolso da sua calça jeans, e ele se encolheu com a pressão dos dedos dela nos seus quadris.

— Uma coisa pra te deixar feliz — sussurrou ela, com os olhos brilhando.
— E o meu número. Me liga.

Marco fechou a porta do primeiro camarim e revirou os olhos.

— Eu falei pra não trazerem ninguém pros bastidores. Desculpa, cara.

— Tudo bem. É a primeira grande turnê deles. — Gray deu de ombros enquanto eles seguiam pelo corredor. — Você pode dar um jeito de alguém ficar sóbrio pra cuidar deles? E pra garantir que eles voltem pro hotel em segurança?

Marco fez que sim com a cabeça.

— Claro.

— Se tiver algum prejuízo, bota na minha conta.

Eles chegaram ao segundo camarim, e quando Gray empurrou a porta, Marco saiu para cuidar da banda de apoio, resmungando alguma coisa sobre pedir um carro. Ao contrário do primeiro camarim, aquele estava quase vazio, exceto por um dos guitarristas de Gray, que estava bebendo um copo de suco de laranja.

— Você não vai comemorar com os outros? — perguntou Gray ao homem mais velho enquanto pegava outra garrafa de água.

— Não. Vou voltar logo pro hotel. Minha cama está me chamando. — Os olhos de Paul se estreitaram. — E você? Eu não esperava te ver por aqui.

As turnês criam aliados estranhos. A única coisa que Gray tinha em comum com esse australiano grisalho de cinquenta e tantos anos era o fato de ambos tocarem guitarra. Apesar disso, nas últimas duas semanas eles tinham se dado bem, conversando baixinho no fundo dos ônibus e aviões enquanto o resto da equipe gritava e ria na parte da frente.

— Não tenho mais idade pra festas.

Paul deu uma risadinha.

— Você tem trinta e um. É um bebê.

— Diz isso pros meus músculos. E pros meus ossos. — Gray girou a cabeça para alongar a torção no pescoço. — De qualquer maneira, tenho um voo pra pegar amanhã. Não posso perdê-lo.

— Você vai ver a sua família, certo?

— Isso. — Gray se recostou no sofá de couro e cruzou os pés sobre a mesa de centro na sua frente. — Exatamente.

— Lugar engraçado. Hartson alguma coisa... — Paul sorriu. — Poucas pessoas que eu conheço têm uma cidade inteira com o próprio nome.

— Hartson's Creek. E não é com o meu nome. Provavelmente era o nome do avô do meu tataravô ou alguma coisa assim. — As sobrancelhas de Gray se juntaram ao pensar na pequena cidade da Virginia onde ele tinha crescido. O mesmo lugar ao qual ele não voltava desde que tinha saído de lá, mais de uma década antes.

— Como é que eles chamavam você e seus irmãos? — perguntou Paul, com um sorrisinho surgindo nos lábios. — *Os Irmãos Heartbreak*? — Ele tinha ouvido uma das entrevistas de Gray enquanto estava no ônibus e não tinha dado trégua para o passado dele desde então.

— Nem me lembra. — Gray balançou a cabeça. Ele não conseguia lembrar quem inventara o maldito nome, mas tinha grudado neles como uma supercola. Ele e os três irmãos, Logan, Cam e Tanner, reviravam os olhos toda vez que ouviam isso enquanto cresciam. Sim, eles eram quatro adolescentes bonitos e fortes crescendo numa cidade pequena, mas aquele apelido idiota sempre os irritara.

Não tanto quanto irritava a irmã mais nova deles, Becca. Ela odiava ouvir as amigas descrevendo os irmãos como "gostosos".

Alguma coisa estava incomodando na altura da coxa de Gray. Ele franziu a testa e enfiou a mão no bolso, descobrindo o que a mulher tinha colocado ali. Tirando o objeto, ele viu que era um saquinho transparente de plástico, com um pó branco dentro. Ela havia escrito o nome e número de telefone com caneta azul na parte externa.

— Isso é o que eu acho que é?

— Ahã. — Gray jogou o saquinho na lata de lixo e apoiou a cabeça na parede. Houve uma época em que ele estaria festejando como louco depois do show. Conforme seu estrelato crescia, ele tinha sido como uma criança numa loja de doces por um tempo, devorando os frutos da fama como se fosse impossível matar a fome.

Depois do barato, porém, vinha a queda. Acordar em várias camas desconhecidas, com a cabeça latejando, o corpo com tantas substâncias químicas que ele poderia montar um laboratório. Tudo isso seguido por uma ressaca de três dias, que custava à gravadora milhares de dólares em tempo de estúdio desperdiçado e um show perdido no programa do Jimmy Kimmel que o fizera se sentir um merda.

Não precisou de muita coisa para ele ficar limpo. Ele era um idiota, não um viciado. Marco tinha conseguido um estúdio para alugar num ponto isolado do Colorado, e ele mergulhara de cabeça até terminar o segundo álbum. O álbum que o fizera passar do estágio de mais ou menos famoso para o de estrela.

Meu Deus, como ele estava cansado. Não era só a turnê — embora ela fosse cansativa em si. Era tudo. Tentar trabalhar em músicas para o próximo álbum, falar com Marco sobre o tipo de turnê que queria para promover o novo trabalho e lidar com as ligações da irmã falando que o pai estava no hospital com pneumonia.

Parecia que toda a sua energia tinha sido sugada. Ele queria dormir por meses seguidos.

— Seu carro está aqui — disse Marco, abrindo a porta do camarim. — Você só precisa se despedir de algumas pessoas antes. — Ele franziu a testa para Gray, largado no sofá. — Ei, você está bem? Ainda não tomou banho.

— Vou tomar no hotel. — Gray se levantou e girou os ombros.

Paul se aproximou para apertar a mão dele.

— Foi um prazer trabalhar com você.

— Pra mim também. Pega leve. Curte a família. — Gray tinha visto todas as fotos da esposa de Paul, dos três filhos e dos seis netos.

— É isso que eu pretendo. Espero que o seu pai melhore logo.

— Isso me lembra — disse Marco, levando Gray para fora do cômodo. — Eu falei com a sua irmã mais cedo. Seu pai teve alta e está se recuperando em casa. Ela queria os detalhes do seu voo pra saber quando você chega.

— Ela podia ter me ligado.

Marco riu.

— Você sabe a que horas o seu voo chega ao Aeroporto Dulles?

Gray franziu a testa.

— Não.

— Foi por isso que ela ligou pra mim. Eu também falei pra ela que você ia ficar lá por um tempo, como a gente conversou. Pra te dar a chance de escrever umas músicas em paz. Não existe lugar melhor que o lar, certo?

Lar. Gray engoliu em seco ao pensar na imponente construção vitoriana com gramado impecável que levava até o riacho que dava nome à cidade. A casa do pai dele. Aquela que ele abandonara assim que pôde e para a qual tinha jurado nunca mais retornar.

E ali estava ele, prestes a retornar pela primeira vez em mais de dez anos. Para o lugar onde seu pai ainda morava, junto com a sua tia Gina e a sua irmã, Becca.

Depois de uma conversa rápida com o pessoal da gravadora, eles foram para a saída. O ar frio estava entrando pelas portas abertas, lembrando a ele que, embora fosse primavera nos Estados Unidos, a Austrália estava passando lentamente do outono para o inverno. Um segurança estava esperando por eles na porta, e ele falou no fone de ouvido assim que viu Gray se aproximando.

— Sr. Hartson — disse ele, se virando para cumprimentá-lo. — Se o senhor me seguir, vou garantir que chegue em segurança ao seu carro.

A turnê tinha acabado. Estava na hora de começar a longa jornada para casa. Da arena até o hotel, depois para o aeroporto e para os Estados Unidos. A parada final era em Hartson's Creek.

Enquanto acompanhava o segurança pela porta e saía na noite escura de Sydney, ele sentiu o estômago se contrair ao pensar no lugar para onde estava indo.

A multidão de fãs reunida nos fundos da arena rugiu quando ele saiu, as vozes berrando quando começaram a entoar o nome dele. Gray levantou a mão para dar tchau.

Estava na hora de ir para casa.

— De acordo com o GPS, a gente deve chegar lá em cinco minutos — disse o motorista quando eles passaram pelos limites da cidade de Hartson's Creek. A placa surrada pelo clima dizia que a população ainda era de 9.872, exatamente o mesmo número de quando ele tinha ido embora.

Gray virou a cabeça para olhar pela janela. Sentiu um frio na barriga, porque o local parecia muito familiar. As casas vitorianas pintadas, os gramados compridos e as estradas largas e surradas pelo tempo. A cidade tinha parado na última década? Até as lojas pareciam as mesmas. Quando pararam num sinal vermelho, ele encarou a vitrine da Confeitaria da Bella, admirando os rolinhos de canela e os donuts que ele costumava adorar quando criança. Ele quase conseguia sentir o gosto daquelas delícias amanteigadas e cheias de açúcar. E, na loja ao lado, como sempre foi, ficava a Lanchonete do Murphy, local do seu primeiro show — aquele que levara à terrível Briga do Retorno em 2005. Seus lábios se contorceram com a lembrança da carnificina. Com o jeito como Ashleigh Clark tinha passado pomada no seu olho cortado e no seu lábio rachado, dizendo que ele estava mais gostoso do que nunca depois de ter participado de uma briga.

Ele não se sentiu tão gostoso na manhã seguinte, quando o pai recebeu a conta pelos danos provocados na lanchonete. Nem quando passou o verão seguinte limpando cada centímetro da cozinha gordurosa de Murphy. Ele estremeceu com a lembrança.

— Chegamos. — O motorista parou o carro.

Gray olhou pela janela de novo. Eles estavam a uns noventa metros da entrada da garagem da casa da família, e ele não se importava com isso.

— Podemos esperar aqui um minuto? — perguntou ele.

O motorista deu de ombros.

— É o senhor que manda. — Ele desligou o motor e se recostou no banco enquanto Gray olhava para as sebes verdes que limitavam as terras do pai. Ele não conseguia ver a entrada da garagem, mas sabia que estava lá. O cascalho cinza e vermelho que fazia um barulho infernal quando a pessoa tentava se esgueirar até a casa depois do horário estipulado. A entrada levava à casa que ele considerava imponente. Telhado vermelho alto, paredes brancas com tábuas e uma cúpula no centro que só dava para alcançar com uma escada bamba.

A subida sempre valia a pena. Porque, quando se chegava ao topo, as claraboias mostravam uma vista de trezentos e sessenta graus de Hartson's Creek. A oeste dava para ver os campos que se estendiam num carpete verde até as montanhas Shenandoah, bem distantes. A leste havia o azul reluzente do riacho, que levava às fazendas de trigo que ficavam da cor de ouro lustrado quando chegava o outono.

A casa não parecia mais tão branca. As tábuas estavam descascando e deterioradas, chegando a ficar só na madeira em alguns pontos. Mesmo dali ele conseguia ver que algumas ripas tinham deslizado do telhado. Mais do que isso, a construção parecia pequena. Tão menor do que ele se lembrava. Como uma versão em miniatura.

Ele balançou a cabeça, o lábio se curvando para cima. Casas não encolhiam. Talvez ele tivesse crescido.

Dois minutos depois, Gray estava parado na base da entrada da garagem, levantando a mão para se despedir enquanto o sedã preto fazia a curva para sair da Lawson Lane. Até o ar tinha um aroma diferente. Frio, com um leve toque de milho vindo dos campos. E mais uma coisa. Alguma coisa velha. Como se cada molécula de oxigênio contivesse lembranças dos séculos passados desde a fundação de Hartson's Creek.

— Gray. Você chegou! — A porta da frente se abriu com rapidez, e um borrão rosa e azul correu na direção dele. Ele só teve tempo para deixar a guitarra e a mala no chão antes que Becca pulasse nos seus braços, com o cabelo escuro voando selvagem atrás dela. — Eu achei que era você — disse ela assim que ele a pegou. — Vi um carro parado na estrada. A tia Gina me deve cinco dólares.

— Vocês apostaram isso? — Gray abriu um grande sorriso. Sempre ficava assim quando ele via a irmã mais nova. Gina a tinha levado algumas vezes para ver os seus shows e ele sempre ficava satisfeito de vê-la.

— O wi-fi caiu de novo. A gente tem que se distrair de algum jeito. — Becca deu de ombros como se aquilo não fosse grande coisa. — Por que você não veio naquele carrão até a nossa casa? A gente teria alguma coisa pra ficar olhando que nem bobo.

— Foi por isso que eu não vim com o carro até a nossa casa — disse Gray, sinceramente.

Becca se afastou do abraço e pegou a mão dele.

— Vem, está todo mundo te esperando lá dentro.

— *Todo mundo?* — Ele ignorou o frio no estômago.

— Bom, eu e a tia Gina. E o Tanner está passando uns dias aqui — disse ela, se referindo ao irmão mais novo de Gray. — O Logan e o Cam não conseguiram vir, mas eles vêm pro aniversário do Tanner. — Ela deu um sorriso largo. — Todos os Hartson num lugar só. As pessoas não vão nem saber o que as atropelou.

— E o papai? Ele está lá dentro?

— Ele está na cama. — A voz dela falhou. — A recuperação dele está lenta. — Ela esperou ele pegar as coisas antes de puxá-lo para subir os degraus da frente, pulando o do meio, que tinha um buraco na tábua. Quando ele chegou ao topo, viu Tanner em pé na porta, casualmente apoiado no batente. Com vinte e oito anos, Tanner era o mais novo dos quatro irmãos, mas ainda era quatro anos mais velho que Becca.

— O viajante está volta — disse ele, com a voz arrastada, enquanto Gray chegava à porta e apoiava a guitarra nas tábuas do revestimento externo. — Que isso, não tem nenhum paparazzo? Nenhuma fã gritando? — Ele diminuiu uma oitava na voz. — Nenhuma tiete?

— Me desculpa por te decepcionar. — Gray puxou o irmão para um abraço de urso. — O que você está fazendo aqui? Achei que estivesse em Nova York.

Tanner deu de ombros, levantando a mão para tirar o cabelo ruivo dos olhos.

— Ouvi dizer que você vinha. E vim pra ver as fãs.

Becca franziu o nariz.

— Você é nojento — disse ela, batendo no braço dele. — Vocês dois.

Gray levou as mãos até a frente do peito.

— Ei, eu não falei nada.

— Ele não precisa falar nada. Elas voam em cima dele. — Tanner sorriu. — Ei, Becca, já te contei daquela vez que eu vi o Gray em Vegas?

— Que barulho é esse aí fora? Vocês estão tentando deixar seu pai maluco?

Tia Gina saiu da cozinha e desceu o corredor, seus olhos se iluminando quando viu Gray no alpendre.

— Grayson. Você chegou — disse ela.

— Ahã. E você me deve cinco pratas — apontou Becca.

A tia Gina passou pela soleira arrastando os pés e puxou Gray para um abraço.

— Ah, você é um colírio pros meus olhos cansados — sussurrou ela no peito dele. — Achei que você não viesse de verdade.

— Então por que você preparou o quarto dele? — Tanner franziu a testa.

— Porque eu sempre tenho esperança. — A tia Gina deu um passo para trás e olhou Gray de cima a baixo. — Essa é nova? — perguntou a ele, apontando para as bordas de uma tatuagem que escapava por baixo da manga.

— Essa velharia? — Gray sorriu para ela e fez menção de tirar a camiseta para mostrar tudo a ela. — Quer ver?

— Não quero, não. Deixa essa camiseta aí no lugar. — Ela balançou a cabeça. — Nesta casa nós temos regras.

— Ao contrário de Vegas — disse Tanner, com a voz arrastada, piscando para a tia. — Gray estava sempre sem camisa lá.

— Pode calar o bico — disse a tia Gina, balançando a cabeça para Tanner. — E traz as coisas do seu irmão pra dentro.

Tanner franziu a testa.

— Ele pode carregar a bagagem dele sozinho.

Gray engoliu uma risada. Algumas coisas nunca mudam. O excesso de entusiasmo de Becca, a provocação de Tanner e até os muxoxos da tia Gina pareciam tão familiares que lhe davam um frio no estômago. Era como se ele estivesse vivendo em duas épocas, algum ponto entre o homem que ele é e o garoto que costumava ser.

— Eu carrego as minhas malas — disse ele a Tanner. — Não quero que você machuque as costas, docinho.

Tanner revirou os olhos.

— Eu levo — disse ele, pegando a alça. — Eu odiaria que você machucasse essas suas mãozinhas lindas. Elas devem ter um seguro de um milhão de dólares.

— Dois, na verdade. — Gray deu de ombros, se lembrando da raiva que sentiu quando descobriu esse fato.

Tanner estendeu a mão para o estojo da guitarra, mas Gray chegou nele antes.

— Eu levo esse aqui — avisou, colocando a alça delicadamente sobre o ombro. Enquanto seguia a tia para dentro, o cheiro de biscoito amanteigado encheu seu nariz, dando água na boca.

Ele estava em casa. O que quer que isso significasse. Talvez passar algumas semanas ali não fosse tão ruim, no fim das contas.

2

Na primavera e no verão, as noites de sexta-feira significavam participar do evento das *Cadeiras*, o nome estranho que a comunidade de Hartson's Creek dava às suas reuniões semanais. Todos se reuniam nos quintais da frente ao longo do riacho, levando jarras de chá gelado e uma ou outra garrafa de alguma coisa mais forte, junto com as cadeiras que davam nome ao evento.

O evento das *Cadeiras* tinha feito parte da vida de Maddie Clark em Hartson's Creek desde que ela se entendia por gente. Quando era criança, ela corria de um lado para o outro, brincando, enquanto os adultos conversavam, aproveitando a liberdade de poder fazer bagunça até de noite sem alguém mandá-la para a cama. Depois na adolescência, ela fazia de tudo para evitar ter que ir e ouvir a conversa chata dos adultos. O tipo de fofoca mesquinha que a fazia se sentir grata por ter ganhado uma bolsa na Escola Ansell de Artes e se mudado para Nova York para se formar em música.

E, sim, ela não tinha dúvida de que fora o assunto de *muitas* fofocas mesquinhas quando voltou para casa menos de um ano depois e sem contar a ninguém o motivo. Não que alguém tivesse dito alguma coisa para ela. Nem quando estava servindo na lanchonete nem quando estava ensinando piano para as crianças na cidade.

Mesmo assim, a mãe dela gostava de botar a conversa em dia com os amigos e vizinhos e descobrir o que estava acontecendo na cidade. Pela mãe, Maddie sorria e suportava tudo, empurrando-a pela estrada na cadeira de rodas. Ela também levava uma cadeira dobrável velha, que pendurava nas costas para carregar. Um cooler pequeno com chá gelado e biscoitos era apoiado no colo da mãe.

— Tem muita gente aqui esta noite — observou Maddie quando elas chegaram ao riacho. — Deve ser o clima. — Era a sua época preferida do ano. A primavera e o verão estavam duelando para decidir quem ia dominar, e o resultado era uma conclusão antecipada. O frio e a neve do inverno eram só uma lembrança que o calor no ar e o cheiro de milho na brisa tornavam mais indefinida.

Ela empurrou a mãe até onde as amigas dela tinham se instalado, ao lado da mesa de petiscos, onde desembalou a comida que tinham levado antes de servir a bebida num copo para a mãe. Depois levou a própria cadeira até o local onde o grupo mais jovem estava reunido. Mulheres que ela conhecia da época em que estavam na escola fofocavam sobre os maridos e gritavam para os filhos se acalmarem quando eles gritavam muito. Os maridos ficavam em pé perto do riacho, bebendo em garrafas de cerveja marrons e rindo, ignorando tudo ao redor enquanto discutiam o jogo de futebol americano da semana.

— Você soube da novidade? — gritou Jessica Martin antes de Maddie conseguir abrir a cadeira e colocá-la no gramado.

— Não. — Maddie sorriu com educação. Jessica era da mesma turma da irmã de Maddie, Ashleigh, na escola. As duas foram líderes de torcida juntas desde que Maddie conseguia se lembrar, embora fosse seis anos mais nova que elas.

— Quer adivinhar? — perguntou Jessica, esfregando as mãos. — Ah, você nunca vai adivinhar.

— Está havendo um surto de clamídia entre o pessoal com mais de cinquenta?

Maddie engoliu um sorriso ao ouvir a voz profunda de Laura Bayley.

— Não. Ecaaa. Claro que não. — Jessica franziu o nariz. Depois olhou para Laura. — Isso não é verdade, é?

Laura deu de ombros.

— Nada me surpreende por aqui.

Balançando a cabeça, Jessica se virou de novo para Maddie.

— Tem tido notícias da Ashleigh?

— Ela mora na cidade ao lado — observou Laura. — Não é exatamente a Antártica.

Maddie lançou um olhar de gratidão para Laura. Embora Laura fosse alguns anos mais velha, as duas eram amigas desde que Laura abrira sua loja de vestidos ao lado da lanchonete onde Maddie trabalhava. A parte preferida do seu dia era quando Laura chegava para tomar o café da manhã.

— Ela veio aqui com os filhos na semana passada — contou Maddie a elas.

— E ela falou alguma coisa? — perguntou Jessica, se inclinando para a frente, com o cabelo loiro caindo sobre o rosto.

Maddie piscou.

— Tipo o quê? — Ela sentiu o estômago se contraindo. Tinha alguma coisa errada com Ashleigh? Ou, pior, com Grace ou Carter? Maddie amava os sobrinhos como se fossem seus filhos.

Jessica se recostou na cadeira.

— Acho que ela não sabe, então.

— O quê? — perguntou Maddie, tentando não parecer irritada.

— Que a Jessica é a paciente zero do surto de clamídia — sussurrou Laura pelo canto da boca. Maddie não conseguiu se controlar e riu.

— Que Gray Hartson está na cidade. — Jessica deu um sorriso arrogante para Laura. — Acho que sou a única que sabe de alguma coisa por aqui.

Maddie sentiu o sangue congelar, apesar do ar quente ao redor.

— Gray Hartson? — repetiu ela, ignorando o estranho zumbido nos ouvidos.

— Ahã. Carrie Daws me contou. Aquela que trabalha na mercearia. Ela falou que ele chegou num Rolls-Royce preto. — Jessica cruzou os braços. — Acho que é assim que os ricos e famosos viajam quando vão visitar sua cidade natal.

— É por isso que a Becca não está aqui hoje? — quis saber a mulher sentada ao lado de Jessica. — Eu estava me perguntando o motivo.

Junto com Laura, Becca Hartson era uma das amigas mais próximas de Maddie. Ela curtia o evento das *Cadeiras* tanto quanto Maddie, então sua ausência não era uma surpresa. Maddie nem pensou que podia ser porque Gray estava de volta à cidade.

A ideia de ele estar ali depois de tanto tempo deixou seu corpo leve. Ela apertou os tubos de metal da cadeira para se impedir de flutuar.

— O que a Ashleigh vai dizer? — perguntou Jessica, com a voz alta o suficiente para atravessar os pensamentos de Maddie. — Você acha que o Michael vai ficar com ciúme?

— Por que o Michael teria ciúme? — perguntou Laura. — A Ashleigh saiu com o Gray por alguns anos no ensino médio. Grande coisa. Já se passaram mais de dez anos. — Ela sorriu para Jessica. — *Algumas* de nós cresceram na última década.

Maddie apoiou o queixo na palma da mão e olhou na direção do riacho. A água estava escura, e ela ouvia o movimento, mas não o via. Na parte mais distante, vaga-lumes iluminavam as árvores como se fossem milhares de lanternas minúsculas piscantes.

Gray Hartson estava de volta. Era estranho saber que ela estava na mesma cidade, vendo o mesmo pôr do sol que ele. Houve uma época em que ela sentia uma atração por ele. Uma daquelas intensas, de esmagar o coração, que só uma pré-adolescente poderia sentir. Ela ficava sentada observando-o pela janela quando ele levava Ashleigh para casa depois de um encontro, prendendo a respiração enquanto ele tirava uma mecha de cabelo do rosto da irmã dela e se inclinava para beijá-la.

Ela sentia uma estranha mistura de ciúme e melancolia, naquela época. Mesmo com treze anos, Maddie era madura o suficiente para saber que ele era areia demais para o caminhãozinho dela. Crescido demais, talentoso demais, bonito demais. Mas Ashleigh era perfeita para ele, com sua beleza loira platinada e sua popularidade na escola. Eles seriam o rei e a rainha do quarto ano.

— Você devia contar pra Ashleigh antes da Jessica — disse Laura, se inclinando para sussurrar no ouvido de Maddie quando passou por ela. — Eu sei que faz muitos anos, mas ninguém gosta de ver o ex de surpresa. Dê a ela a chance de ir ao salão e parecer que vale um milhão de dólares.

— Laura se levantou e piscou para ela. — Vou fazer um drinque pra mim. Alguém quer? — gritou ela.

Depois da revelação de Jessica, Maddie sentiu vontade de beber alguma coisa muito mais forte do que chá gelado.

E era tudo culpa de Gray Hartson.

3

— Bom, o seu segredo foi revelado — disse Becca a Gray enquanto eles jantavam. — Acabei de receber uma mensagem da Laura Bayley. Você é o assunto do evento das *Cadeiras*. Até o fim da noite, todo mundo da cidade vai saber que você está aqui.

— Querida, você conhece as regras. Nada de celular na mesa de jantar — repreendeu a tia Gina. Becca sorriu e guardou o iPhone no bolso.

— *Cadeiras?* — Gray franziu a testa. — Isso ainda existe?

— Estamos falando de *Hartson's Creek* — disse Tanner, pondo uma colherada enorme de purê de batata no prato. — A gente mal chegou ao século XX, quanto mais ao XXI. O que mais tem pra fazer aqui além de ficar bêbado e fofocar?

— As pessoas não bebem durante o *Cadeiras* — disse a tia Gina, pegando a tigela de purê de Tanner e passando para Gray. — E nós conversamos, não fofocamos.

— Tanto faz. — Tanner riu para ela. — E todo mundo sabe que a Rita Dennis batiza o chá gelado. É sempre assim que a fofoca começa. — Ele engoliu uma garfada de purê. — Eu tentei explicar o conceito do *Cadeiras* pros meus amigos em Nova York. Eles me olharam como se eu fosse maluco.

— Grayson, você pode fazer um prato de comida pro seu pai? — perguntou a tia Gina a ele, passando um prato vazio. — Ele já deve ter acordado. Talvez você pudesse levar a comida e dar um oi.

— Ele provavelmente vai perder o apetite. — Gray pegou o prato mesmo assim e serviu a comida.

— Não bota molho pra ele — disse Becca.

— Eu lembro. — Gray assentiu. — Estraga o gosto da carne. — Era estranho como Gray conseguia se lembrar com tanta clareza dessa declaração do pai. Ele se levantou, deixando o próprio prato pela metade. Ele sabia que a tia Gina ia esquentar a comida quando ele voltasse. Como sempre fizera.

— Gray? — disse a tia.

— Sim?

— Pega leve porque ele ainda não está bem. — Ela tensionou os lábios quando seus olhos encontraram os dele.

— Eu não estava planejando fazer nada diferente disso.

— Eu sei. — O sorriso da tia Gina estava tenso. — É que vocês dois... bom, vocês sempre gostaram de ultrapassar os limites um do outro.

— O que ela está dizendo é: não deixa ele puto — disse Tanner, com a voz arrastada. — O que é quase impossível, na minha experiência.

— Ignora ele — disse Becca, erguendo as sobrancelhas para Tanner. — Ele só ficou revoltadinho porque ninguém está falando *dele* no *Cadeiras*.

— Isso é porque eu volto pra casa mais de uma vez a cada década — observou Tanner.

Era como nos velhos tempos. Gray se lembrava das provocações constantes na mesa de jantar, quando ele e os irmãos zoavam uns aos outros sem dó nem piedade. Sendo o mais velho, ele sempre tentara ser o pacificador. Havia dias em que ele achava que Cam e Logan iriam brigar até a morte.

Até o pai deles interferir, na verdade. Um tapa da mão dele na mesa era o suficiente para calar a boca dos filhos. E se, por algum motivo, eles não respondessem, aumentar a voz sempre funcionava. Quando eles eram adolescentes, aprenderam a não forçar demais a barra. Nenhum deles queria ser mandado para o escritório do pai depois do jantar.

— Se todos vocês ficassem quietos, talvez eu pudesse ouvir os meus pensamentos — disse a tia Gina, lançando um olhar sombrio para todos. — E tenha um pouco de respeito, Tanner. Esta é a casa do seu pai. Ele merece isso.

— Respeito é um negócio que se conquista — disse Tanner, com a voz leve apesar das palavras.

— Vou pegar leve lá dentro — garantiu Gray à tia. Ela assentiu e deu outro sorriso para ele.

— Boa sorte — sussurrou Becca, apertando a mão livre de Gray quando ele passou por ela.

Até onde Gray sabia, ele não precisava disso. Não era mais criança. Tinha a própria casa, o próprio carro, ganhava mais dinheiro em um mês do que o pai tinha ganhado a vida toda. Aquele velho no quarto no fim do corredor não lhe dava mais medo.

— Pro inferno — sussurrou ele para si mesmo, antes de bater na porta. Sua mão continuou fechada quando ele a afastou, como se o corpo estivesse esperando por uma briga, a outra ainda segurando o prato de comida que ele tinha feito.

— Entra.

Gray piscou com a familiaridade da voz. Ele travou o maxilar e fechou a mão na maçaneta, se preparando para o que encontraria enquanto se obrigava a sorrir.

As pessoas achavam estranho quando ele dizia que não falava com o pai havia mais de uma década. Elas queriam todos os detalhes da briga que supostamente levara a esse afastamento. Mas não tinha acontecido uma briga — não um episódio explosivo único, na realidade. Em vez disso, o relacionamento com o pai tinha sido vítima de mil cortes de papel.

Quando era criança, ele sonhava em fugir daquele lugar. Construiu uma casa na árvore no bosque que ficava na fronteira norte da terra do pai, encheu o local de revistinhas e refrigerantes e convidava os amigos para irem lá. Na mente dele, o pai nunca o encontraria ali.

Quando ficou mais velho, seus planos ficaram mais sofisticados. No início, os planos eram acadêmicos. Ele estudava muito, jogava futebol americano, fazia qualquer coisa que pudesse ajudá-lo a entrar na faculdade. Mas as notas não eram boas o suficiente para ser admitido, e ele não jogava bem o suficiente para conseguir uma bolsa. E a renda do pai era alta demais para ele receber qualquer ajuda financeira sem apelar para empréstimos.

Uma coisa ele sabia: não queria mais dever favores ao pai. Então, quando seu jeito de relaxar — a música — demonstrou ser a passagem só de ida para sair da cidade, ele agarrou a oportunidade. Deixou tudo — *e todo mundo* — para trás. Um sacrifício necessário para conseguir a liberdade.

Claro que ele ainda via a família. Os irmãos iam encontrá-lo em Nova York ou Los Angeles quando podiam. A Tia Gina e Becca foram vê-lo tocar num show na Virginia e em Washington. Teve um ano em que ele pagou para todos eles irem a Londres de avião para vê-lo tocar num festival lá. Aquela semana tinha sido ótima.

Mas o pai nunca aparecera. Ele se recusava a aparecer a menos que Gray ligasse pessoalmente para convidá-lo, mas Gray sabia que isso era uma armadilha. O pai só queria ter o prazer de rejeitar a oferta pessoalmente.

— Eu falei pra entrar — gritou o pai. — O que você está fazendo, brincando com a maçaneta?

Gray balançou a cabeça e empurrou a porta para abri-la, empinando o peito ao entrar. A primeira coisa que o atingiu foi o cheiro. Apesar de o cômodo não ser mais um escritório, as paredes ainda eram enfileiradas com livros antigos, as páginas mofadas deixando o ar enjoativo e fedorento. Também havia o odor de pinho do sabonete do pai — o mesmo sabonete que ele usava desde que Gray se lembrava.

— Trouxe o seu jantar.

O velho levantou o olhar de onde estava, na cama. Os anos que Gray passara longe do pai não tinham sido gentis. O cabelo de Grayson Hartson III estava escasso, mal cobrindo o couro cabeludo vermelho e lustroso. A pele estava enrugada, quase parecendo uma borracha. Mas foi o corpo que mais chocou Gray. Dava para ver, mesmo através do lençol, como o pai estava magro. Os braços pareciam os galhos que a tia Gina levava para casa no fim do ano para fazer arranjos natalinos.

— A comida já vai estar fria, com o tempo que você levou pra entrar — resmungou o pai.

Gray engoliu em seco.

— Você não quer?

— Eu não falei isso. Traz aqui. — O pai acenou com a cabeça para a mesa na frente dele. A mesa tinha rodinhas, como as de hospitais. Gray carregou o prato até lá e o colocou com firmeza no meio.

— Quer dizer que você decidiu fazer uma visita? — comentou o pai, se inclinando para olhar o prato. — Maldito bife de novo. Sua tia sabe que eu não posso comer isso. Fica parado na minha garganta.

— Quer que eu pegue um pouco de molho pra ajudar a engolir?

O pai fungou.

— Vou comer só o purê. Me dá um garfo.

Gray entregou os talheres a ele e observou enquanto o pai colocava um punhado de purê de batata entre os lábios. O tempo pareceu parar quando ele moveu o maxilar, a garganta murcha ondulando enquanto tentava engolir.

— Quer um copo d'água? — perguntou Gray.

— Não — respondeu o pai, com a voz irritada. — Volta pro seu jantar. Estou bem aqui.

Gray não sabia o que sentir enquanto observava o pai levar outra garfada trêmula até a boca. A empatia lutava contra o ressentimento enquanto sua mente tentava assimilar a nova realidade. O pai estava velho e doente, mas ainda era o homem que tinha atormentado a infância de Gray.

— Isto aqui não é um show de graça — disse o pai quando engoliu a segunda garfada. — Pode ir. — O pai encarou Gray com os mesmos olhos azuis que ele via refletidos no espelho todos os dias, depois fez um gesto para enxotá-lo.

Gray deu de ombros e se virou. Ele tinha feito o seu trabalho, ninguém poderia dizer que não. Quando fosse embora para Los Angeles, o pai voltaria a ser uma lembrança nebulosa.

Maddie encarou o celular, com os dedos flutuando sobre o nome da irmã na tela. *Ashleigh Lowe*. Ela podia ter descido algumas letras nos contatos de Maddie depois que se casara, mas tinha subido muitos degraus sociais quando disse "sim" para Michael Lowe. Advogado importante em Stanhope, a cidade a trinta e dois quilômetros de Hartson's Creek, Michael também era filho de um senador e estava trabalhando muito para ser o substituto do pai nas eleições seguintes.

Os dois tinham se conhecido quando Ashleigh estava trabalhando num restaurante em Stanhope e atendera Michael e seus colegas de trabalho. Ela só tinha vinte anos quando eles se casaram, pouco mais de um ano depois, e Michael tinha trinta e um. Mas ninguém ergueu nem uma sobrancelha. As pessoas estavam ocupadas demais questionando se ela ainda estava se recuperando de Gray Hartson.

Maddie apertou a tela e esperou a chamada ser completada. Estava lutando contra a própria reação à menção do nome de Gray no *Cadeiras*. Tinha reagido como a adolescente que era quando ele estivera ali pela última vez, o coração apertado no peito, a cabeça leve como o ar.

Graças a Deus ninguém mais percebera. Ela era tão tranquila. Quando foi que elas disseram que ele iria embora de novo?

— Maddie? Aconteceu alguma coisa? — A voz de Ashleigh ecoou pelo celular de Maddie. — Foi a mamãe?

Maddie olhou para o velho relógio Casio no pulso. Eram quase onze da noite.

— Desculpa, não percebi que era tão tarde — disse ela à irmã. — Eu te acordei?

— Não. Estou esperando o Michael voltar. Estou sentada no deque com uma caneca de chocolate quente. Você está bem?

— Estou. Só queria te contar uma coisa. — Maddie puxou um fio solto no edredom. — Não deve ser nada, mas eu queria que você soubesse por mim primeiro.

— O que aconteceu?

— Gray está de volta à cidade. A Jessica Martin me contou, e a Laura ligou pra Becca pra confirmar se era verdade mesmo. Você sabe como é a fofoca por aqui.

Ashleigh ficou calada, exceto pelo ritmo da sua respiração. Maddie mordeu o lábio, esperando a irmã responder. Era estranho ter aquela conversa. Nenhuma das duas tinha falado o nome de Gray nos últimos anos. Era um acordo tácito. Elas nunca falavam da música dele, do sucesso nem das fofocas que pareciam cercá-lo como os vaga-lumes no verão. Era como se Ashleigh o tivesse cortado da vida com uma tesoura e jogado na lata de lixo.

— Ash? — disse Maddie, com pequenas rugas marcando a testa.

Ashleigh pigarreou.

— Desculpa. Eu estava prestando atenção nas crianças — disse rapidamente. — Quer dizer que ele voltou. Imagino que não seja por muito tempo.

— Por algumas semanas, segundo a Becca disse.

— Acho que é melhor assim. — A risada de Ashleigh pareceu forçada.

— Espero não esbarrar nele enquanto ele estiver por aqui.

— Acredito que isso não vai acontecer. Era isso. Eu só queria te avisar.

— Obrigada. Você ainda vai poder cuidar da Grace e do Carter no domingo?

— Claro, não vejo a hora. Saio do trabalho às três, então pode ser qualquer hora depois disso.

— Eu te mando uma mensagem quando souber. Boa noite, Maddie. Bons sonhos.

— Pra você também. — Maddie desligou e pôs o celular na mesa de cabeceira, caindo para trás até a cabeça atingir o travesseiro macio. Tinha sido um dia longo, mas seu corpo ainda estava zumbindo como se fosse uma colmeia cheia de abelhas. Ela ia trabalhar às seis da manhã e precisava dormir, droga.

Mas o corpo parecia estranho. Elétrico. Como se tudo ao redor estivesse à espera de alguma coisa diferente.

Ela não sabia se gostava da sensação.

4

Gray estava acordado na cama pequena demais da sua infância e olhava para as paredes se fechando ao redor. Estavam vazias — todos os cartazes que ele tinha pendurado na adolescência para desafiar as regras do pai já haviam sido arrancados fazia muito tempo, deixando apenas retângulos escuros de tinta e círculos brilhosos onde ele os prendera na parede.

Ele se sentou, passando a mão no cabelo. Talvez devesse sair por uns minutinhos. Respirar um pouco de ar fresco e deixar a brisa soprar para longe os sonhos que tinham assombrado seu cérebro a noite inteira. Ele pegou umas roupas limpas na mala que nem tinha se preocupado em desfazer e saiu da casa em silêncio. Ao trancar a porta, desejou arduamente que alguém estivesse acordado para abri-la quando ele voltasse.

Enquanto saía pela entrada da garagem, ele pôs um gorro de tricô cinza sobre o cabelo escuro, mais por hábito que por necessidade. Estava acostumado a parecer o mais comum possível em público. As ruas estavam silenciosas enquanto ele caminhava pela cidade, ouvindo apenas o rugido ocasional de um motor atravessando o ar tranquilo da manhã. Gray sentiu os músculos e o maxilar relaxarem. Tinha esquecido como aquela casa o deixava tenso.

Quando chegou à praça da cidade, dez minutos depois, havia uma luz na Lanchonete do Murphy, e o estômago dele roncou como se soubesse o que aquilo significava. Ele bateu no bolso da calça jeans para confirmar se estava com a carteira e entrou.

A lanchonete estava tão vazia quanto as ruas. Ele foi até o balcão e analisou as redomas que cobriam cookies de chocolate frescos e fatias generosas de bolo de limão. O cheiro lhe deu água na boca.

— Desculpa, não ouvi você entrar — disse uma mulher da porta entreaberta que dava para a cozinha. — Já vou.

— Sem pressa.

Gray se apoiou no balcão quando a mulher recuou pela porta, abrindo-a com a bunda vestida de jeans. Ele piscou quando percebeu que estava encarando. Macia, redonda — e era totalmente inadequado ser pego olhando. De algum jeito ele conseguiu desviar o olhar antes que ela voltasse e colocasse uma bandeja sobre o balcão na frente dele.

— Ah. — Ela piscou. — Posso te servir um pouco de café?

A expressão dela era indecifrável. Ele não fazia ideia se ela sabia quem ele era ou não. Becca tinha dito que a maioria das pessoas de Hartson's Creek sabia que ele estava na cidade, mas a irmã mais nova dele era conhecida por ser exagerada.

Ele assentiu.

— Puro. Sem açúcar, por favor.

— Está na mão. — A garçonete sorriu ao servir uma xícara para ele. — Você já quer fazer o pedido?

— Vou deixar a cafeína fazer efeito antes. — Ele pegou a caneca da mão dela, a ponta dos dedos dela encostando nos dele. Gray franziu a testa com o choque que isso provocou no seu braço, e a sensação fez sua mão tremer, derramando café quente pela borda e caindo nos dedos dele.

— Ai, meu Deus, desculpa. — A garçonete rasgou um pedaço de toalha de papel do rolo que estava na parede atrás dela. — Você está bem? Eu te queimei? — Ela passou a toalha na mão dele. — Eu tenho um kit de primeiros socorros aqui em algum lugar. Deve ter alguma pomada lá.

— Tudo bem — disse ele, achando graça. — Foram só algumas gotas. Acho que não vamos precisar do kit de queimadura.

Ela olhou para ele através dos cílios grossos. Meu Deus, como ela era bonita, no estilo natural tipo garota da casa ao lado. Olhos grandes cor de mel e sardas nas maçãs altas do rosto que o faziam se lembrar de um cervo. Quando ela se inclinou por cima do balcão e secou a mão dele, Gray tentou não olhar para o decote dela.

Que diabos estava errado? Ele não era esse tipo de cara. Levando o olhar firmemente de volta para o rosto dela, ele percebeu que ela parecia conhecida.

Não que isso fosse uma grande surpresa. Ele provavelmente tinha estudado com ela, jogado futebol americano com o seu irmão ou beijado sua prima numa festa da escola. Só precisava perguntar o nome dela para descobrir quem era ela e quem eram os seus parentes, mas ele não fez isso. Porque aí ele teria que dizer quem era.

Ele levou a caneca aos lábios e tomou um gole de café, observando enquanto ela limpava o balcão. Mal sentiu o gosto enquanto engolia.

— Mais um pouco? — perguntou ela.

— Seria ótimo. — Ele estendeu a caneca. Ela foi mais cuidadosa dessa vez, servindo devagar e deixando um bom espaço entre o café e a borda da caneca. — Vou fazer o pedido daqui a pouco. Ainda estou tentando decidir.

— Fique à vontade. O Murphy ainda está meio que dormindo lá nos fundos, de qualquer maneira. Eu sempre aviso aos clientes pra não esperarem nada comestível antes das oito horas.

Gray riu.

— É por isso que está tão vazio?

Ela balançou a cabeça.

— Está vazio porque todo mundo está dormindo o quanto pode antes da hora de ir pra igreja. A lanchonete só fica cheia nos domingos depois do fim do culto.

— Todo mundo vai à igreja? — *Ainda?* Gray não pisava numa igreja havia anos.

— Vai.

— Menos você.

Ela sorriu.

— Eu frequento a igreja do café.

— Você vai pro inferno. — Ele piscou para ela.

— Já estive lá. Fiquei alguns anos, comprei uma camiseta e decidi não voltar mais. — Ela ergueu uma sobrancelha enquanto pousava o cotovelo no balcão e apoiava o queixo na palma da mão. — Tenho certeza que o diabo tem pessoas mais importantes do que eu pra se preocupar.

Seus lábios se curvaram para cima, e isso provocou alguma coisa nele. Não havia nenhuma maquiagem neles, mas eram tão carnudos quanto qualquer outro que ele tivesse visto em Los Angeles.

Fazia muito tempo que ele não transava, isso era certo. E a ideia de resolver essa questão em Hartson's Creek o fez ter vontade de rir. As fofocas naquele lugar corriam mais rápido que a velocidade da luz, e ele estava bem mais preocupado com a tia Gina descobrindo do que com qualquer tabloide que pudesse pagar por esse tipo de informação.

— Tá bom, acho que já posso fazer o pedido. Quero panquecas com xarope de bordo à parte. Você tem morangos?

— Claro.

— Também quero uns frescos à parte.

— Quer ovos? — perguntou ela.

— Não.

— Boa pedida. Teve uma vez que um crítico gastronômico do *Stanhope Daily* veio aqui. Ele disse que os ovos eram intragáveis. — Ela balançou a cabeça e se aproximou um pouco. — Mentira. O que ele disse na verdade foi: *comer ovos fritos na Lanchonete do Murphy me lembrou da primeira vez que eu demonstrei um afeto profundo pelo meu namorado. Leitores, meu conselho é que vocês cuspam e não engulam.* — Ela franziu o nariz.

Gray caiu na gargalhada. Meu Deus, como ela era fofa. Ele queria muito saber se aqueles lábios eram tão bons quanto pareciam. Queria passar os dedos naquele cabelo e ver se era sedoso como imaginava.

— Eu definitivamente não quero ovos — disse ele. E, quando ela se virou e entrou na cozinha, ele desviou os olhos e encarou a praça através da janela. É, ela era bonita, mas ele estava acostumado com garotas bonitas. A única coisa que ele não precisava era de uma complicação como aquela.

Depois de devorar dois pratos das melhores panquecas do Murphy, Gray saiu da lanchonete com as pernas compridas cobertas pela calça jeans percorrendo a distância entre o balcão e a porta em poucos passos. O rosto de

Maddie esquentou assim que a porta se fechou atrás dele. Através do vidro, ela o viu ajeitar o gorro de lã na cabeça e depois enfiar as mãos nos bolsos enquanto seguia em direção à calçada. As bochechas dele estavam curvadas para dentro e os lábios davam a impressão de que ele estava assoviando. Ela pegou o prato vazio e soltou um suspiro profundo.

— Murph? — chamou ela.

— Hum? — Ele estava sentado na cadeira no canto, lendo um jornal, com um sorriso pateta no rosto. Isso era estranho, porque Murphy nunca sorria.

— O que você está lendo?

— Os quadrinhos.

— Parece que você está curtindo.

— São horríveis. — Como se tivesse percebido que estava sorrindo, a sobrancelha de Murphy baixou, e ele enrolou o jornal e o jogou do outro lado do salão. — Nem sei por que eu compro esse tabloide.

Maddie engoliu uma risada. Murphy cultivava o ar de velho mal-humorado havia anos.

— Vou fazer um intervalo. Não tem ninguém na lanchonete, mas eu fico de olho e volto se aparecer algum cliente.

— Hum. — Ele fez que sim com a cabeça e voltou os olhos para o jornal no chão.

Entendendo isso como um sim, ela serviu uma caneca de café para si mesma e adicionou creme antes de sair para o banco que ficava no centro da praça da cidade. Era o local preferido dela para fazer seus intervalos, ainda mais quando não tinha ninguém além dela ali. No verão, ela fechava os olhos e sentia o aroma do jardim de rosas que flutuava na brisa quente. No inverno, ela fechava bem o casaco acolchoado e segurava a caneca como se fosse uma fogueira acolhedora.

— Esqueci de perguntar o seu nome. — O som macio e profundo da voz dele a fez dar um salto.

Maddie levantou o olhar e viu Gray parado sobre ela, o corpo alto bloqueando o sol matinal.

— Meu nome? — repetiu ela, com as sobrancelhas se unindo.

— É, eu quero escrever uma crítica no Trip Advisor. Contar pra todos os leitores que você me recomendou evitar os ovos de porra.

Maddie engoliu um sorriso.

— Nesse caso, meu nome é Cora Jean — respondeu ela. — Quer que eu soletre?

— Você não tem cara de Cora Jean. — Ele inclinou a cabeça para o lado, e os olhos azul-escuros captaram os dela. Ela tinha esquecido como ele era bonito. Como atraía as pessoas. Ela enroscou a mão livre na tábua do banco, para o caso de seu corpo decidir se jogar em cima dele.

— Como é uma cara de Cora Jean?

O canto do lábio dele se curvou.

— Eu estou meio ferrado aqui, né? Se eu disser que Cora Jean parece ter sessenta anos, com dedos manchados de nicotina e um bigode melhor do que eu jamais conseguiria ter, e o seu nome realmente for Cora Jean, você vai querer me bater.

— E se o meu nome não for Cora Jean?

Ele baixou a voz.

— Aí eu diria que não estou surpreso porque você ainda tem muito tempo até esse bigode aparecer.

— Você tem muita lábia mesmo.

— Esse é o efeito que você exerce sobre mim, Cora Jean. — Ele sorriu.

Os lábios dela também se curvaram. Era quase impossível não sorrir para ele. Deus, como ele era lindo. A camiseta cinza de manga comprida não ajudava a esconder os contornos do peito nem o tamanho dos bíceps, e o jeans escuro grudava na bunda dele como se não quisesse sair dali.

Quando os dois cruzaram os olhares na lanchonete, ela esperava que ele a reconhecesse na mesma hora. Ela não tinha mudado muito desde que era criança — ou, pelo menos, achava que não. Mesmo assim, não houve nenhum sinal de reconhecimento nos olhos dele quando ela limpou o café dos seus dedos.

E, por algum motivo estranho, ela havia gostado disso. Não tivera que explicar por que ainda morava em Hartson's Creek, anos depois de supostamente ter ido embora. Não tivera que dizer que, enquanto ele estava no topo das paradas musicais em cinco países diferentes, ela estava morando com a mãe e servindo batata frita para se sustentar.

Por alguns minutos na lanchonete, ela havia gostado de ser outra pessoa. Mas era uma coisa efêmera, ela sabia disso. Só precisava alguém passar e cumprimentá-la para ele saber exatamente quem ela era. Ninguém escapava do radar das pessoas daquela cidade.

— Meu intervalo acabou — disse ela, engolindo o resto do café. — Preciso voltar.

Ele fez que sim com a cabeça e deu um passo para trás.

— Foi bom te conhecer, Cora Jean. Obrigado pelo café da manhã e por me salvar de ovos de porra mexida.

Ela riu e balançou a cabeça, jogando a trança por cima do ombro ao se levantar.

— Às ordens.

Em seguida, ela se virou e foi em direção à lanchonete sem olhar para trás, porque a garganta estava apertada demais para olhar de novo para ele. Assim que abriu a porta e entrou, ela soltou uma lufada de ar.

Gray Hartson tinha tomado café da manhã com ela. Se ela contasse essa história no próximo *Cadeiras,* eles iam falar *dela* durante semanas.

E era exatamente por isso que ela não ia contar a ninguém.

5

— Nunca achei que veria o dia em que você iria à igreja por vontade própria — disse a tia Gina enquanto pegava o braço dele e os dois subiam os degraus da Primeira Igreja Batista que ficava na praça da cidade.

— O que mais tem pra fazer num domingo de manhã? — Gray deu de ombros.

— A Becca e o Tanner arranjaram coisas pra fazer.

— Eles ainda nem acordaram. — Gray sorriu para a tia. — E eu estou com jet lag em todos os sentidos. Meu corpo nem sabe se é ontem ou amanhã.

— Ah, você é um bom garoto. — Ela tirou a mão do braço de Gray e deu um tapinha na cara dele. — Mas você podia ter feito a barba.

— Minha esperança é que Deus perdoe alguns pelos.

Ele abriu a porta da igreja e engoliu em seco quando todos se viraram para olhar para os dois. Os bancos estavam entre cheios e lotados de fiéis e também de algumas pessoas que não pareciam tão fiéis assim. Ele viu alguns dos não fiéis digitando furiosamente no celular. Engoliu em seco, na esperança de que a notícia de que ele estava ali não se espalhasse.

— Está cheia hoje — murmurou a tia Gina, dando um tapinha no braço dele. — Muitas jovens também. — Ela soltou um muxoxo quando viu os celulares. Quando os dois passaram por uma garota que o estava filmando de maneira ostensiva, Gina olhou furiosa para ela. — Dá pra acreditar nisso? — sibilou ela. — Elas não têm nem vergonha.

— Tudo bem. Estou acostumado.

— Ah, mas eu não estou. — A pele entre os olhos dela formava um V profundo. — Que grosseria.

Gray a conduziu até um banco a poucas fileiras da frente, e todos se afastaram para dar espaço para os dois. Ele reconheceu alguns rostos ali — pais do velhos amigos e amigos dos pais dele. Os rostos estavam um pouco mais velhos, os cabelos estavam mais brancos do que quando ele partira, mas ainda eram os mesmos.

Alguém deu um tapinha no ombro dele, e Gray se virou e viu uma adolescente segurando um celular.

— Posso tirar uma foto com você?

— Hum. Tá. Claro.

Antes que ele terminasse a última palavra, ela estava unindo o ombro ao dele e inclinando o celular para o rosto dos dois.

— Ei — disse ela enquanto tirava o que pareciam ser umas cem fotos. — Você vai cantar hoje?

— É claro que ele vai cantar — disse a garota ao lado dela. Pela cor do cabelo das duas e a semelhança nas feições, ele supôs que eram irmãs. — É uma igreja. Nós temos hinos, sua idiota.

— Eu quis dizer lá na frente. Um solo. Não seria incrível? Eu filmaria. — Os olhos da primeira garota se iluminaram. — Você tem Insta? Eu te marco. Ah, você pode comentar lá? Isso ia deixar a Ella Jackson maluca. Ela diz que é sua maior fã, mas ela nem sabe a letra toda de "Ao longo do rio".

O órgão começou a tocar, e as notas profundas abafaram qualquer possibilidade de resposta. Não que ele tivesse uma. Gray se virou para a frente quando o reverendo Maitland entrou com a batina branca comprida arrastando atrás de si mesmo.

Gray ainda sentia a queimação na nuca. Aquela que dizia que ele estava sendo observado. Talvez ele devesse ter levado um segurança para a cidade, mas, sério, que tipo de babaca leva proteção para a igreja local? Era uma situação em que todos perdiam. Ou ele ficava sentado ali e aceitava ou agia como uma diva e ia embora. Quando tia Gina ergueu o olhar para ele, com a expressão preocupada iluminada pela meia-luz, ele percebeu que ia ficar.

Ele só precisava passar pela hora seguinte. Dava para fazer isso, não dava? E depois ele evitaria a igreja pelo próximo milênio.

Maddie se ocupou na lanchonete ainda tranquila, limpando as mesas que já estavam limpas e rearrumando os cardápios empilhados no suporte sobre o balcão. Ela sempre detestara essa parte do domingo, a calmaria antes da tempestade, quando a igreja acabava e todo mundo corria para a lanchonete para pegar seus lugares preferidos.

Na semana anterior, quase tinha acontecido uma briga entre Mary-Ellen Jones e Lucy Davies quando as duas tentaram deslizar a bunda grande no sofá da mesa perto da porta de entrada. Foram necessários dez minutos de negociação e a oferta de doces gratuitos para Lucy ser convencida a ficar na mesa de trás.

O sino sobre a porta tocou e Cora Jean entrou, o cabelo grisalho glorioso preso num coque perfeito. Apesar da idade, ela era animada e ainda adorava trabalhar todo domingo para ajudar na corrida pós-igreja. Ela também conseguia injetar o medo de Deus na maioria da população adolescente de Hartson's Creek.

Ver Cora fez Maddie se lembrar da conversa com Gray. Ele não estava mesmo planejando escrever uma crítica no Trip Advisor, estava? Se estivesse, ela teria que respondê-la e pedir desculpas para Cora Jean. Ai, meu Deus, e se viralizasse?

Ela balançou a cabeça com a própria idiotice. Tinha parecido tão engraçado fingir ser outra pessoa naquele momento.

— O que esse pessoal todo está fazendo em volta da igreja? — perguntou Cora Jean enquanto pendurava a jaqueta na fileira de cabides atrás do balcão. — Eu não vejo tantas meninas acordadas a esta hora desde que o último livro do Harry Potter foi lançado.

— Isso foi há dez anos — disse Maddie, se divertindo.

— É, acho que não se fazem mais crianças como antigamente. Elas estão ocupadas demais vendo vídeos no celular e escrevendo títis pra se importar com livros. — Cora Jean vestiu o avental, evitando o cabelo como uma especialista. — Sabe que eu tenho saudade dos dias em que vocês todos eram viciados em televisão?

— Títis? — repetiu Maddie.

— Você sabe, aquele negócio no Twitter. Títis. Não me diz que você não sabe o que é!

— São *tuítes*. Como o som dos pássaros. É por isso que se chama Twitter. — Maddie teve que engolir uma risada. — E acho que as crianças não usam mais. Elas só querem saber do Snapchat e do Instagram. Afinal, por que tem tanta gente na igreja? Tem um batizado ou alguma coisa assim?

— Não que eu saiba. — Cora Jean deu de ombros. — Elas estão sentadas nos degraus como se estivessem esperando um ônibus. Com o celular na mão, claro.

— Vou dar uma olhada. — Maddie foi até a porta e olhou para fora. A Primeira Igreja Batista ficava do outro lado da grande praça com gramado verde, parcialmente escondida pelo coreto e pelos carvalhos ao redor. Ela inclinou a cabeça, mas não adiantou. Não conseguiu ver nada.

— Tudo bem se eu sair rapidinho? — perguntou ela a Cora Jean, que assentiu.

Do lado de fora, Maddie contornou a praça, parando do outro lado, onde havia pelo menos trinta pessoas, todas encarando as paredes caiadas do prédio da Primeira Igreja Batista. Quando as enormes portas de madeira se abriram, a multidão começou a se agitar. Aqueles que estavam sentados nos degraus se levantaram e correram para a porta aberta. Os outros se juntaram a eles, abrindo caminho com os cotovelos e com os celulares levantados.

— Gray Hartson está aí dentro? — gritou uma das garotas.

— É, a gente quer o Gray.

O barulho aumentou, e Maddie ficou congelada no chão, um pouco chocada e entretida demais.

Gray estava mesmo lá dentro? Que diabos ele estava pensando? Hartson's Creek podia ser uma cidade adormecida, mas não estava em coma. As notícias se espalhavam com a mesma rapidez que em Los Angeles e Nova York ou qualquer outra cidade a que ele estava acostumado.

Mais rápido, provavelmente, porque pessoas entediadas adoram uma fofoca.

O reverendo Maitland apareceu na porta. Mesmo de longe, Maddie conseguia ver a confusão no rosto dele com o súbito interesse que as jovens locais estavam demonstrando pela Primeira Igreja Batista. Ele estendeu as mãos e ela meio que esperou que a multidão se abrisse como o mar Vermelho, mas, em vez disso, duas garotas passaram por baixo dos braços dele e correram para dentro do prédio.

— Mocinhas! — gritou o reverendo Maitland, com as sobrancelhas unidas. — O culto acabou.

Maddie abafou uma risada. Aquilo tudo era tão ridículo. E tão distante do normal para um domingo em Hartson's Creek.

Outra adolescente esbarrou no reverendo Maitland, e o sorriso sumiu do rosto de Maddie. Alguém ia se machucar. O reverendo Maitland deu um passo à frente para se equilibrar, e o espaço que ele desocupou foi imediatamente ocupado por mais pessoas.

Maddie soltou uma lufada de ar e foi até a igreja, franzindo a testa enquanto o reverendo Maitland era obrigado a descer mais uns degraus.

— Ei! — gritou ela, tentando abrir caminho no meio das pessoas. — Vocês precisam se acalmar. Parem de empurrar.

Era como se as pessoas não tivessem ouvido nada. Continuaram empurrando o reverendo e umas às outras. Maddie teve que dar umas cotoveladas para chegar até ele.

Ela estendeu a mão para pegar o braço dele.

— O senhor está bem?

— Estou bem — respondeu ele, meio ofegante. — Talvez eu tenha algumas escoriações. Mas tem um jovem lá dentro que está bem pior do que eu.

— O Gray está aí dentro? — perguntou ela. Embora a voz estivesse baixa, a menção ao nome dele fez a multidão rugir de novo.

— Infelizmente, sim. Eu falei pra todos ficarem sentados enquanto eu vinha ver o que estava acontecendo aqui fora. E agora não consigo voltar lá pra dentro.

— Vocês podem deixar o reverendo entrar na igreja dele, por favor? — gritou ela para a multidão nos degraus. — Por favor, tenham um pouco de respeito.

Aparentemente, respeito era uma mercadoria escassa por ali. Mas os cotovelos dela pareceram funcionar no lugar do pedido, e de algum jeito ela conseguiu ajudar o reverendo Maitland a voltar para o pórtico.

— É melhor o senhor fechar as portas — disse ela quando os dois chegaram até a porta. — Vou chamar a polícia e tirar essas adolescentes daqui.

— O único que está de serviço é o Scott Davis. Essas crianças vão comê-lo no café da manhã — disse o reverendo Maitland.

— Precisamos tirar o Gray Hartson daqui. Isso vai acalmar o pessoal.

— Onde ele está?

— Na terceira fileira, quando vi pela última vez. — O reverendo Maitland apontou para o meio da igreja. Não tinha mais ninguém sentado lá. Estavam todos andando de um lado para o outro, conversando agitadamente, com os olhos arregalados como se nada assim jamais tivesse acontecido em Hartson's Creek.

— A porta dos fundos está aberta? — perguntou ela.

— Está. Você só precisa apertar a barra de segurança. Mas não tem por onde sair a não ser pela frente da igreja.

Ela se lembrava bem disso. Os fundos da Primeira Igreja Batista eram cercados pelos quintais da rua de trás. E depois deles havia o rio. Quer você estivesse a pé ou de carro, a única saída era pela praça da cidade.

— Vou dar um jeito — murmurou ela. — É isso ou entregar o cara pros leões.

6

—Isso é uma idiotice — disse Gray para a tia enquanto ela segurava seu braço. Ele estava irritado com todo o alvoroço ao redor. — Eu vou lá fora e deixo elas tirarem umas fotos. Elas vão ficar entediadas em pouco tempo. — Ele ia se afastar, mas ela o segurou com mais força. Ele podia ter empurrado o braço dela, mas não queria machucá-la de jeito nenhum.

— Fica aqui — disse ela, com firmeza. — O reverendo Maitland vai cuidar de tudo.

— Vai ser mais fácil pra todo mundo se eu for. Não quero que ninguém se machuque. — Ele já imaginava as manchetes. Afinal, ele era mau e crescido o suficiente para cuidar de si mesmo.

— Lá vem o reverendo Maitland — disse a mulher que estava em pé ao lado dele. — E ele não parece muito feliz.

— Está tudo bem? — perguntou a tia Gina quando o reverendo Maitland se aproximou deles. — A multidão já foi embora?

Ela afrouxou o aperto no braço de Gray, que aproveitou a oportunidade para puxar o braço.

— Desculpa por isso — disse ele para o reverendo. — Eu vou lá fora falar com elas e pedir pra irem embora. Assim todo mundo pode seguir com a vida.

— Não, eu não aconselho que faça isso. — O rosto do reverendo Maitland estava vermelho. — Elas estão um pouquinho... agitadas demais. Eu quero que você saia pela porta dos fundos, aquela que fica entre o púlpito e o órgão. Tem uma pessoa lá esperando pra te ajudar.

Gray olhou para a porta e depois para o reverendo.

— Pela porta dos fundos? — repetiu ele. — O senhor quer que eu fuja? Eu não tenho medo delas, vai ficar tudo bem. — Isso estava virando um caos. Ele estava em Hartson's Creek, não em Hollywood.

— Você pode ficar bem, mas estou preocupado com as garotas lá fora. É mais seguro se você desaparecer.

— Ele está certo, Gray — disse a tia Gina. — Vai ser mais fácil se você sair pela porta dos fundos.

— Está bem, eu vou. Mesmo que isso seja maluquice. Você vem comigo?

Ela balançou a cabeça.

— Se eu for, você vai ter que andar devagar.

— A gente cuida dela — disse o reverendo Maitland. — Depois que você for embora, a multidão vai se dispersar. E aí talvez eu consiga tomar o café da manhã.

— Gray! Gray Hartson! Onde você está? — gritou alguém.

— Acho bom você ir logo! — disse o reverendo Maitland, com pressa na voz.

Gray já tinha sido arrancado de outros lugares — geralmente cercado pela própria equipe particular de seguranças, com a cabeça abaixada até entrar num carro que esperava por ele e ser levado para longe. Mas nunca havia tido que fugir de uma igreja. E, sinceramente, parecia meio brochante.

Ele balançou a cabeça e deu um beijo na bochecha da tia.

— Te vejo em casa, tudo bem?

Ela assentiu, e ele seguiu as orientações do reverendo Maitland, andando a passos largos em direção à porta, empurrando-a com força e atravessando-a. Mais um passo e ele deu de cara com uma coisa pequena e quente e... merda... será que tinha derrubado alguém?

Não, não era alguém. *Ela*. De novo.

— Cora Jean? — perguntou ele, enquanto ela tropeçava na arara de roupas na lateral da salinha minúscula. — Eu te machuquei?

— Não. — Ela balançou a cabeça. — Estou bem. — Ela ajeitou as batinas que estavam penduradas na arara. — A gente precisa sair daqui. Me segue.

— Seguir *você?* — As sobrancelhas dele se juntaram. — Pra onde a gente vai? Pra lanchonete?

Ela sorriu para ele, e ele percebeu que estava curvando os lábios para cima em resposta. Ela ainda estava usando o avental da Lanchonete do Murphy por cima da calça jeans e da blusa preta. Mesmo com o corpo coberto, era impossível ignorar as curvas por baixo da roupa. Ela lambeu os lábios secos, e ele tentou não encará-los. *Sinceramente.*

— A gente não vai pra lanchonete — disse ela, inclinando a cabeça para a porta do outro lado da salinha de batinas. — Espero que você esteja com a academia em dia. Nós vamos escalar alguns quintais.

Gray resistiu à vontade de sorrir da expressão séria no seu rosto. Ela queria brincar de salvadora, e quem era ele para decepcioná-la? E, se isso significasse passar um pouco mais de tempo com ela, ele conseguia encarar.

— Vamos. — Ela pegou a mão dele e o conduziu até a saída de emergência do outro lado da salinha.

Ela tentou empurrar a barra, mas não se mexeu.

— Deixa comigo — murmurou Gray, forçando no mesmo lugar. A barra soltou um suspiro metálico e a porta se abriu para o terreno da igreja.

Gray olhou ao redor e viu que o quintal estava vazio. *Graças a Deus.*

— Pra onde, agora? — perguntou ele, deixando que ela o conduzisse.

— Por aqui. — Ela apontou para a cerca. — Vamos pular a cerca da casa dos Thorsen, depois vamos passar pelo buraco no muro dos Carter. Você vai gostar de saber que tem um portão entre a casa dos Carter e a dos Shortland. — Ela piscou para ele. — O pessoal diz que o velho Shortland estava tendo um caso com a Mamie Carter, e o portão facilitou um pouco as coisas.

Cidades pequenas. Ele tinha esquecido do quanto elas o deixavam maluco.

A primeira cerca foi fácil. Gray foi na frente, se erguendo com facilidade, os bíceps se contraindo enquanto ele jogava o corpo sobre a borda. Ele estendeu a mão para Cora, que a pegou e subiu cambaleando até perto dele, e os dois caíram no gramado do outro lado.

— Onde está o buraco? — perguntou ele.

Ela piscou.

— Era ali — disse ela, apontando para cinco fileiras de tijolos. — Tenho certeza. Era grande o suficiente pra se contorcer e passar.

— Você sempre se contorcia pra passar por ali?

Ela mordeu os lábios e *droga*. O que acontecia com essa mulher?

— Eu não gostava muito de ir à igreja quando era criança — confessou ela. — Toda vez que o sermão ficava chato, eu ia ao banheiro e escapava por um tempo. Ninguém nunca percebeu.

— Você realmente vai pro inferno. — Ele sorriu.

— Nós dois vamos, se não conseguirmos sair daqui. — Ela olhou para a grande casa no fim do quintal de sessenta metros. — Talvez a gente possa bater na porta dos fundos dos Thorsen. Eles vão deixar a gente entrar.

Gray balançou a cabeça.

— Não. Não vamos envolver esse pessoal nisso. Além disso, eu quero ver você pular esse muro.

Ela ergueu uma sobrancelha e ele queria fazê-la baixar.

— Você acha que eu não consigo?

— Eu não falei isso. Só falei que queria ver.

— Humm. — Ela foi até o muro e o analisou de alto a baixo, como se tentasse descobrir a maneira mais fácil de pular. O muro se assomava sobre ela. Era mais alto do que ele também, mas, com um pulo e a força dos braços, ele tinha quase certeza de que conseguiria escalá-lo.

Ela inclinou a cabeça para o lado e flexionou as mãos. Ele a observou se agachando, o corpo ficando tenso enquanto ela se preparava para pular.

— Me deseje sorte — murmurou ela. Dobrando os joelhos, ela se agachou no gramado e pulou, a ponta dos dedos roçando no topo do muro.

E aí ela caiu para trás, com as pernas cambaleando no gramado. Gray andou para a frente até o corpo dela atingir o dele com alguma força.

O suficiente para ele ofegar.

— Ai. — Ela apoiou o corpo no dele, e o calor dela fluiu pelo corpo de Gray. Ele teve que fechar as mãos e formar punhos para se impedir de segurá-la e passar os dedos na pele dela.

Ela inclinou a cabeça para trás, na direção do peito dele, até os olhos dos dois se encontrarem. Estavam quentes e intensos, como se ela conseguisse ler a mente dele. Gray engoliu em seco, chocado pela reação do próprio corpo ao dela. Se fosse outro momento, outro lugar...

— Quem está aí? — gritou uma voz que vinha da casa na ponta distante do quintal. Ele olhou e viu uma figura parada no deque com as mãos nos quadris.

— Aquela é a Della Thorsen — murmurou Cora.

Gray levantou a mão para acenar.

— Será que é melhor a gente sair daqui? — perguntou ele a Cora.

— Você vai. Eu me jogo aos pés da Della e imploro por perdão.

— Guarde essa parte de implorar pra outra hora — disse ele, com a voz densa. — Eu te ajudo a pular o muro.

— E como você pretende fazer isso?

— Assim. — Ele entrelaçou os dedos, virou as palmas para cima e se abaixou diante do muro.

Ela suspirou.

— Eu sou pesada demais. Vou quebrar os seus dedos.

— Tudo bem, eles têm seguro.

Ela lançou um olhar para ele.

Ele sorriu.

— Ei, imagino que você saiba quem eu sou. Esses dedos são as minhas ferramentas de trabalho. Se eu perdê-los, vai ser um prejuízo danado.

— Esse é um bom motivo pra eu não subir neles — disse ela. — E, só pra constar, eu sempre soube quem você era. Você estava usando um gorro, não uma máscara.

— Ah, muito obrigado por não me dar um tratamento especial.

— Eu te avisei dos ovos — observou ela. — Eu chamaria isso de tratamento especial.

— Vou chamar a polícia — gritou Della do deque. — Você está invadindo a minha propriedade!

— Vamos lá — Gray intimou Cora. — Vamos sair daqui.

Com uma expressão cética, ela pôs o pé no berço que ele fez com as mãos e estendeu as mãos para a frente. Gray se ergueu e flexionou os braços para empurrá-la para cima até as mãos dela segurarem o topo do muro.

— Quem diria? — gritou ela. — Acho que eu não consigo pular pro outro lado.

— Fica segurando aí. Vou te dar outro impulso. — Dessa vez ele deslizou as mãos pelas coxas quentes e cobertas pela calça jeans dela. — Vou te empurrar de novo — disse ele. — Tenta pegar impulso.

— Vou soltar os cachorros — gritou Della Thorsen. — Pega, Dodger.

— O Dodger está com dezessete anos e tem incontinência — murmurou Cora para ele. — Ignora.

Gray deslizou as mãos até elas estarem logo abaixo da parte rechonchuda da bunda dela, depois a lançou para cima, soltando-a quando ela jogou as pernas com o impulso do empurrão dele. O pé dela quase bateu no rosto dele, e Gray teve que dar um passo para trás para evitar a colisão, mas ela conseguiu pular o muro. Ele correu para pular e segurou no topo das pedras, puxando o próprio corpo com facilidade para cima antes de cair no outro lado.

— Você dá a impressão de que é tão simples — murmurou ela. — Isso não é justo.

Dessa vez eles não pararam para ver se o dono da casa ia soltar os cachorros. Gray pegou a mão dela e os dois correram até o portão nos fundos do quintal. Estava trancado com uma fechadura enferrujada, mas ele conseguiu soltá-la e abrir o portão para deixar Cora passar primeiro.

Assim que o fechou, ele começou a rir. Não só porque a manhã toda tinha sido completamente absurda, mas porque a adrenalina em suas veias quentes o deixou eufórico. Ele se apoiou na cerca, deixando a cabeça se inclinar para trás, enquanto o peito explodia com a diversão barulhenta.

— Não tem graça nenhuma — disse Cora, embora também estivesse rindo o suficiente para os olhos ficarem marejados e as lágrimas escaparem. — Imagine as manchetes: *Gray Hartson atacado por um cão do inferno enquanto foge da igreja*. Seria inesquecível.

— Minha relações-públicas ia adorar — disse ele. — Seria ótimo pras vendas.

Outra lágrima escorreu pelo rosto dela. Sem pensar, ele estendeu a mão para secá-la com a ponta do dedo, sentindo o calor úmido da sua pele. Ela estava ruborizada, com as bochechas vermelhas e brilhando, e isso provocou alguma coisa nele. Uma coisa muito boa.

— Você é muito bonita — disse ele, com a voz macia. Através das pálpebras pesadas, ele a avaliou. Maçãs do rosto altas, lábios macios, um nariz tão reto que dava para desenhar uma linha com ele e aqueles olhos malditos que não estavam mais chorando. Estavam encarando os dele.

Ela estava a poucos centímetros de distância, mas parecia longe demais. Um passo à frente diminuiu a distância. E aí ele estava passando o dedo da maçã do rosto dela até os lábios, traçando o arco superior enquanto o hálito quente dela o acariciava.

Meu Deus, ela era tão quente e macia. Ele deslizou a palma pela sua nuca, inclinando seu rosto para cima. E o tempo todo ela estava em silêncio, apreciando-o, como se estivesse esperando que ele desse o próximo passo.

Ele se aproximou, e o peito dela deu um nó. Deslizando a outra mão na cintura dela, Gray puxou seu corpo para o dele. O tesão por ela o dominou, substituindo a adrenalina na corrente sanguínea.

Ela piscou, e ele jurou que sentiu os cílios dela na pele. Os lábios dele estavam a um milímetro dos dela, *tão perto*, e ele antecipou o gosto dela na ponta da língua.

— Cora — sussurrou ele, baixando a boca até a dela. — O que você está fazendo comigo?

Foi como se um interruptor tivesse sido acionado. Ela puxou a cabeça para trás, interrompendo a conexão entre os dois. Passando a ponta da língua no lábio inferior, ela balançou a cabeça e deu um passo para trás.

— Desculpa. Você vai ficar bem agora. Eu preciso ir... — Ela olhou para o relógio.

Foi a vez de Gray piscar. *Que diabos tinha acabado de acontecer?* Num minuto parecia inevitável que os lábios dele estariam nos dela. No minuto seguinte? Era como se alguém tivesse jogado um balde de gelo na cabeça dele.

Ele abriu a boca para agradecer, mas ela já tinha ido embora, correndo na direção da praça sem olhar para trás. Gray a observou com um suspiro. Ela era intrigante como o diabo. E, se ela achava que ia escapar, ele sabia o que fazer.

Tomar o café da manhã na lanchonete talvez se tornasse o passatempo preferido dele.

7

—Não acredito que você correu pelo quintal das pessoas e pulou cercas — disse Tanner, balançando a cabeça depois que Gray contou da fuga da igreja.

Gray já estava em casa havia algumas horas, e a tia Gina tinha servido o almoço. Ele e Tanner estavam arrumando a cozinha enquanto ela e Becca ficavam com o pai dele.

— Você está inventando.

— Não estou. Pode perguntar pra Cora Jean na lanchonete. Foi ela que me ajudou.

— Cora Jean? — Tanner ergueu uma sobrancelha. — Você está me dizendo que a Cora Jean pulou um muro de dois metros de altura? — Ele sorriu. — Agora eu sei que você está mentindo.

— Por que eu ia mentir? — perguntou Gray, com a voz confusa.

— Porque a Cora Jean tem setenta e quatro anos. Você deve lembrar dela, de quando a gente era criança. Ela estava sempre gritando com a gente por causa da bagunça. — Tanner franziu a testa. — Não é possível, você *tem* que lembrar.

— Eu realmente não lembro de nenhuma Cora Jean. — Ele franziu a testa, forçando o cérebro a funcionar. — Espera... você está falando da Bruxa?

— Isso. — Tanner fez que sim com a cabeça. — Uma velhinha minúscula. Cabelo branco com um coque. — Ele respirou fundo. — E pelo jeito é uma mulher que sabe escalar muros.

Gray passou a base do polegar no lábio inferior.

— Ela não era velha — disse ele a Tanner que estava com um sorriso satisfeito. — Não tinha mais do que vinte e cinco. — E, sim, ela era jovem e bonita e o fazia querer rir de um jeito que ele não ria havia muito tempo.

E ele queria beijá-la até os dois perderem o fôlego.

— Mas ela disse que o nome dela era Cora Jean?

— Disse. Ela trabalha na lanchonete.

— O que eu posso te dizer? — Tanner deu de ombros. — A única pessoa com menos de cinquenta que trabalha na lanchonete é a Maddie, e eu tenho certeza que você conhece, já que namorou a irmã dela por três anos.

A boca de Gray ficou seca.

— Maddie Clark? Irmã da Ash?

Tanner riu.

— Foi isso que eu disse.

Isso não estava certo. Maddie Clark tinha catorze anos e usava aparelho nos dentes. Gray balançou a cabeça para tentar clarear os pensamentos.

— O que que tem a Maddie Clark? — perguntou Becca enquanto carregava um prato vazio para a cozinha.

— O Gray confundiu a Cora Jean Masters com a Maddie Clark. — Os olhos de Tanner estavam brilhando. — A gente confunde mesmo.

— A fama subiu à cabeça dele. — Becca revirou os olhos. — E, pelo que a tia Gina falou, a Maddie Clark te salvou. Aquelas meninas queriam te devorar no café da manhã.

Gray ainda estava tentando entender.

— Maddie Clark — repetiu ele. — Eu não sabia que ela ainda estava morando na cidade.

Becca pegou um pano limpo na gaveta e ajudou Tanner a secar os pratos enquanto Gray os colocava no escorredor.

— Ela ficou fora por um tempo. Foi estudar música na Ansell — contou a jovem. — Mas alguma coisa aconteceu, e ela voltou pra casa.

— Alguma coisa aconteceu? — repetiu Gray. A curiosidade cresceu dentro dele. — O que foi? — Todo mundo sabia que só os melhores entravam na Ansell. A faculdade de artes em Nova York tinha um dos programas de música mais prestigiados do país.

— Acho que ela voltou pra cuidar da mãe. — Becca deu de ombros. — Foi uma pena, porque eu achei que a gente iria ter outra estrela por aqui. — A irmã sorriu para ele. — Talvez diminuísse um pouco a sua pose.

— A Maddie tocava?

— Ela tocava piano. Ainda toca.

— Eu sabia que ela tocava. Eu lembro de ter aulas com a mãe dela quando eu namorava a Ash. — Ele franziu a testa, lembrando daquela época. Ash usando o uniforme de líder de torcida, Gray sempre com um roxo ou outro por causa do futebol americano. A pequena Maddie sentada ao piano, a mãe debruçada e apontando para a partitura na frente dela.

Ele quase sentiu o aroma da carne assada flutuando da cozinha na lembrança.

— Mas agora ela trabalha na lanchonete?

— E dá aulas de piano. — Becca deu de ombros. — Há anos.

Ele queria fazer mais perguntas, mas Becca já estava querendo saber por que ele estava curioso. Mais uma pergunta e ela poderia começar a fazer perguntas. E, naquele momento, ele não estava preparado para responder.

Algumas horas antes, ele quase tinha beijado a irmã mais nova da ex--namorada. E que merda isso ia dar.

Gray terminou de lavar o último prato e o colocou no escorredor, depois esvaziou a pia, franzindo a testa porque levou uma eternidade para escoar.

— Tem alguma coisa nesta casa que funciona do jeito que deveria? — perguntou ele.

— Não. — Becca sorriu. E era verdade. Depois da manhã que Gray teve, ele estava com vontade de bater em alguma coisa.

— Vou pro meu quarto pra tocar um pouco — disse ele quando terminaram de guardar os pratos. — Vejo vocês mais tarde. — A alma dele precisava dedilhar. Qualquer coisa que tirasse a sua mente daquela casa e daquela cidade e dos malditos habitantes que o estavam deixando maluco.

Ainda mais aquela que o fizera rir e querer beijá-la e que tinha mentido sobre o próprio nome na cara dele.

É, especialmente Maddie Clark.

— Entrem — gritou Maddie para a sobrinha e o sobrinho, escancarando a porta com um sorriso no rosto. A pequena Grace se jogou em cima de Maddie, que conseguiu pegá-la sem se desequilibrar. Carter ficou para trás, com um sorriso tímido no rosto enquanto ajeitava o colarinho da camisa.
— Oi, cara — disse Maddie, bagunçando o cabelo castanho-claro dele. — Você está elegante.
— O que é elegante? — perguntou ele.
— Significa arrumado. Mas arrumado à moda antiga. Era assim que os caras se vestiam quando queriam encantar uma mulher.
— O que é encantar? — perguntou Grace enquanto descia do colo de Maddie. — Tem a ver com bruxas?
— Você está confundindo os meus filhos de novo? — perguntou Ashleigh enquanto subia os degraus até o ponto onde Maddie estava.
— Mãe, o que é encantar? — perguntou Grace a ela, coçando o alto da cabeça loira.
Os olhos confusos de Ashleigh encontraram os de Maddie.
— Eu estava falando com ela sobre encantamento — disse Maddie. — Como nos velhos tempos.
— Encantar é quando um homem decide fazer uma mulher se sentir feliz — disse Ashleigh, revirando os olhos para Maddie. — Mas não é uma palavra que vocês vão usar por muito tempo. Agora entrem pra ver a vovó. Quero falar com a tia Maddie rapidinho.
Maddie deu um passo para o lado para que Grace e Carter pudessem passar, com os sapatos batendo no piso de madeira enquanto corriam para a cozinha. Ela ouviu o tom de voz profundo da mãe cumprimentando os dois, seguidos do tom mais agudo das respostas das crianças.
— Está tudo bem? — perguntou Maddie à irmã.
Ashleigh estava linda como sempre. O cabelo loiro claro estava preso num coque baixo, e as listras simples do vestido de marinheiro valorizavam sua estrutura esguia. Maddie se sentiu horrível ao lado dela, usando apenas uma camiseta e um jeans, mas qual era a novidade nisso?
Ela sempre estivera na sombra de Ashleigh. Era algo que tinha aprendido a aceitar com o tempo. Até mesmo a rir disso. E, se às vezes ela não queria que as pessoas as comparassem muito, bem, isso era normal, não era?
Ashleigh bateu na parte de trás do cabelo.

— Alguma novidade na cidade? — perguntou ela, com uma expressão inocente. — Alguma coisa que eu deveria saber?

Maddie deu de ombros.

— Tipo o quê?

— Ouvi dizer que o Gray esteve na igreja hoje e provocou um tumulto. Você viu alguma coisa da lanchonete?

Por um instante, Maddie congelou. Será que Ashleigh sabia da fuga dos dois? Ou, pior ainda, do quase beijo?

— Tipo o quê? — repetiu ela, mantendo a voz o mais equilibrada possível.

— Não sei. Achei que eu devia perguntar. — Ashleigh pareceu pensativa. — Você acha que eu devia ir vê-lo?

Maddie piscou.

— Por que você ia querer fazer isso? — O estômago dela estava estranho. Como se houvesse um líquido esquentando ali dentro.

Ashleigh deu de ombros.

— Eu era o amor da vida dele. Nós namoramos durante três anos. Parece grosseria se eu não for lá pelo menos pra dar um oi, não é? — A voz dela diminuiu. — A menos que você ache que eu possa passar uma impressão errada a ele.

Os dedos de Maddie se fecharam na palma da mão.

— Isso não iria irritar o Michael? — perguntou ela. O marido de Ashleigh não parecia ser do tipo ciumento, mas, bem ou mal, Maddie não sabia que tipo ele realmente era. Toda vez que ela o via, ele estava sempre calado, como se não quisesse estar no evento do qual elas estavam participando. Ele era dez anos mais velho que Ashleigh, e isso o fazia parecer dezesseis anos mais velho que Maddie. Ela não conseguia pensar em nada que eles tivessem em comum além de Ashleigh e as crianças.

— Que tipo de impressão isso daria? — perguntou Ashleigh, rindo. — Não é como se eu estivesse correndo atrás dele esse tempo todo. Afinal, eu sou casada. E espero que ele também tenha me esquecido. Já faz mais de dez anos que a gente terminou.

— Não sei — respondeu Maddie, ainda se sentindo desligada. — A coisa toda parece estranha, sabe?

— Por que você se sente estranha? Você mal o conhecia. Ainda era uma garotinha quando ele saiu da cidade. — Ashleigh balançou a cabeça. —

Sinceramente, Maddie, não precisa se preocupar comigo. Eu só quero fazer o que é certo. Não quero todo mundo falando de mim, achando que foi grosseria eu não fazer uma visita. Mas eu também não quero que ninguém diga que eu estava desesperada pra vê-lo. — Ela soltou um suspiro.

As aparências sempre foram importantes para Ashleigh, mesmo quando era criança. Ela sempre foi a garota mais bonita da escola, a chefe das líderes de torcida, e, é claro, seu namorado era aquele que todas as outras garotas cobiçavam.

Às vezes parecia que a vida era muito mais fácil para a irmã do que para Maddie. Na maior parte do tempo, ela achava isso divertido. Mas às vezes doía, como alguém cutucando uma ferida antiga. Do mesmo jeito que pensar na irmã indo ver Gray Hartson era como um arranhão no coração.

— Eu devia ir — disse Ashleigh, se inclinando para abraçar Maddie. — Obrigada por cuidar dos macaquinhos. A gente volta umas oito. Você pode vestir o pijama neles? Isso vai deixar a hora de dormir muito mais fácil.

— Claro. Vou dar banho neles e deixá-los prontos pra cama. — Maddie beijou a bochecha de Ashleigh. — Divirta-se.

— Obrigada. Te vejo mais tarde. — Ela se inclinou para dentro da casa e gritou: — Grace, Carter, estou indo. Sejam bonzinhos com a sua tia e com a sua avó.

— Tchau, mamãe! — gritaram Grace e Carter, sem sair da cozinha.

Em seguida, Ashleigh estava descendo os degraus, os saltos batendo nas pedras do caminho.

Maddie a observou e tocou na parte de trás da própria cabeça, fazendo uma careta ao perceber que a trança estava frouxa e que muitos fios tinham escapado. Ela afastou rapidamente a mão balançando a cabeça.

Não fazia sentido tentar competir com sua linda irmã. Tinha aprendido essa lição havia muito tempo.

Depois de jantar com a família e de escutar mais provocação de Tanner sobre o tema pular cercas, Gray foi para o seu quarto, alegando estar com jet lag, mas na verdade queria ficar sozinho.

Ele ainda não tinha conseguido superar o fato de que Maddie Clark o ajudara a fugir da igreja. Quando diabos ela havia crescido? E o mais importante:

por que tinha mentido sobre quem era? Ela sabia quem ele era. Tinha admitido isso, quando eles estavam tentando pular aquele muro maldito.

Ele tentou se distrair tocando guitarra. Tinha um álbum para compor e um estúdio reservado para dali a quatro meses, mas os dedos pareciam não funcionar. Era como se ele tivesse esquecido como se faz para escrever uma música, posicionar uma nota ao lado da outra para criar uma melodia. Em vez disso, toda vez que ele dedilhava parecia errado. Muito errado.

Ele deixou a guitarra de lado e tomou banho, depois se deitou na cama e tentou se lembrar do motivo de ter voltado para casa.

Porque você prometeu à sua irmã. E porque o seu pai está doente.

Ah, sim, e também pelo fato de que ele não voltava a Hartson's Creek fazia uma eternidade. No fim, o sono pareceu melhor do que ficar pensando, mas, como tudo na sua vida, era teimosia.

Algumas horas depois, a primeira gota caiu. Ela mal foi registrada pela mente adormecida. A segunda entrou no sonho dele como se fosse chuva. Mas foi a terceira que o acordou.

Não que fosse só uma gota. Era mais uma inundação vinda do teto e alagando tudo pelo caminho — incluindo Gray e a cama.

Ele se sentou, cuspindo a água da boca e piscando a dos olhos, as sobrancelhas unidas enquanto tentava descobrir que diabos estava acontecendo. A água continuava a cair na parte do travesseiro onde a cabeça dele tinha estado, e ele a seguiu até a fonte — um buraco no teto de gesso que revelou vigas meio podres e um cano enferrujado.

Um cano enferrujado com um buraco.

Ele saltou da cama e olhou ao redor, procurando um balde, uma tigela, qualquer coisa que pudesse colocar embaixo do dilúvio.

— Tanner! — chamou ele. — Tem um vazamento no teto. Me ajuda.

— Quê? — perguntou Tanner, entrando correndo no quarto dele, vestindo apenas a calça do pijama. Ele vestia mais do que Gray, que só estava usando uma cueca boxer e correndo em círculos para tentar achar uma maldita tigela.

— Onde é? — Becca apareceu carregando um balde, graças a Deus. Ele e Tanner puxaram a cama pelo quarto e posicionaram o balde embaixo do vazamento.

— Onde é que a gente desliga a água? — perguntou Gray.

— Embaixo da pia da cozinha.

Ele desceu correndo até a cozinha, com Becca e Tanner logo atrás. Quando eles passaram pelo quarto da tia Gina, ela abriu a porta.

— O que está acontecendo? — perguntou ela.

— Outro vazamento. No quarto do Gray, desta vez — disse Becca à tia.

Outro? Desta vez?

Gray se ajoelhou na frente da pia, abrindo com violência as portas de madeira dos armários e puxando os frascos de produtos de limpeza que eram armazenados ali, depois se inclinou para a frente para desligar a válvula. Estava dura e enferrujada e o braço dele doeu por se esticar num ângulo desconfortável. Mas ele acabou conseguindo e se recostou com um suspiro.

— Quando foi que você fez essa tatuagem? — perguntou Becca, percebendo a tinta no corpo de Gray.

Ele olhou para o peito e para as tatuagens tribais pretas que irradiavam dali até a parte superior dos braços.

— Já faz um tempo. — O desenho levou mais de um ano, intricadamente planejado com seu tatuador que tinha viajado até o país onde ele estava fazendo turnê na época. Desde o instante em que sentiu a primeira agulha furar a pele, tudo pareceu certo. Como uma armadura para protegê-lo.

— É bonita — comentou Becca, seguindo o desenho. — Mas não deixa o papai ver. Ele não gostou da capa do seu segundo álbum.

— É, eu também tive que lavar os olhos — disse Tanner, rindo. — Todos aqueles outdoors em Nova York com o meu irmão pelado me encarando. Tive pesadelos.

— Você se arrepende delas? — perguntou Becca, ignorando Tanner.

— Não. Na minha lista de arrependimentos, elas estão lá embaixo. — Gray deu de ombros. — Agora me diz: vocês têm o número do encanador de emergência? A gente precisa trocar esses canos.

8

— Como assim ele não quer trocar todos os canos? — perguntou Gray, com a voz tensa. — É maluquice trocar só um cano quando a gente sabe que está tudo enferrujado. Quantos vazamentos vocês tiveram no ano passado?

— Alguns. — A tia Gina deu de ombros. — Mas você conhece o seu pai. Ele é teimoso. E ele não gostou dos orçamentos que recebeu pra obra.

Eles estavam sentados à mesa do café da manhã, Gray bebendo café quente numa caneca velha e lascada. Era estranha a quantidade de coisas que precisavam de conserto por ali. Não só o telhado e o encanamento e a tinta descascada lá fora, mas a cozinha e os banheiros ainda eram iguais aos da infância dele. Era como se nada tivesse sido tocado durante anos.

— Quanto é? — perguntou Gray. — Eu peço pra transferirem o dinheiro. Você devia ter me contado antes. Sabe que eu teria cuidado de tudo. Vou arrumar algum lugar pra gente ficar enquanto os canos são trocados.

Ele ficou com raiva por eles não terem pedido ajuda a ele.

— Eu não podia contar — disse a tia Gina, tensionando os lábios.

— O papai não deixou ela contar — disse Becca enquanto servia uma caneca de café para si mesma. Eles tiveram que encher a cafeteira na torneira externa, junto com as panelas no fogão que estavam fervendo, prontas para serem lavadas depois do café da manhã.

Gray balançou a cabeça ao saber dessas coisas.

— Eu tenho mais dinheiro do que coisas pra fazer com ele — protestou. — Me deixa ajudar.

— O papai é orgulhoso. Você sabe disso. — Becca suspirou. — Ele fica dizendo que vai consertar tudo quando estiver melhor. Mas ele nunca melhora, sabe?

É, Gray sabia. Ou pelo menos sabia agora. Assim como o estado da casa, a saúde do pai também tinha sido um choque.

— Vou falar com ele — disse Gray, com a voz determinada.

— Pra irritá-lo enquanto ele está doente? — perguntou tia Gina. — Por que você faria isso?

— Porque vocês não deviam estar vivendo assim — disse Gray. — Estamos no século XXI. Somos o melhor país do mundo. E eu posso pagar, porra.

— Olha a língua. — Becca ergueu uma sobrancelha para ele.

— Desculpa. — Ele balançou a cabeça. — Mas isso me deixa irritado, car... droga. O orgulho do papai está impedindo vocês de viverem como pessoas civilizadas. — Ele deixou o café de lado. — Deixa eu falar com ele, tudo bem? Não vou gritar nem irritá-lo. Eu juro.

— Foi isso que você disse na última vez.

Gray deu um meio sorriso.

— Bom, desta vez eu estou falando sério.

— Deixa ele ir — disse Tanner se recostando na cadeira. — Talvez ele consiga convencer o velho. Deus sabe o quanto eu tentei.

— É fácil pra vocês — disse tia Gina, juntando as sobrancelhas. — Vocês não têm que viver com ele o tempo todo. Vocês vão embora logo, e Becca e eu vamos ficar pra varrer os cacos se vocês o enlouquecerem.

— Vocês duas também não precisam ficar — observou Gray. — Você sabe que eu posso comprar uma casa pra vocês em qualquer lugar. É só falar.

— Eu nunca o deixaria. — Tia Gina cruzou os braços. — Você sabe disso.

O coração de Gray amoleceu com a lealdade dela. Ele sabia que não era da boca para fora. Na infância deles, tia Gina tinha sido um anjo da guarda, cuidando deles quando mais precisavam.

Ela chegou à casa da família no dia seguinte à morte da mãe deles — irmã dela — e nunca mais foi embora. Dali em diante, ela cuidou das crianças. Secando os olhos deles com um lenço no enterro da mãe, abraçando-os quando pesadelos os acordavam no meio da noite. Repreendendo-os quando não entregavam os deveres no dia certo ou quando a diretora ligava para dizer que um dos quatro irmãos Hartson tinha faltado à aula.

Ela havia amenizado o sofrimento deles e comemorado suas vitórias e todos a amavam por isso.

— Por que você fica? — perguntou Gray à tia. — A maioria de nós foi embora há muito tempo. Até a Becca vai se mudar daqui a pouco. Você já cumpriu a sua promessa pra minha mãe.

Pelo canto do olho, ele viu o rosto de Becca desabar. Ela era tão pequena quando a mãe morreu que nem conseguia se lembrar dela. A tia Gina era a única figura materna que ela conhecia.

— Eu prometi à minha irmã que ia cuidar de todos vocês — disse tia Gina, com a voz baixa. — Isso *inclui* o seu pai. E ele precisa de mim. — Ela se levantou e carregou o prato até a pia. — Vou ficar aqui pelo tempo que ele precisar.

— Nesse caso, eu vou pagar pelo encanamento novo. E pelo telhado — disse Gray a ela. — Obrigado pelo café. Vou falar com ele agora.

Ela balançou a cabeça quando ele se levantou e foi para o corredor, na direção do escritório do pai. Quando ergueu a mão para bater na porta, ele ouviu a resposta dela.

— São dois teimosos. Isso tudo vai acabar em lágrimas.

Quando Gray tinha vinte anos, disse ao pai que ia sair da faculdade, se mudar para Los Angeles e gravar um disco, depois que lhe ofereceram um contrato de dois álbuns com uma das maiores gravadoras do país.

O pai não disse nada por cinco minutos. Só ficou encarando Gray através daqueles olhos azuis marejados, os lábios tensionados, o lado direito do maxilar se contraindo.

Mais de uma década tinha se passado, mas o pai estava encarando Gray exatamente do mesmo jeito. Como se Gray não fosse nada além da merda na sola do sapato dele e ele estivesse esperando uma oportunidade para arrancá-lo dali.

Mas havia um problema nisso. Gray não tinha mais medo do velho. E ele precisava pensar na tia Gina. Ele não ia deixar Becca e a tia ali naquela casa destruída enquanto as duas cuidavam do pai dele. Elas mereciam coisa melhor. Todos mereciam.

— Não.

A resposta foi fraca o suficiente para Gray ter que se inclinar para a frente, o corpo forte se assomando sobre o pai.

— O quê?

— Eu disse não. Nós não precisamos da sua ajuda. Nunca precisamos. — O pai tossiu, e o corpo todo se sacudiu. Se fosse qualquer outra pessoa no mundo, Gray teria perguntado se ele estava bem, mas ele sabia que não devia perguntar isso ao pai. Compaixão significava fraqueza aos olhos de Grayson Hartson III. Qualquer emoção.

— Esta casa está caindo aos pedaços. E, pelo que estou vendo, não sobrou dinheiro pra reformá-la. Você precisa da minha ajuda.

— Não preciso de ajuda nenhuma. — Os olhos do pai estavam duros como pedra. — Você acha que é um grande homem por jogar dinheiro pro alto? Acha que isso te faz melhor do que eu? O seu dinheiro é sujo. Eu não quero fazer parte disso.

Gray franziu a testa.

— Sujo? Como?

— Você não ganhou esse dinheiro honestamente.

— Eu conquistei cada centavo. Escrevi músicas, gravei, viajei pelo mundo todo pra promovê-las. — O pai estava atraindo ele para isso, Gray sabia, mas era impossível parar. O velho sabia tocar nas feridas, e cada uma delas doía.

— Você se prostituiu. Acha que eu não vi as fotografias? Você desfila pras garotas jogarem dinheiro pra você. — Os olhos do pai se estreitaram. — E agora você quer que eu aceite esse dinheiro? Não, obrigado. Não aceito o dinheiro do diabo.

Gray não sabia se ria ou gritava. *O dinheiro do diabo?* Era um bom nome para um álbum, mas um jeito horrível de descrever o próprio filho.

— Então você prefere deixar a tia Gina e Becca viverem na imundície? — Meu Deus, como o pai dele era teimoso. Se bem que ele também era. Esse traço de caráter corria nas veias de todos os Hartson e provocava conflitos espetaculares.

Talvez ele devesse ir embora mais cedo. Sair daquele buraco do inferno e entrar num avião para Los Angeles. Ele podia estar sentado na própria varanda, dedilhando a guitarra, escrevendo novas músicas enquanto olhava para o mar.

— Vou melhorar daqui a pouco — disse o velho, empinando o peito apesar de estar deitado na cama. — Eu vou consertar tudo. Como eu sempre fiz.

Pelo jeito como ele disse, Gray quase acreditou. Ele tinha certeza de que o pai também acreditava. Mas bastava olhar para ele naquela cama, com o corpo frágil e envelhecido, o rosto marcado pela idade, para saber que não era verdade. De jeito nenhum ele ia subir no telhado ou trocar os canos.

Gray engoliu a compaixão que tentou crescer dentro dele. Disfarçou dando de ombros.

— Eu faço — disse ele.

— Faz o quê?

— Eu troco os canos. Conserto o telhado.

O pai tossiu uma risada.

— Você fazer isso? Sério? Você nunca fez trabalho manual na vida. Você sabe cortar cano? Emendar? — Outra tosse. — Eu adoraria te ver tentar.

— Eu falei que ia fazer e vou fazer. — Gray respirou fundo, com o maxilar travado e o peito estufado.

Ele não sabia quem estava mais surpreso com a sua determinação: o pai ou ele mesmo. De qualquer maneira, teve que engolir o gosto da frustração que sempre parecia se instalar nele quando falava com o pai.

— Vai em frente. Vai ser bom ter um pouco de diversão por aqui.

Gray deu de ombros e saiu do escritório do pai, as paredes se fechando ao seu redor quando ele chegou ao corredor.

Ele precisava sair dali por um tempo. A casa o estava fazendo tremer como louco.

Maddie entrou na lanchonete pela porta da cozinha, chamando Murphy para avisar que tinha voltado. Ele ergueu o olhar e a chamou até a porta que dava na lanchonete

— O que você acha que é aquilo? — perguntou ele, apontando para alguém sentado no compartimento do canto. — Ele estava perguntando pela Cora Jean. — Ele baixou a voz. — Você não acha que é um daqueles gigolôs, né? Atrás do dinheiro dela?

Maddie tentou não rir. Cora Jean recebia uma pequena pensão, que complementava com o dinheiro que ganhava trabalhando na lanchonete. Não se encaixava no perfil de *sugar mommy*.

Olhando para o lugar para onde Murphy estava apontando, Maddie sabia exatamente quem era a pessoa, com os ombros largos e o cabelo castanho que encaracolava acima da nuca. Ele estava usando um boné azul-escuro, com a aba puxada sobre o rosto, e a cabeça estava abaixada, como se ele estivesse lendo o cardápio com atenção. Isso permitiu que ela o analisasse por um instante, avaliasse os músculos das costas, as tatuagens que estavam quase cobertas pelas mangas da camiseta preta. Ela se perguntou qual seria a sensação de seguir o delineado das tatuagens com o dedo.

— Só tem um jeito de descobrir — disse Maddie a Murphy, enfiando a bolsa num armário e pegando um avental limpo no gancho. — Vou ver se ele quer café.

— Tenta vender uns waffles pra ele. Eu fiz massa demais.

— Demais quanto? — perguntou Maddie, curiosa.

— Quase um litro. — Murphy deu de ombros. — Está vazio aqui hoje.

Maddie sorriu e abriu as portas duplas de metal que davam no salão da lanchonete. Murphy estava certo, o lugar estava realmente vazio. Assim eram as terças-feiras.

— Café? — perguntou ela, levando um bule cheio até a única mesa ocupada.

Gray levantou o olhar, um sorriso lento curvando os lábios.

— Cora Jean — disse ele. — Como você está?

Os olhos dele encontraram os dela e ela sentiu a pele formigar. Mesmo com a aba do boné puxada para baixo, ele era ridiculamente lindo. Ela sentiu vontade de jogar um balde de água na própria cabeça. É, ele era bonito, mas ela havia conhecido muitos caras bonitos.

Se bem que nenhum deles tinha feito o corpo dela formigar daquele jeito.

— Puro. Sem açúcar, né?

— Isso mesmo.

Ela serviu uma caneca cheia, depois fez um gesto inclinando a cabeça para o cardápio na frente dele.

— Posso trazer alguma coisa pra comer?

— Serve uma xícara pra você e senta aqui comigo — disse Gray, com os olhos ainda grudados nos dela. — Maddie.

Ela já estava esperando por isso. Não era possível ficar na cidade sem descobrir tudo e Gray não era burro. Mesmo assim, ela sentiu o estômago revirar quando ele disse seu nome. Não porque ele não tivesse falado lindamente — ele tinha. Mas porque significava que ela teria que ser ela mesma. A velha e boba Maddie Clark. Ela meio que tinha gostado de ser a intrépida Cora que o desencaminhara.

— Tenho que trabalhar — disse ela.

Ele olhou ao redor.

— Você não está exatamente correndo de um lado pro outro. Eu compro o seu café da manhã. Me fala qual é o veneno de hoje.

— Ouvi dizer que os waffles são bons — disse ela, com a boca contraída e se divertindo.

— Melhores que os ovos?

— Qualquer coisa é melhor que os ovos. — Os olhos dele encontraram os dela, e ela percebeu que estava ficando corada. Ele tinha um charme irresistível. Um charme que fazia as crianças sorrirem, as jovens desmaiarem e as mulheres mais velhas gastarem muito dinheiro com a música dele.

— Duas porções de waffles, então.

Ela fez o pedido a Murphy e pegou uma caneca de café para si mesma.

— Você é corajoso de sentar perto da janela — disse ela. — Depois do que aconteceu no domingo, achei que ia querer ficar mais escondido.

— Imagino que a maioria das meninas esteja na escola agora. E eu queria te ver.

A respiração dela ficou presa na garganta.

— É mesmo?

— É. Eu tenho uma pergunta pra você.

— Posso não querer responder — disse ela, inclinando a cabeça para o lado. Ele sorriu de novo, um sorriso ensolarado que formava rugas nos cantos dos olhos.

— Estou com um pressentimento em relação a você. — Ele apoiou o queixo na mão fechada e se inclinou para a frente, os olhos semicerrados ao encontrar os dela. — Mas acho que você me deve a verdade.

— Como foi que você chegou a essa conclusão?

Ele se recostou, analisando-a.

— Porque a gente se uniu pelo trauma no domingo. Não é possível passar por uma coisa daquelas sem criar uma conexão com a pessoa.

— Nós pulamos umas cercas.

— E quase fomos atacados por um cão feroz. — Ele tomou um gole de café, erguendo uma sobrancelha.

— Um cachorro com incontinência que já perdeu a maioria dos dentes.

— Viu? — Um vislumbre de divertimento piscou nos olhos dele. — Isso é apavorante.

Ela riu. Não conseguiu evitar. Tinha alguma coisa nele que deixava o ar fácil de respirar. Ele era uma máquina de oxigênio humana e a fazia se sentir mais leve que o ar.

— Tá, nós estamos ligados pelo trauma. Isso com certeza significa que você tem que pegar leve comigo.

— Vou pegar bem leve com você. — Sua voz estava docemente baixa. Ela sentiu isso nos dentes. — Por que você não me contou quem era?

— Porque você teria feito perguntas que eu não queria responder.

— Fofo. — Ele sorriu de novo. — Deixa eu adivinhar. Você achou que eu fosse perguntar da sua irmã?

Ela apertou a caneca com mais força.

— Não ia?

— Eu não precisava saber da Ash. Tenho certeza que ela está casada e com filhos. Provavelmente morando numa casa enorme a alguns quilômetros daqui. Ela é voluntária na escola dos filhos, talvez numa instituição de caridade bem escolhida ou duas, nada controverso. E ela vai toda sexta-feira no salão pra se arrumar pra sair à noite com o marido.

Maddie franziu a testa.

— Como é que você sabe? Você andou fazendo perguntas sobre ela por aí?

— Não. — Gray se recostou, cruzando os braços. Ela tentou ignorar a maneira como os bíceps dele se flexionaram ao fazer isso. — Ela sempre quis isso. E a Ash sempre consegue o que quer.

Menos você. Maddie piscou com o pensamento.

— Acho que não era isso que você queria.

Ele balançou a cabeça.

— Não sou um cara de cidade pequena.

Não havia como argumentar com isso. Gray Hartson não pertencia àquele lugar. Era talentoso demais, bonito demais, *tudo* demais. Ele parecia ofuscar tudo e todos com quem fazia contato.

— Por que você está aqui? — perguntou ela.

— Quando o meu pai ficou doente, a Becca me pediu pra vir. Então eu parei no meu caminho pra Los Angeles.

— Você vai embora logo?

Ele balançou a cabeça.

— Não tão rápido. — Ele baixou o olhar para a xícara e passou o dedo na borda. — Vou ficar na cidade por um tempo.

— Quanto tempo? — O peito dela se apertou. Ela não conseguiu identificar o motivo. Era medo, empolgação, nervosismo? Tudo isso pareceu explodir dentro dela num coquetel de emoções estonteante.

Medo porque ele ficar significava mudança. Significava que ele e Ashleigh se encontrariam de novo e, mesmo que Ash estivesse casada, ela provavelmente iria encantá-lo.

Empolgação porque estar perto de Gray era como ficar pendurada de cabeça para baixo numa montanha-russa que desafiava a gravidade. Fazia o coração disparar e o sangue bombear de um jeito que ela nunca tinha sentido.

E o nervosismo? Bom, ela não gostava de perder o controle. Tinha tentado isso antes e caído muito, muito, muito feio.

— Alguns meses. Tempo suficiente pra trabalhar numas músicas novas e ajudar a consertar aquela casa velha. Ela precisa de canos novos e de um telhado novo. Achei que eu poderia ajudar.

— Ajudar como? — perguntou Maddie. — Você vai supervisionar os empreiteiros?

— Eu mesmo vou consertar tudo. — Ele passou a ponta da língua no lábio inferior, pegando uma gota de café.

Ela teve que fechar bem os lábios para não rir.

— Você? — Ela tentou imaginar. Gray Hartson, vencedor do Grammy, no telhado quebrado da sua velha casa de infância, usando um cinto de ferramentas. Se ela tirasse essa foto, ganharia dinheiro suficiente para pagar pelos medicamentos da mãe pelo resto da vida. — Por quê?

— Meu pai não quer deixar ninguém fazer. Você sabe como ele é. — Gray deu de ombros.

— Você já reformou uma casa? — perguntou ela.

— Mais ou menos. — O canto da boca dele se curvou para cima. — Eu fiz algumas coisas na minha primeira casa em Los Angeles. E eu tenho uns amigos que podem me ajudar. Você conhece os irmãos Johnson?

— Aqueles do programa de TV? — perguntou Maddie. — *Como reformar a sua casa em trinta dias?*

— É, esses. Eles vão me ajudar com tudo que eu não conseguir aprender. Faço uma chamada de vídeo com eles, se precisar. Não pode ser tão difícil.

— Os waffles estão prontos! — gritou Murphy na porta aberta da cozinha. — Eu estava tocando a campainha, Maddie.

— Salvo pelo gongo. — Ela sacudiu as sobrancelhas. — Fica aqui que eu trago o seu café da manhã.

9

— Você viu isso? — perguntou Becca a Gray quando ele voltou para casa. Ela estava segurando o próprio celular e ele se inclinou para ver.

— Um e-mail? — indagou Gray.

— Ahã. Do reverendo Maitland. Lembrando ao rebanho que nós precisamos respeitar e acolher todos os visitantes da cidade, e não tirar fotos e compartilhar nas redes sociais.

Gray franziu a testa.

— Ele falou o meu nome?

— Não, mas todo mundo sabe que é de você que ele está falando. — A voz de Becca estava alegre. — Acho que ele não quer que você saia correndo de novo pelo quintal de ninguém.

— Isso é desnecessário — disse Gray, passando os olhos na mensagem. — *Assim como Jesus acolhia todo mundo no seu rebanho, temos que fazer o mesmo* — leu ele. — *Por favor, não invadam a privacidade de ninguém na igreja ou fora dela.*

— Os e-mails do reverendo Maitland são como encíclicas papais. — Becca ainda estava sorrindo. — A palavra dele é a lei. As pessoas vão te deixar em paz agora.

— Ah, até parece. — Gray devolveu o celular. — Estamos no século XXI.

— Estamos em Hartson's Creek — observou Becca. — E, como você está sempre nos lembrando, a cidade ainda não atravessou o milênio.

O celular de Gray tremeu no bolso. Ele o pegou e viu o nome do empresário piscando na tela. Deslizou o dedo e atendeu.

— Marco?

— Recebi sua mensagem. Você não está falando sério sobre trocar canos e consertar o telhado, está?

— Estou falando muito sério. — Gray se apoiou na mesa da cozinha. — Eu prometi ao meu pai.

— Mas você tem um álbum pra compor — lembrou Marco. — O estúdio está reservado. O pessoal da gravadora vai ficar puto se a gente cancelar.

— Vou continuar compondo. Não precisa se preocupar.

— Tá boooom... — Marco arrastou a palavra por quatro sílabas. — Mas me deixa falar com a gravadora, avisar o que você vai fazer. Talvez agendar uma reunião por vídeo. E, sobre essa obra, eu tenho que verificar com o seguro, pra ver o que você pode e o que não pode fazer.

Gray riu.

— Tenho quase certeza que eles não mencionam o trabalho de encanador na apólice.

— Fica na parte do trabalho manual. Vou ter que falar com o corretor. — Marco fez uma pausa como se estivesse fazendo uma anotação. — E como está a família?

— Tudo bem. Molhada. — Gray contou da inundação.

— A sua tia está bem? As coisas dela não foram destruídas, né?

— Ela está bem. Mais forte do que todos nós juntos. Você pode conseguir uma caminhonete pra mim enquanto estou aqui? Vou precisar de uma pra comprar material de construção.

Marco começou a rir.

— Você vai fazer mesmo, né?

— Claro que vou. — Gray franziu a testa. — Por que todo mundo dá risada quando eu falo nisso?

— Porque você é Gray Hartson. Você ganha mais num minuto do que um encanador num mês. Isso não faz sentido. — Marco pigarreou. — Você ligou mesmo pros irmãos Johnson pra pedir ajuda?

— Eles estão me dando alguns conselhos. — Gray sabia que parecia na defensiva. E que não era culpa de Marco ele achar tudo tão estranho. Caramba, aquilo *era* estranho.

— Olha, não faz nenhuma coisa idiota, tudo bem? Não sei por que você vai fazer isso, mas você vai fazer, e eu vou te apoiar. Só cuida dessas mãos e escreve algumas músicas. É tudo que eu te peço.

A música não era o problema. Ele já tinha escrito duas. Brutais, corajosas e cheias de emoção.

Como ele se sentia toda vez que acordava em Hartson's Creek. Ou toda vez que entrava na lanchonete e via uma morena específica atrás do balcão. Ele passou os dedos no cabelo, tentando descobrir o que o atraía para a irmã mais nova da sua ex-namorada. Sim, ela era bonita, mas ele não dava bola para mulheres bonitas. Assim como as drogas e as bebidas, estar cercado de mulheres perfeitas perdera a graça muito rapidamente para ele.

Só que Maddie não era perfeita. Ela era franca, mas cautelosa; confiante, mas ele também conseguia ver a vulnerabilidade ali. Madison Clark era um enigma e era muito diferente da adolescente da qual ele se lembrava. E ele estava fascinado por ela.

Marco pigarreou.

— Hum, Gray?

— Sim? — Ele ficou olhando enquanto tia Gina entrava com um cesto cheio de roupas. Prendendo o celular entre a orelha e o ombro, ele pegou o cesto da mão dela e o carregou até a lavanderia.

— Você está bem? — Marco baixou a voz. — Tipo, você sabe, mentalmente bem?

— O quê? — Gray tossiu uma risada. — Estou sim. Por que a pergunta?

— Porque você está tomando umas decisões estranhas. Eu já vi isso acontecer. Uma longa turnê seguida de um burnout. Acha que eu preciso marcar uma teleconsulta com o doutor Tennison?

— Não preciso falar com o meu psiquiatra. Eu só estou cuidando da minha família. Tenta não se preocupar tanto. — Gray balançou a cabeça. — Daqui a dois meses eu volto pra Los Angeles pra gravar o próximo álbum. Não se preocupa.

— Eu me preocupo, sim. Não faz nenhuma idiotice. E continua trabalhando. Não tenho a menor ideia de como eu vou produzir isso. Talvez a gente possa mandar uma equipe de filmagem ou algo assim...

— Nada de equipe de filmagem. — Gray balançou a cabeça. — Não precisamos produzir nada. Vou consertar uns canos e ripas e passar um tempo com a minha família. Nada pode ser mais simples.

— Famosas últimas palavras — disse Marco baixinho.

— Falo com você depois, Marco. — Ele desligou antes que Marco pudesse sugerir mais alguma coisa. Porque estava tudo bem. Tudo sob controle. Ele ia passar as semanas seguintes consertando a casa e compondo.

O que poderia dar errado?

— Aqui estão — disse Maddie, pondo os remédios da mãe na mesa da cozinha. Tinha passado na farmácia no caminho do trabalho para casa. — O suficiente pro próximo mês. E o Murphy mandou um pedaço de torta pra gente comer depois do jantar.

— Torta de quê? — A mãe olhou para cima com um sorriso. Estava com aquele olhar nebuloso de depois de uma soneca.

— Cereja. Sua preferida. Vou tomar um banho e depois faço uma comida gostosa pra nós. Precisa de alguma coisa?

— Estou bem. A Rita Foster veio aqui mais cedo. Me ajudou com o almoço.

— Que bom. — Maddie se abaixou para beijar o rosto da mãe. — Desculpa, estou fedendo a gordura.

— A Rita contou que o Gray Hartson teve que fugir da igreja no domingo. Disse que você ajudou.

A coluna de Maddie se endireitou.

— Ah, ela contou? — comentou, mantendo a voz leve. — Achei que ela fosse guardar isso pro dia do *Cadeiras*.

A mãe deu uma risadinha.

— Ela não conseguiu segurar. Disse que teve umas reclamações. Della Thorsen disse que vocês quase a mataram de susto.

— Della Thorsen mal viu a gente. Ficamos no canto do quintal dela por uns três segundos. Eu estava tentando ajudar. O reverendo Maitland me pediu pra tirar o Gray escondido de lá.

A mãe dela sorriu.

— Como ele está? Ele sempre foi um jovem tão adorável. Teve uma época em que eu realmente achei que ele e a Ashleigh... — a voz dela diminuiu. — Bom, isso já ficou no passado — acrescentou apressadamente. — A Ashleigh está muito feliz com o Michael e as crianças.

— É. — A garganta de Maddie pareceu estar arranhada. — E ele está bem. Tenho certeza que ele vai passar por aqui em algum momento pra dizer um oi. Ele sempre teve tempo de sobra pra você.

— Quanto tempo ele vai ficar na cidade? — perguntou a mãe.

Maddie pôs a palma da mão na nuca. A pele estava úmida e quente.

— Alguns meses, acho. Ele vai ajudar o pai a reformar a casa.

— A Gina vai adorar. Ela está sempre reclamando daquela casa. E é claro que ela adora quando os garotos vêm. Eles demoram pra vir. — Ela soltou um muxoxo.

Maddie deu um sorriso para a mãe e foi para o corredor. Não queria pensar em Gray Hartson naquele momento. Tinha sido um longo dia e ela estava esgotada. Talvez uma ducha ajudasse.

— Não sei o que dizer pra você — começou Mac Johnson, balançando a cabeça enquanto encarava Gray pela tela do celular. — Esses canos têm pelo menos cinquenta anos. Está vendo aquela corrosão ali à direita? Esse cano é feito de chumbo. Alguns outros parecem mais aço galvanizado, pelo que estou percebendo. Mas, sem ver ao vivo, eu só posso dar um palpite. Você sabe quando os canos foram trocados pela última vez?

— Acho que o meu pai fez isso quando ele e a minha mãe se casaram. — Gray passou o polegar pelo maxilar. — Acho que deve ter uns quarenta anos.

— É, os canos de aço são dessa época. Os de chumbo podem ser os originais. Se fosse a minha casa, eu arrancaria todos e começaria do zero.

— Quanto tempo isso vai levar? — Esse era Tanner. Ele se inclinou para perto do celular, fascinado porque Gray estava casualmente ouvindo conselhos de um dos irmãos Johnson.

— Se fosse eu, uma semana. Com amadores? O seu palpite é tão bom quanto o meu. — Suas sobrancelhas se uniram. — Tem certeza que quer fazer isso, Gray? Eu entenderia se você estivesse fazendo isso por publicidade ou caridade. Mas tirando isso? Chama um profissional.

— Por que todo mundo fica me perguntando isso?

— Porque você é maluco, irmão — disse Tanner. Mac riu.

— Você devia escutá-lo — concordou Mac. — Paga um profissional, depois vai lançar outro álbum de um milhão de dólares.

— Eu vou fazer — disse Gray.

— Ele é teimoso demais. — Tanner deu de ombros. — Todos nós somos. Quando ele bota uma coisa na cabeça, não tem nada que o convença a desistir.

— É, ele pode precisar dessa teimosia, se for trocar os canos. — Mac suspirou. — Falei com um amigo que é encanador e ele vai desenhar um plano pra você. Vai fazer uma lista do material necessário, um cronograma da obra, as ferramentas que você vai querer e a sequência pra trocar tudo. Mas você tem que entender que isso é trabalho de profissional. Eu não esperaria pegar uma guitarra e ser capaz de tocar na mesma hora. Você também não deve esperar ser capaz de fazer isso. Você *vai* cometer erros e *vai* ter prejuízo.

— As perspectivas não são boas — Tanner deu um sorriso falso.

— Você vai ajudar? — perguntou Mac.

— Não por muito tempo. Eu volto pra casa no próximo fim de semana. Depois disso ele vai estar sozinho

— Eu vou estar aqui — protestou Becca. — Posso ajudar.

— Você parece a mais sensata de todos. — Mac assentiu. — Certo, eu preciso ir. Tenho uma reunião sobre a próxima temporada daqui a meia hora.

— Tudo bem. — Gray assentiu. — Obrigado, Mac. Agradeço muito.

— E eu vou agradecer quando você cantar no casamento da minha filha — disse Mac, piscando para ele. — Boa sorte. Você vai precisar.

Gray desligou o celular e olhou para o irmão, que estava engolindo um sorriso.

— Eu te falei que era maluquice — disse Tanner.

— Ignora ele. Você consegue, Gray. Você sempre estava trabalhando na casa quando a gente era criança. E você consertou a minha bicicleta quando eu bati no muro, lembra? — Becca sorriu.

— Você vai ter que filmar — disse Tanner, bagunçando o cabelo da irmã mais nova. — Eu preciso ver isso em detalhes.

— Ninguém vai filmar nada — rosnou Gray. — Quando exatamente você vai embora?

— Na segunda depois do meu aniversário. No mesmo dia em que o Cam e o Logan vão embora. — Os irmãos iam fazer uma visita rápida à cidade no fim de semana do aniversário de Tanner, para comemorar com ele e também matar a saudade de Gray.

— Isso me lembra uma coisa. Eu falei com o Sam, e o concurso de karaokê está de pé — disse Becca, com os olhos brilhando. — Oito em ponto no Moonlight Bar.

— Concurso de karaokê? — Gray balançou a cabeça. — Sério?

— O karaokê no Moonlight é o máximo — disse Tanner, com o rosto sério. — Você vai adorar.

Becca bateu palmas.

— Vai ser incrível. Todos os meus irmãos no mesmo lugar.

— Tem certeza que eu devo ir? — Gray sentiu que estava acabando com a graça dela. — Eu não quero causar mais problemas, como fiz na igreja.

— Vai dar tudo certo — disse Tanner. — Eles não deixam adolescentes entrarem. E o gerente, Sam, é todo certinho. Ele vai proteger a gente.

— Por favor, Gray — implorou Becca. — Nós nunca fomos juntos a um bar. Quero dançar com o meu irmão mais velho.

— Ele não sabe dançar — disse Tanner, rindo. — Mas seria bom se você fosse.

— Não sei... — Gray tensionou os lábios.

— É só dizer sim. A gente cuida de você. O Logan e o Cam também. — Becca apertou o braço dele.

— Acho que ele está com medo. — Tanner piscou. — E se ele perder no karaokê? Ele nunca vai aceitar.

Gray grunhiu.

— Eu vou. Mas não vou cantar. — Ele olhou para a irmã. — E não vou dançar, a menos que eu esteja com a cabeça cheia de uísque.

Becca ergueu as sobrancelhas.

— Parece um desafio. — Ela se aproximou para beijá-lo no rosto. — Estou tão feliz de você estar aqui. Você é demais.

10

Gray não conseguia se lembrar da última vez em que sentira tanta dor. Eram apenas oito da noite, mas seus músculos estavam implorando para ele levá-los para a cama e deixá-los dormir por umas boas doze horas. E ele teria feito isso, se não tivesse um maldito álbum para compor. Havia passado os últimos dias com o corpo contorcido em posições malucas para trabalhar no encanamento e as noites na antiga edícula do pai com a guitarra e partituras em branco, determinado a escrever pelo menos uma música por semana e a estar pronto para o estúdio de gravação dali a dois meses.

No primeiro dia da obra, ele quase inundou a cozinha. Houve um início de pânico de Becca e um rosnado alto do pai enquanto ele puxava a água e tentava descobrir onde tinha errado. Tudo parecia levar o dobro do tempo que ele achava que levaria.

— Droga, vou ficar feliz quando voltar pra casa — disse Tanner, girando a cabeça como se estivesse tentando tirar os nós do pescoço. — Por que mesmo eu disse que ia te ajudar?

— Porque senão eu teria te dado uma surra — disse Gray enquanto secava um prato e passava para o irmão mais novo. — E isso ia doer mais.

— Isso. — Tanner sorriu. — Você mal consegue segurar esse pano de prato, quanto mais provocar algum dano no meu corpo. Além disso, eu ouvi o que o seu empresário disse sobre as suas mãos. Fica de luva o tempo todo, nada de cortes e farpas. Esses belos dedos valem muito.

Gray revirou os olhos.

— Você sempre foi engraçadinho.

— Cada vez mais. — Tanner piscou. — Cara, eu estou exausto. Quer ir comigo ao Moonlight? Você pode pagar uma cerveja pra mim, pra me agradecer pelo trabalho duro.

— Eu te pago uma cerveja no sábado — disse Gray. — A gente pode fazer um brinde à sua partida.

Tanner riu.

— Você está desesperado pra se livrar de mim?

Não. Gray estava apavorado com a partida do irmão. Não só porque ele estava ajudando na reforma, mas porque estava gostando de ter esse tempo para se conectar com Tanner. Com três anos a menos que ele, o irmão mais novo tinha sido um chato durante a maior parte da infância dos dois. Mesmo assim, ele o protegia o quanto podia — primeiro pela dor da morte da mãe, depois pela raiva da qual o pai nunca se livrava.

Tanner tinha quase dezessete anos quando Gray fora embora para Los Angeles. Ainda era uma criança, apesar dos protestos. Mas agora era um homem, e Gray estava se conectando com ele em outro nível.

A casa ia ficar silenciosa sem ele.

— Hoje à noite eu vou trabalhar numa música — disse Gray ao irmão. — Mas com certeza vou estar lá no sábado.

Os olhos de Tanner se suavizaram.

— Isso significa muito. Obrigado, irmão.

Gray fez uma anotação mental para deixar o cartão de crédito atrás do bar. A noite de sábado seria por conta dele.

— E, se você ficar bêbado hoje à noite, evita o terceiro degrau. Senão o papai vai te ouvir voltando pra casa.

— Ah, o velho truque do terceiro degrau. Não se preocupa, o Logan já me ensinou esse — comentou Tanner. — Boa sorte com a música.

— Obrigado. — Gray viu o irmão pegar a jaqueta e se despedir da tia Gina e de Becca, que estavam vendo um filme antigo na sala de estar. Depois foi até o corredor, planejando pegar a guitarra e as partituras antes de ir para a edícula.

— É você, Gray? — chamou o pai quando ele passou pelo escritório. Por um instante, Gray pensou em ignorá-lo. O que ele podia fazer, afinal de contas? Não era como se ele fosse persegui-lo escada acima como fazia quando Gray era criança.

— É, sou eu. — A compaixão venceu o desdém. Ele abriu a porta do escritório, vendo o pai sentado na poltrona de couro ao lado da cama. — Como você está se sentindo?

— Estou bem. — O pai assentiu. — Tão bem quanto possível. — Ele pigarreou, e Gray se encolheu ao ouvir o barulho do fluido. — Como está o encanamento?

— Está lento, mas firme. A gente conseguiu trocar uns dois metros hoje. A pior parte é ter que parar e ligar a água o tempo todo. Leva uma eternidade pra testar a vedação.

— Hummm. — O pai fez que sim com a cabeça, mas não disse mais nada.

— Você precisa de alguma coisa? — perguntou Gray. — Quer que eu pegue uma bebida?

— Não, obrigado.

— Tudo bem. — Gray se demorou um pouco, desconcertado pela falta de veneno na voz do pai. — Vou dar uma saída e tocar um pouco de guitarra.

— Não faz barulho. Pensa nos vizinhos.

— Eu trouxe fones. Ninguém vai ouvir.

O pai pegou o livro na mesa diante dele.

— Te vejo amanhã. — Ele pigarreou. — Obrigado pelo trabalho que você está fazendo.

Gray quase não acreditou nas palavras do pai. Quando tinha sido a última vez que o pai havia agradecido a ele por alguma coisa? Era estranho e desconfortável, então ele simplesmente assentiu e subiu para pegar a guitarra.

Ele não conseguia se lembrar de uma época em que não tivesse ressentimentos com o velho. E, apesar de o sentimento ainda estar lá, nessa noite pareceu se diluir. E ele não sabia o que fazer com essa consciência.

Uma hora depois, ele estava sentado na cadeira de vime acolchoada na edícula, com as portas de vidro abertas para deixar entrar o ar noturno. Os fones estavam no pescoço enquanto ele brincava com algumas letras de músicas e o único som nos seus ouvidos era o constante zumbido das cigarras. Ele tinha esquecido do quanto elas eram barulhentas naquele lugar. Tinham sido a trilha sonora das suas noites de verão na adolescência, junto com Nirvana, Foo Fighters ou qualquer outra banda que ele estivesse tocando em repeat naquela semana.

Talvez, em algum lugar, um adolescente estivesse tocando a música de Gray em repeat. O canto da sua boca se ergueu com esse pensamento.

Ele se levantou e girou os ombros, liberando a tensão dos músculos. Estava cantarolando um improviso que surgiu quando estava brincando com a guitarra. Saiu da edícula e inspirou os aromas doces e estonteantes dos lilases plantados ao redor da construção de madeira.

Assim como todo o resto, ela estava se desintegrando. Seria bom dar uma nova demão de tinta, trocar as vidraças e reformar o interior. Mas ele gostava de como se sentia ali dentro. Como se ainda tivesse dezesseis anos, permanentemente colado na guitarra, sonhando em ser um músico famoso um dia.

E agora ele era. Ele devia estar feliz. E, mesmo assim...

... aquele garoto de dezesseis anos não estava contente com o que tinha realizado. Porque essa realização deveria trazer a aprovação do pai. Mas não tinha trazido. De jeito nenhum.

Ele odiava a parte dele que ainda ansiava por isso.

Em silêncio, fechou a porta da edícula e foi até a frente do quintal do pai. Dali dava para ver o alto pináculo da Primeira Igreja Batista e os telhados vermelhos das lojas ao redor da praça da cidade. Mais além ficavam as plantações — o milho que estava crescendo era iluminado pelo luar.

Tirando o zumbido dos insetos, a cidade estava assustadoramente silenciosa. Ele olhou para o relógio — eram apenas nove e meia, mas parecia que todo mundo, exceto ele, estava dormindo. Talvez ele devesse ir até o bar, no fim das contas. Tanner ainda devia estar lá, faltando uma ou duas cervejas para fechar a noite. Ele poderia pedir um uísque e deixar a queimação forte do álcool levar os sentimentos melancólicos embora.

Mas, em vez disso, ele acabou indo em direção a outra rua conhecida. A apenas três quarteirões de distância da rua dele.

Levou menos de cinco minutos para chegar lá. Franziu a testa ao encarar o velho bangalô, pensando no que diabos ele deveria fazer em seguida. E aí, através da janela aberta na frente da casa, ele a viu sentada ao piano.

Madison Clark. *Maddie*. A irmã mais nova da ex-namorada dele, que agora estava crescida. Ele saiu da luz do poste e ficou nas sombras, observando com cuidado enquanto ela levantava a tampa do piano, depois alongava os dedos e girava os ombros, se sentando ereta enquanto pousava as mãos nas teclas.

Ela começou fazendo uma escala. Só uma das mãos primeiro, depois acrescentando a outra. Foi ficando mais complexo, e os dedos se moviam rapidamente quando a escala se tornou uma canção, com a melodia doce e baixa ecoando no ar noturno.

Maddie Clark era boa; não era preciso ser uma estrela do rock para identificar isso. Estava na maneira como as notas fluíam sem esforço e sem um único erro, com o tempo aumentando conforme ela chegava ao crescendo e o peito dela subia e descia com o ritmo. O que foi que Becca tinha dito? Que Maddie tinha estudado na Ansell.

Então, por que razão ela estava trabalhando numa lanchonete de cidade pequena para se sustentar?

Conforme a melodia foi reduzindo, os dedos dela ficando mais lentos ao se moverem sobre as últimas teclas, Gray voltou para a luz, planejando ir embora.

Mas aí ela levantou a cabeça e olhou pela janela. Os olhares dos dois se encontraram de repente, e Gray ouviu a batida do seu coração acelerando nos ouvidos. Ela foi até a janela e abriu a cortina transparente para poder se debruçar.

— Oi — disse ela baixinho. — O que você está fazendo aí fora?

— Eu estava te ouvindo tocar. — Ele deu um passo para a frente para não ter que gritar. — Você manda bem.

Os lábios dela se curvaram para cima.

— Obrigada. Se eu soubesse que um músico famoso estava escutando, poderia ter me esforçado um pouco mais.

— Eu ia odiar saber o quanto você manda bem quando se esforça ainda mais. — Naquele momento, ele estava a apenas um metro da casa. O suficiente para ver as sardas no nariz dela e as olheiras. — O que você estava tocando?

— Nada que você já tenha escutado.

— Eu sei. Foi você que escreveu?

Ela abriu a boca, mas depois a fechou de novo, com os dedos ainda segurando a moldura da janela aberta.

— Quer uma cerveja? — perguntou ela.

Ele não sabia quem estava mais surpreso com a pergunta. Mas a boca dele se encheu de água ao pensar no líquido bem gelado.

— Quero, sim. Se não for te incomodar.

— Vem até o quintal dos fundos. Vou levar umas lá pra nós — disse ela, inclinando a cabeça na direção do caminho que circulava o bangalô. Quando ele chegou lá, ela estava empurrando a porta dos fundos com o ombro e saindo com duas cervejas abertas. — Aqui — disse ela, passando uma garrafa bem gelada para ele. — Acho que a gente pode sentar aqui fora e curtir o clima. — Ela se recostou na poltrona Adirondack que estava de frente para o rio e ele se sentou ao lado dela. — Saúde — disse ela, levantando a garrafa, e ele bateu a garrafa na dela.

— Saúde.

Ele tomou um gole gelado e longo de cerveja, fechando os olhos enquanto o líquido descia pela garganta.

— Eu precisava disso.

— Eu também. — Ela sorriu para ele. — Foi um dia daqueles.

— Eu que o diga.

A sobrancelha esquerda dela se ergueu.

— Como vai a obra?

— Lenta. Difícil. E piorada pela preocupação constante de que eu vou inundar a casa toda e o meu pai nunca vai parar de falar nisso.

— Você se importa mesmo com o que o seu pai fala? — perguntou ela.

— Eu me importo de não inundá-lo pra ele não ir pro hospital de novo — respondeu Gray, levando a garrafa de volta aos lábios. — E de não deixar a tia Gina sem água por alguns dias.

— Você tem dinheiro suficiente pra consertar tudo isso. Manda eles pro Havaí por alguns dias e chama um profissional. Tenho certeza que eles vão te perdoar bem rápido.

— Estou começando a descobrir que o dinheiro não pode comprar tudo. Ela riu.

— Pode comprar muita coisa. — Ele observou os lábios dela se fecharem no gargalo da garrafa enquanto ela inclinava a cabeça para engolir mais um pouco. Ele tentou ignorar o desejo que disparou pelo seu corpo.

Aquela era a Maddie. A pequena Maddie Clark. A libido dele precisava dar um tempo, porra. Ele cruzou as pernas, para o caso de a libido não se acalmar.

— Por que foi um daqueles dias pra você? — perguntou ele, tentando se distrair.

Ela suspirou e puxou o rótulo da garrafa, rasgando o papel.

— Todo dia parece um daqueles dias às vezes, sabe? Como se você estivesse nadando contra a correnteza quando todos estão num barco a motor e bem quando você acha que está progredindo eles te circulam e dão um jeito de fazer a onda que eles provocaram te afundar.

— Foram os ovos do Murphy? — perguntou Gray, com o rosto sério.

Ela riu, e isso o fez sentir prazer demais.

— *Sempre* são os ovos do Murphy. — Ela se virou para olhar para ele, e os olhos acolhedores dela encontraram os dele de novo. — Eles são suficientes para estragar o dia de qualquer pessoa.

— Como é que alguém administra uma lanchonete por tanto tempo e até hoje não sabe fazer ovos?

Ela deu de ombros.

— Precisa de muita habilidade.

Foi a vez de Gray rir. Pela primeira vez no dia ele sentiu os músculos relaxarem. Uma mistura da cerveja, do ar fresco e da mulher sentada ao lado dele. Isso o fez se lembrar de alguma coisa, mas não conseguiu identificar o que era.

— Olha aquilo — disse Maddie, apontando para as árvores. — Vagalumes. Este ano eles vieram com tudo.

Ele seguiu a direção do dedo dela, vendo os insetos piscantes pousados no velho carvalho na ponta do quintal. Dali, pareciam ser mil luzes minúsculas cintilando no ar noturno.

— É lindo.

— É. Eu sempre adorei vagalumes. Tem alguns anos em que eles não parecem estar por perto. Mas tem outros em que eles aparecem toda noite, pra iluminar o caminho.

— Teve um ano em que eles estavam em toda parte — disse Gray, voltando os olhos para ela. — Eu devia ter uns dezesseis anos e lembro de pensar que eles podiam ficar até o Natal, e aí seria como se a gente tivesse uma decoração viva. Mas eles nunca ficavam.

Maddie sorriu para ele.

— Eu não sabia que garotos de dezesseis anos pensavam assim. Eu achava que eles só pensavam em garotas, esportes e, bom... — Ela mordeu o lábio.

— Sexo? — perguntou ele, engolindo um sorriso.

— Eu estava pensando numa diversão solitária.

— Você estava pensando em masturbação? — Sua voz estava baixa. — Não deixa nenhum adolescente te ouvir falando isso.

— Você tem a mente suja.

— Não tão suja quanto a de um adolescente.

— Tem certeza? — Ela inclinou a cabeça para o lado, erguendo as sobrancelhas.

— Foi você que falou de sexo — observou ele.

— Ai, meu Deus — disse ela, balançando a cabeça. — Você está distorcendo as minhas palavras.

É, talvez. Mas agora ele não conseguia mais tirar a imagem da mente. Maddie Clark se tocando.

Ele tomou outro gole de cerveja.

— Por que a gente não muda de assunto? — perguntou Maddie.

— Claro. Vamos falar do quê? — respondeu ele, com a voz baixa. Ele não conseguia se lembrar da última vez em que sentira tão relaxado e, ao mesmo tempo, tão consciente de uma mulher. O corpo dele reagia toda vez que os olhos dos dois se encontravam.

— Me fala do seu próximo álbum — sugeriu Maddie, inclinando a cabeça para trás enquanto falava. E, enquanto Gray contava a ela o conceito que tinha planejado, ficou observando a expressão dela. Ele gostava da maneira como os olhos dela se iluminavam enquanto ele falava sobre a música, do modo como as perguntas dela eram objetivas e inteligentes enquanto ele descrevia a canção mais recente que estava escrevendo. No entanto, mais do que tudo, gostava da maneira como ela olhava para ele. Como se ele fosse grande e radiante como aquela lua de prata baixa no céu.

E se uma parte dele quisesse beijar a irmã mais nova da namorada dele na adolescência? Bom, ele era adulto. Ele podia ignorar.

11

—**M**addie? Acabei de ver a Rachel Garston estacionar lá fora.
— Já vou.

O filho de Rachel Garston era um aluno fixo, para quem Maddie dava aulas desde que ele tinha cinco anos. Ele não tinha um talento específico para o piano nem queria ter. Mas gostava de agradar a mãe tocando para os amigos dela no Natal e nos aniversários, e Rachel nunca deixava de pagar a mensalidade dele. E ele era um garotinho muito doce.

Maddie olhou para a mensagem que estava lendo no celular enquanto saía da cozinha. Ela não tinha notícias de Sarah Mayhew havia meses, desde que as duas trocaram cartões de Natal no último mês de dezembro. Ver o nome dela piscar na tela fez o estômago de Maddie dar uma cambalhota esquisita. Sarah era a única pessoa da Escola Ansell de Artes com quem ela mantinha contato e ver o seu nome sempre fazia Maddie se lembrar daquela época. Do que poderia ter sido e do que não foi.

Andando pelo corredor, Maddie pensou na mensagem dela.

Você acredita que já faz cinco anos que a Turma de 2015 se formou? A gente decidiu fazer um reencontro, que já devia ter sido feito há muito tempo. Agora estamos na etapa de organização — fizemos uma página no Facebook e estamos pedindo sugestões de datas e locais. *Você devia ir. Eu sei que você não se formou, mas você fez parte da turma. Todo mundo ia adorar te ver!*

Maddie abriu a porta da frente e levantou a mão para acenar para Rachel. O pequeno Charlie correu pelo caminho, agarrado no seu livro de partituras. Ela sorriu quando ele chegou aos degraus.

— Entra — disse ela. — Minha mãe fez limonada. Acho que a gente pode beber um copo antes de começar.

— Sim! — ele comemorou de um jeito que fez Maddie ter vontade de rir.

Ela guardou o celular no bolso e afastou os pensamentos sobre a Ansell e todos os que se formaram lá.

Tinha se passado uma eternidade. Não importava mais.

— Vem — disse ela, pondo a mão nos ombros de Charlie. — Vou pegar um copo pra você.

Quando chegou a noite de sexta-feira, Maddie estava desejando uma chuva, embora odiasse se molhar e ficar presa entre quatro paredes. Naquele momento, isso parecia melhor do que empurrar a cadeira de rodas da mãe até o *Cadeiras* e se sujeitar aos cidadãos de bem de Hartson's Creek.

Mas, como uma filha obediente, ela fez isso mesmo assim, carregando um cooler com bebidas e ajudando a mãe a se vestir. O único ponto positivo que ela viu quando levou o cooler de bebidas e os cupcakes para a grande mesa no centro do campo foi que a tia de Gray, Gina, e a irmã, Becca, estavam lá, descarregando os próprios cestos de comida.

— Oi — cumprimentou Becca. — Há quanto tempo. — Ela estava servindo copos de limonada com uma jarra enorme. — Quer?

— Com certeza. — Maddie pegou o copo oferecido. — Obrigada. É receita da sua tia Gina?

— Ahã. E a gente tem sorte de ter conseguido fazer. Até uma hora atrás não tinha água em casa. — Becca suspirou. — Tenho que acordar às seis todo dia se quiser tomar banho. Estou fazendo contagem regressiva das semanas até o momento em que vou conseguir dormir.

— Como vai o encanamento? — perguntou Maddie. — O Gray já molhou alguém?

— Você está sabendo? — perguntou Becca.

— O Gray me contou... — Maddie diminuiu a voz, percebendo a expressão curiosa de Becca. — Nada é segredo aqui por muito tempo — acrescentou ela rapidamente.

— Ouvi falar que você salvou o Gray — disse Becca. — Mas isso foi antes de ele concordar em trocar todos os canos. Você encontrou com ele depois disso?

Os pensamentos de Maddie voltaram para aquela noite e para a longa conversa que eles tiveram no quintal dos fundos enquanto observavam os vaga-lumes. Ela tinha adorado ouvi-lo falar sobre música, sobre o álbum que marcaria seu retorno e sobre as canções que ele queria escrever.

Becca a estava encarando, esperando uma resposta.

— Ele foi à lanchonete outro dia — disse Maddie. Não era mentira.

— Ah. Eu não sabia.

— Então, tirando a parte de acordar cedo, como está a obra? — perguntou Maddie, na esperança de que Becca não percebesse a mudança abrupta de assunto. Depois que elas conversaram sobre o trabalho de Becca numa destilaria local, Maddie encheu um prato de doces para a mãe e pegou uma bebida gelada, dizendo a Becca que falaria com ela depois.

— Obrigada, querida — disse a mãe quando ela pôs um guardanapo e um prato no colo dela. — Parece uma delícia.

— O chá foi feito pela tia Gina — disse Maddie.

A mãe tomou um gole.

— É como beber um pouquinho de sol líquido.

Uma hora depois, sua mãe estava mergulhada numa conversa com a mãe de Jessica. Embora Maddie estivesse louca para voltar para casa, não tinha coragem de interrompê-la. Pegando um cookie na mesa ainda lotada do bufê, ela andou pelo gramado em direção ao campo onde um grupo de adolescentes tinha armado um jogo de futebol americano com bandeira. Seus lábios se curvaram para cima enquanto ela os observava correndo e brigando, lembrando muito de uma década antes, quando ela era uma deles.

— Maddie, vem sentar com a gente.

Ela se virou e viu Jessica olhando para ela com expectativa. Quando Maddie hesitou, ela deu um tapinha na cadeira vazia à direita e sorriu.

Maddie abriu a boca para recusar, mas viu que Laura e Becca estavam no grupo sentado ali. Não podia ser tão ruim, podia?

— Ouvi dizer que você andou pulando umas cercas — disse Jessica antes que Maddie conseguisse se sentar. — Não acreditei quando a Della Thorsen me contou. Que mulher da nossa idade sai por aí pulando cercas? — Ela deu uma risada falsa. — Acho que facilita porque você nunca teve filho.

— O quê? — perguntou Maddie. — Por que isso tem a ver?

— Ah, você vai entender quando acontecer. — A mulher ao lado de Jessica fez uma careta. — Vamos dizer apenas que pular de trampolim, fazer acrobacias e até mesmo tossir pode provocar um problema depois do parto.

— É por isso que eu sempre faço meus exercícios de músculos pélvicos — declarou Jessica, jogando o cabelo para trás. — É fazer ou perder, meninas. Além do mais, o Matt adora a... hum... diferença. — Ela piscou.

— A gente pode falar de outra coisa? — perguntou Laura, franzindo o nariz. — Eu realmente não preciso saber dos seus segredos sexuais.

Jessica bufou.

— Eu só estou dizendo que a Maddie tem sorte. Ela não precisa se preocupar com essas coisas. — Ela se virou de novo para Maddie. — Mas eu não acho que seja certo o Gray te levar pro mau caminho desse jeito. O que foi que a Ashleigh disse?

Maddie deu uma olhada para Becca. A expressão dela não revelava nada.

— Ele não me levou pro mau caminho. Fui eu que fiz ele pular. Ele só estava tentando fugir de toda aquela atenção.

— Aposto que ele gosta — disse Jessica. — Que cara não ia adorar ter garotas correndo atrás dele? O Gray está implorando por isso, com todas aquelas capas de CD. Eu juro que já vi o corpo nu dele mais vezes do que vi o do Matt.

— Isso não é justo — disse Maddie, tentando disfarçar a irritação. — É como dizer que uma garota de saia curta está implorando pros caras darem em cima dela. Ele tem direito de se expressar.

Becca deu um sorriso acolhedor para ela, com o rosto cheio de carinho.

— As garotas de saia curta *estão* pedindo isso. — Jessica deu de ombros. — Todo mundo sabe.

Laura balançou a cabeça.

— A década de 50 está te chamando. Ela quer as opiniões intolerantes de volta.

Maddie engoliu uma risada.

— Eu gosto das capas dos álbuns do Gray. São bonitas e artísticas.

— Todas aquelas tatuagens. — Jessica fingiu estremecer. — Eu gosto de homens que parecem homens, não telas de pintura.

— Eu acho que tatuagens deixam as pessoas sexy. — As palavras escaparam dos lábios de Maddie antes que ela conseguisse impedi-las. Jessica se virou para ela com a sobrancelha erguida.

— Você acha Gray Hartson sexy?

Maddie engoliu em seco.

— Eu não falei isso.

— Ah, falou, sim.

Ela estava cansada de se defender das Jessicas da cidade. Suas mentes quadradas e seus julgamentos pareciam um fardo nas costas de Maddie. Ela olhou para Becca, que estava observando com interesse. Quando os olhos das duas se encontraram, Maddie piscou.

— Bom, se você está pedindo a minha opinião, neste momento, o Gray é o cara mais gostoso de Hartson's Creek. Mas ele não tem muita concorrência, né? O Tanner é bem bonito, acho, mas quem mais?

Jessica piscou.

— Eu acho o Matt muito bonito.

— Claro que você acha — disse Maddie. — Deus abençoe.

Laura tossiu uma risada.

Aquilo não deu a sensação boa que Maddie achou que daria. Talvez estivesse fácil demais. Jessica se levantou para pegar outro drinque, chamando as amigas — menos Maddie, Laura e Becca — para irem junto.

— Essa foi boa — disse Becca para Maddie quando as outras se afastaram. — E espero que um dia eu consiga superar o fato de você descrever o meu irmão como um gostoso.

— Ela só estava falando a verdade — disse Laura, dando de ombros. — A sua família faz filhos bonitos, incluindo você.

Becca soprou um beijo para ela.

— Obrigada pela gentileza. E, por isso, vocês duas deviam ir à festa de aniversário do Tanner amanhã à noite. Ele reservou uma parte do Moonlight Bar.

— O Rich vai — disse Laura, soltando um suspiro. — O que significa que eu vou ficar na função de babá. Mas obrigada pelo convite.

— E você? — perguntou Becca, sorrindo para Maddie. — O Tanner prometeu que vai ter karaokê. Eu sempre ganho quando canto com você.

— É, mas será que vocês duas vão ganhar do Gray? — perguntou Laura. — Afinal, ele é o cantor famoso.

— Hum, eu não pensei nisso. — Becca tensionou os lábios. — Nesse caso, você tem que ir amanhã. A gente não pode deixar o meu irmão tirar a nossa coroa. — Ela balançou as sobrancelhas para Maddie. — Chega às nove. É nessa hora que a diversão começa.

12

Gray entrou no Moonlight Bar e olhou ao redor, analisando o piso de madeira escura, as paredes descascadas que um dia deviam ter sido pintadas de vermelho escuro e os cartazes de neon tortos pendurados nas paredes.

Ele só tinha estado ali uma vez e fora rapidamente expulso antes de conseguir mostrar sua identidade falsa. Ele não fazia ideia do motivo que o levava a achar que conseguiria enganar o único bar de Hartson's Creek para beber antes da maioridade. Talvez porque tivesse dezoito anos e fosse bastante arrogante.

Ele deu uma olhada melhor num dos cartazes iluminados na parede mais distante.

— Nudez ao vivo? — perguntou ele a Tanner, franzindo a testa. — Sério?

— Só nos sonhos do Sam — disse Tanner, inclinando a cabeça na direção do dono do bar. Sam estava servindo um chope, e o cabelo grisalho caía nos olhos. — Alguém deu isso pra ele no Natal do ano passado de brincadeira.

— Ele nunca iria conseguir — disse Becca, se juntando a eles no bar. — Imagina o sermão do reverendo Maitland no domingo se ele fizesse isso. — Ela olhou para o celular. — Recebi uma mensagem do Cam. Ele e o Logan estão a uns vinte minutos daqui. O voo deles atrasou duas horas.

— Eles não mudam. — Tanner revirou os olhos. — Esses dois estão sempre atrasados.

Gray balançou a cabeça, sorrindo para o irmão e a irmã. Tanner estava certo. Era bom poder estar ali com eles e tomar uma bebida como adultos. Ele tinha perdido todos os aniversários deles depois dos vinte anos. Nunca comemorara a formatura, a primeira bebida e muito mais, então aquilo era para compensar o tempo perdido. E ele estava feliz de ter essa oportunidade.

— Duas Sierra Nevadas e um martíni com azeitona — disse Sam, deslizando os drinques na direção deles. — Quer que eu ponha na conta?

— Quero. — Gray deslizou seu Amex preto sobre o balcão. — Ponha todas as bebidas aqui hoje.

— Todas? — Sam ergueu uma sobrancelha. — Tipo pra todo mundo que entrar e fizer um pedido?

Gray assentiu.

— Você não pode fazer isso. Eu convidei muita gente. Vai custar centenas de dólares — protestou Tanner.

— Talvez milhares — acrescentou Sam, solícito.

— Tudo bem. Pensa que é a compensação por todos os drinques que eu devia ter pagado pra você nos últimos seis anos — Gray tranquilizou Tanner. — Sou seu irmão mais velho, deixa eu fazer isso.

— Você vai fazer uma festa de aniversário pra mim também? — perguntou Becca, sorrindo ao pegar o seu drinque.

— Claro.

— Nesse caso, diz sim — disse ela a Tanner. — A cavalo dado não se olha os dentes.

— Tem certeza, cara? — perguntou Tanner de novo. — Pelo menos me deixa pagar metade.

— De jeito nenhum. Acho que assim você vai me liberar do karaokê.

— Ah, não — disse Becca. — De jeito nenhum. Você não pode fugir. Eu apostei.

— Você apostou que o Gray vai ganhar? — perguntou Tanner, sorrindo. — Que idiota apostaria contra você?

— Não. Eu apostei *em mim*. Bom, em mim e na Maddie. Nós duas ganhamos todas as competições de karaokê de que participamos. Acho que nós vamos repetir isso hoje à noite. E, já que o Gray está aqui, as possibilidades são incríveis.

— A Maddie vem? — perguntou Gray. Ele tomou um gole de cerveja e tentou ignorar o pulso acelerado.

— Vem. Ela é minha parceira no crime aqui. E eu odeio dizer, mas a voz dela é tão boa quanto a sua. — Becca deu de ombros. — As apostas estão na mesa, irmão.

Gray abriu a boca para responder, mas a porta se abriu e mais amigos de Tanner entraram, seguidos de dois rostos familiares que fizeram todo mundo se virar para olhar. Ele sorriu ao reconhecê-los.

— Ai, meu Deus! — gritou Becca, correndo até os outros dois irmãos e abraçando-os. — Vocês chegaram. Meu Deus, que saudade, seus idiotas.

— Claro que nós chegamos. — Logan, o mais velho dos dois, bagunçou o cabelo dela. — Eu falei que a gente não ia demorar. — Ele olhou de relance para Tanner. — Feliz aniversário, irmão. Desculpa por não chegarmos antes. Tivemos um problema com os funcionários do restaurante.

Proprietário de três restaurantes em Boston, Logan estava sempre ocupado. Ele só conseguia sair uma vez a cada ano bissexto.

Cam era jogador de futebol americano da NFL, cornerback dos Bobcats. A agenda dele era tão lotada quanto a do seu irmão gêmeo. Era raro eles conseguirem passar um tempo juntos.

Gray se adiantou e abraçou os irmãos com um sorriso largo. Ele era pouco mais de um ano mais velho que eles e, quando eram pequenos, ele era meio que o terceiro gêmeo. Só quando cresceram ele se tornou o protetor, garantindo que ficassem bem, junto com Tanner e Becca.

— Todos os Irmãos Heartbreak no mesmo lugar — disse Becca, rindo quando eles rosnaram para o antigo apelido. — Quem diria?

— Como vai o trabalho? — perguntou Gray a Cam. De todos os irmãos, Cam era o único que sabia como era difícil lidar com a fama. Quando ele estava em Boston, era quase impossível ir a qualquer lugar sem ser reconhecido.

— Correria. — Cameron passou a mão no cabelo raspado. — Estou perto de começar o treinamento pré-temporada. E você? Ouvi dizer que você está trabalhando na casa velha dos Hartson?

— Quem diria que Gray Hartson seria encanador — disse Logan, dando um tapa nas costas de Gray. — Espero que você esteja registrando tudo pra posteridade.

Tanner pegou as bebidas deles, e os irmãos ergueram os copos para fazer um brinde. Uma ternura tomou conta de Gray, aquele tipo de ternura que só a família proporciona. Era como o outro lado da moeda do relacionamento dele com o pai. O estranho era que, sem o velho, nenhum deles existiria.

— Vinte minutos pro karaokê — gritou Sam de trás do balcão. Mais amigos de Tanner apareceram, junto com umas mulheres mais jovens que ele não reconheceu, que foram direto até Becca.

Ele analisava todos os rostos que entravam, mas nenhum era o de Maddie.

— Vocês vão cantar, né? — perguntou uma das amigas de Becca a Logan e Cameron.

— Claro. — Logan riu. — Não podemos deixar Gray ficar com toda a atenção pra ele.

— Eu não vou cantar — disse Gray.

— Ah, vai, sim.

— E você, Tanner? — perguntou Cam.

— Ahã. Já coloquei a minha música na lista. — Ele sorriu. — E, já que a festa é minha, eu canto primeiro.

Becca olhou para o relógio.

— Talvez eu deva ligar pra Maddie. Ela não costuma se atrasar.

O ar dentro do bar estava ficando quente e o nível de barulho aumentava conforme os amigos e a família de Tanner riam e conversavam. Gray olhou para a porta no momento que ela se abriu e Maddie entrou. Ela ficou parada na porta por um instante, olhando ao redor até ver Becca, e sorriu.

Meu Deus, ela estava linda de calça jeans escura e camiseta listrada, com o cabelo escuro caindo nas costas. Ele tomou outro gole de cerveja e desviou o olhar, sem querer que alguém percebesse que ele estava olhando.

— Quem é aquela? — perguntou Logan a Becca, com os olhos arregalados.

— Maddie Clark.

— Dá pra acreditar? — O irmão olhou para Gray. — Você ouviu isso? Aquela é a Maddie Clark. Caramba, como ela mudou.

— A irmã da Ashleigh? — perguntou Cam, se virando para vê-la atravessando o bar. — Eles sabem fazer garotas bonitas naquela família.

— Ei, você viu a Ashleigh depois que voltou? — perguntou Logan a ele.

— Não.

— Provavelmente é melhor assim. — Cameron riu. — Ela te odiou depois que você foi embora.

Gray engoliu em seco e olhou de novo para Maddie. Não conseguiu evitar. Os olhos dos dois se encontraram e ele pareceu sentir um soco no estômago. Um soco prazeroso, mas doloroso. Em seguida, Logan parou entre os dois e interrompeu a conexão. Gray respirou fundo para se acalmar.

O que é que ela tinha? Toda vez que eles se encontravam ele sentia uma conexão visceral. Era maluquice e estupidez e, ao mesmo tempo, era bom demais. Ele tomou outro gole de cerveja e olhou para o relógio. Eram quase nove horas.

— Tudo bem, Tanner — gritou Sam, saindo de trás do bar. — Está na hora do karaokê e você é o primeiro. — Ele conduziu o irmão mais novo de Gray até o palco improvisado no canto, entregando o microfone a ele e apontando para a tela. — Senhoras e senhores — gritou. — Bem-vindos ao Concurso de Karaokê do Moonlight Bar. O primeiro concorrente é o nosso Tanner Hartson. E esta noite ele vai cantar "Ao longo do rio", uma canção que ficou famosa na voz de seu irmão, Gray Hartson.

Maddie engoliu um sorriso ao ver a boca de Gray se abrir quando Sam anunciou a escolha de música de Tanner. As sobrancelhas dele se uniram, o que a fez sentir uma vontade enorme de estender a mão e traçar as ruguinhas que se formaram no topo do seu nariz forte e reto.

— Você escolheu uma música *minha*? — perguntou Gray, perplexo.

Tanner riu e se aproximou do microfone.

— Pensa nisso como uma homenagem, irmão.

— Isso significa massacre na linguagem do Tanner — sussurrou Becca enquanto Logan e Cameron riam. Mas aí as notas conhecidas de "Ao longo do rio" começaram e o coração de Maddie se apertou como sempre fazia. Era uma melodia lenta e sofrida. Todas as estações de rádio locais pareceram tocá-la exaustivamente quando foi lançada. A música a fazia se lembrar das festas e dos bailes da escola e das noites vividas no *Cadeiras*.

Seus olhos foram de novo até os de Gray, e a respiração ficou presa na garganta quando ela percebeu que ele estava olhando para ela.

— Oi. — Ela sorriu para ele.

— Oi. — Ele foi até ela, parando a poucos centímetros. — Estou feliz por você ter vindo.

É, ela também estava. *Agora*. Maddie quase teve um ataque de pânico mais ou menos uma hora antes, quando percebeu que ia cantar na frente de

Gray Hartson. E isso era idiotice, porque ela nunca se incomodara de cantar na frente das pessoas. Não em Hartson's Creek, de qualquer maneira. O karaokê no Moonlight Bar era só um pouco de diversão, menos para Becca, que levava aquilo muito a sério.

A introdução terminou e Tanner cantou as primeiras palavras.

— *Lembra de quando a gente era criança? E tudo que a gente fazia? Dos dias que passamos na escola perto do rio.*

— Ai. — Logan tapou os ouvidos. — Será que ele consegue desafinar ainda mais?

— *O dia em que o amor morreu. E todo mundo chorou. A gente se abraçou forte perto do rio.*

Tanner estava olhando direto para o irmão praticamente fazendo uma serenata para ele. Gray balançou a cabeça e Maddie riu, porque era muito fofo ver os dois.

— Vem, irmão — chamou Tanner. — Vem cantar comigo.

Gray levantou as mãos e balançou a cabeça.

— Não — disse ele, sem emitir nenhum som.

— Vai lá — encorajou Logan.

— É aniversário dele — disse Becca, segurando o braço de Gray. — Vai cantar com ele.

Tanner começou o refrão e apontou para Gray. Ele virou a mão e o chamou com o dedo curvado. Maddie riu de novo e Gray olhou para ela com as sobrancelhas erguidas.

— O que foi? — perguntou ela.

Gray deu um sorriso sem graça para ela e foi até o palco. Caramba, ver seus passos largos e fáceis com as pernas compridas fez o coração dela bater um pouco mais rápido. Ele subiu na plataforma e Tanner o abraçou, com um sorriso tão grande que se tornava contagioso. Tanner levou o microfone até a boca de Gray na repetição do refrão, e a multidão do bar aplaudiu com força quando ele começou a cantar.

— *O dia em que andei ao longo do rio foi o dia em que nos despedimos.*

A voz de Gray era grave e dolorosamente comovente. Um tremor desceu pelas costas de Maddie.

— *O dia em que andamos ao longo do rio foi o dia em que eu te fiz chorar.*

Os olhos percorriam a multidão enquanto ele cantava. A respiração de Maddie ficou presa na garganta.

— *Agora eu estou aqui sentado sozinho e só consigo pensar naquele dia.*

Todo mundo estava reunido ao redor do palco, com os braços para o alto, as vozes altas cantando junto.

— *Por que não podemos andar ao longo do rio de novo?*

— Merda — Becca sussurrou gritando no ouvido de Maddie. — Você acha que a gente consegue superar isso aí?

— Claro — mentiu Maddie. — Mamão com açúcar.

Becca murmurou alguma coisa sobre a melhor performance delas antes de ir até onde Sam estava, ao lado do palco, e sussurrar alguma coisa no ouvido dele. Maddie ficou exatamente onde estava. Não conseguiria se mexer nem se quisesse. Era como se estivesse colada no lugar sentindo o pulso no ritmo da música.

— Você é muito gostoso, porra — gritou uma das amigas de Becca para Gray, acima do volume da música. Quase todo mundo riu.

Maddie também queria rir, de verdade. Mas havia emoções demais correndo pelo corpo dela, e nenhuma delas era diversão. Havia confusão, desejo e uma melancolia cujo gosto ela sentia na ponta da língua. Mas não animação. De jeito nenhum.

Quando a música terminou e Gray cantou a última nota, outro urro da plateia se fez ouvir, junto com assovios e palmas. Gray bagunçou o cabelo de Tanner, e Tanner bateu nas costas dele, depois os dois desceram do palco.

Por um instante, eles desapareceram na multidão, e ela só conseguia ver o topo da cabeça deles enquanto os amigos de Tanner parabenizavam e abraçavam os dois. Depois, Gray apareceu, indo na direção dela, e Maddie teve que fechar os punhos e enfiar as unhas na palma das mãos numa tentativa de não se jogar em cima dele.

A necessidade que sentia de tocar nele era insuportável. A camiseta dele estava grudada no corpo, a pele estava brilhando, os olhos reluzindo. Ela engoliu em seco e tentou se lembrar de quem ele era. O ex da irmã dela.

Mas seu coração não queria escutar. Ele estava ocupado demais socando sua caixa torácica.

— Como eu fui? — perguntou ele, com os olhos semicerrados ao olhar para ela.

— Médio. — De algum jeito, ela conseguiu manter a voz firme. — Não tão bom quanto o original, mas quem consegue, né?

Ele sorriu e isso quase a destruiu.

— Abaixo os falsos elogios.

— Certo, as próximas são Becca e Maddie — gritou Sam no microfone. O retorno produziu um estrondo nos alto-falantes, fazendo-a estremecer.

— Boa sorte — disse Gray, ainda sorrindo para ela.

— E, como bônus, Maddie vai tocar piano enquanto elas cantam.

— Você vai tocar? — perguntou Gray.

Isso era novidade para ela. Então foi *isso* que Becca sussurrou para Sam. Ela olhou para o velho piano na ponta do palco. Sabia, por experiência, que estava desafinado e coberto com uns cinco centímetros de poeira.

— Vem, Maddie — chamou Becca por cima do ombro de Sam, quase quicando de empolgação.

Gray passou a palma quente sob o cotovelo dela e a conduziu até o piano, recuando para ela poder se sentar no banquinho. Ela passou o dedo no tampo e ele obviamente saiu preto de sujeira. Suspirando, ela o levantou e se virou para Becca.

— O que é que eu vou tocar?

— Lady Antebellum. "I Need You Now." — Becca falou no microfone. As pessoas na frente do palco berraram.

Maddie balançou a cabeça e olhou para as teclas. Seria melhor com uma guitarra, mas ela conseguia fazer funcionar com o piano. Quando ela pôs os dedos no marfim, Becca se aproximou, carregando o microfone, e se sentou ao lado dela.

— Você faz a voz da Hillary e eu faço a do Charlie — sussurrou Becca enquanto Maddie tocava as primeiras quatro notas, depois repetia a melodia, marcando o tempo em silêncio.

Quando Becca pôs o microfone na frente dela, Maddie abriu os lábios para cantar e esqueceu de tudo ao redor.

De tudo menos do homem maravilhoso que estava apoiado no piano, observando-a com atenção.

13

O salão todo ficou em silêncio quando Maddie cantou a primeira estrofe. A voz dela era pura, perfeitamente afinada e adentrou na essência de Gray. Embaixo do teclado, ele via o joelho dela subindo e descendo no ritmo, os dedos acelerando quando o verso seguiu para o refrão.

Becca se aproximou, e as duas cantaram sobre estar bêbada e carente, e ele acreditou em cada palavra. A expressão de Maddie estava animada, os lábios macios enquanto ela vivia as palavras que estava cantando.

Ela era uma artista nata. Isso estava claro. Não se tratava apenas de saber tocar piano — ele conhecia muita gente que sabia, alguns até tocavam melhor que ela. Também não era o som da voz dela, embora a voz provocasse arrepios na coluna dele toda vez que ela abria a boca. Não, era o jeito como ela se movia, a cabeça virando para conquistar o público que balançava em pé na frente do palco, com a expressão extasiada. Ela não precisava ser arrogante nem forçar a voz, porque eles já estavam nas suas mãos.

Era encantador.

Becca cantou o verso seguinte, errando uma nota, e Maddie encontrou o olhar dela e sorriu. Depois veio o refrão de novo, e a multidão se juntou a elas, os corpos se movimentando, os braços erguidos.

Gray estava sussurrando as palavras junto com eles. Maddie levantou o olhar para ele, os lábios se curvando quando encontrou seus olhos. Meu Deus, como ele a desejava. Queria beijar aquelas palavras na sua boca. Queria mostrar como o talento dela era sexy. Seus dedos ansiavam pela oportunidade de tocar nos seus lábios macios, de forçar a entrada neles e ver sua reação.

— A Maddie manda bem, né? — comentou Tanner, passando uma garrafa de cerveja para Gray. Ele se apoiou no piano ao lado do irmão e fez uma careta para Becca, que mostrou a língua para ele.

— Muito mais do que bem. É melhor do que metade dos cantores profissionais que eu conheço.

— É por isso que ninguém gosta de cantar depois delas no karaoquê. Ela e a Becca sempre ganharam os concursos. — Tanner sorriu para ele. — Até nós dois aparecermos.

A música estava acabando. Becca e Maddie estavam próximas, cantando que precisavam daquele amor, com a voz sussurrada e grave. Quando Maddie tocou a última nota, a multidão aplaudiu fazendo barulho, batendo os pés e pedindo mais. Becca pegou a mão dela e a levantou, e as duas se curvaram para o público. Alguém assoviou de um jeito simpático e Gray fez uma careta. Aquelas eram a sua irmã e a sua...

Amiga?

Por que essa palavra o fez se sentir tão decepcionado? Ele olhou de novo para Maddie. Observou o peito dela subir e descer rapidamente enquanto ela dava respirações curtas. Alguém pôs um copo na mão dela, e outra pessoa a puxou para longe, e tudo que Gray pôde fazer foi observá-la.

Sua amiga.

— Agora nós temos dois estreantes no karaokê. Os gêmeos Logan e Cameron. Vamos dar boas-vindas a eles no estilo do Moonlight — gritou Sam no microfone. — E não se esqueçam que, no final, vocês vão poder votar no seu preferido. Quem receber os aplausos mais barulhentos ganha o cobiçado Troféu do Karaokê do Moonlight.

— Ele não tem troféu nenhum — disse Tanner para Gray. — Alguém roubou no ano passado. O que ele espera é que, até o fim da noite, todo mundo esteja bêbado demais pra perceber.

Gray deu uma risadinha enquanto vasculhava o salão procurando por ela.

— Vou só... — Ele inclinou a cabeça na direção do bar.

— Boa ideia. O Logan e o Cam cantam quase tão bem quanto eu.

Gray atravessou o salão, sorrindo e apertando mãos enquanto as pessoas diziam como era maravilhoso ele ter ido ao bar naquela noite. Mas a atenção dele estava em outro lugar procurando por *ela*.

Maddie não estava no bar nem na multidão de pessoas encarando o palco enquanto Logan e Cam destruíam uma música muito boa. Ele olhou para o banheiro por um tempo, mas desistiu quando começou a se preocupar com o que as pessoas podiam pensar.

Becca estava conversando com umas garotas perto do bar. Gray foi até ela e a abraçou, parabenizando pela apresentação.

— Você viu a Maddie? — perguntou ele.

— Não. — Becca olhou ao redor. — Mas ela deve estar por aí.

— Não esquenta. Eu falo com ela mais tarde.

Maddie havia ido para casa. Ele tinha certeza disso, mas não tinha a menor ideia do motivo. Ele pôs a cerveja no balcão e pegou a jaqueta, saindo pela porta verde descascada. O ar noturno o cercou, mais frio do que ele esperava.

Foi aí que ele a viu. Sentada num banco na praça — o mesmo banco em que estava sentada no dia em que os dois se conheceram. Os pés estavam em cima do banco e ela estava abraçando os joelhos. Para alguém que tinha encantado todo mundo no Moonlight Bar — *incluindo ele* —, ela não parecia nada feliz.

Ele só levou um minuto para atravessar a praça e se juntar a ela. Maddie levantou o olhar quando ele chegou ao banco, mas não se mexeu.

— Oi. — Ele se sentou ao lado dela. — Você está bem?

— Estou. — Ela suspirou. — Eu só precisava de um pouco de ar fresco. Está quente lá dentro.

— Está frio aqui fora.

— Não me diga. Toda hora é um arrepio. — Ela olhou para os braços nus.

Gray tirou a jaqueta e a colocou sobre os ombros dela, sem se importar em pedir permissão. Ele já a conhecia o suficiente para saber que ela teria insistido para ele ficar com a jaqueta e ele não estava no clima para essas bobagens. Ela estava com frio. E ele ia aquecê-la. Simples assim.

— Você arrasou lá dentro — disse Gray. — *Mesmo*.

Uma sombra de sorriso passou pelos lábios dela.

— Obrigada. Se bem que essa música é uma preferida de muito tempo. Não sei dizer quantas vezes já toquei. Ela sempre ganha as pessoas.

— Acho que ela ecoa em todo mundo. Quem nunca ficou acordado à uma da manhã pensando em alguém?

Ela fez que sim com a cabeça, puxando as mangas da jaqueta sobre o peito.

— Você tem uma voz incrível. Melhor do que metade das que eu ouço no mercado. Já pensou em ser uma profissional? — perguntou ele.

Ela levantou o olhar para ele, o luar fazendo a pele dela brilhar um pouco. Meu Deus, como ele queria tocar nela.

— Eu gosto das coisas como estão.

Não havia nenhuma convicção na voz dela. Nenhuma verdade. Parecia uma fala que ela havia ensaiado muitas vezes.

— Você gosta de morar numa cidade no fim do mundo servindo ovos horríveis pra se sustentar? — perguntou ele. — E passar todas as noites de sexta fofocando com umas velhas que estão mais interessadas em saber quem está saindo com quem do que com o que está acontecendo no mundo real? — Ele fechou os punhos, se perguntando de onde tinha vindo aquela raiva.

— Eu também dou aulas de piano — respondeu ela, erguendo uma sobrancelha.

Ele riu. Uma risada curta e sem humor que o fez estremecer.

— Que bobagem. Você não pode ter um talento como esse e escondê-lo. Você tem esse talento por um motivo. Você devia estar por aí gravando, mostrando a sua música para o mercado. — Ele se virou, encarando os olhos dela. — Eu posso te dar uma força.

— Eu não quero a sua ajuda — disse ela, mordendo os lábios. — Não preciso. Estou bem aqui. Tenho uma vida legal, pessoas que precisam de mim. Não posso fugir das minhas responsabilidades.

— Eu fugi.

— Você teve a sorte de ter uma família grande que pode se cuidar quando você não está por perto.

Talvez ela estivesse certa. Ele nunca tivera que se preocupar com quem ia levar o pai às consultas ou garantir que ele iria comer alguma coisa todo dia. Gray podia viajar pelo mundo e deixar isso nas mãos da tia Gina, de Becca e dos irmãos.

Maddie não podia se dar a esse luxo.

— A sua mãe também tem a Ash — observou ele, mais para si mesmo do que para ela.

Maddie se encolheu.

— A Ash tem a família dela. Ela não devia ter que cuidar da gente.

— Então, por que foi ela que foi embora? — perguntou Gray. Tudo aquilo parecia errado. Como se ela estivesse inventando desculpas para disfarçar outra coisa. — Você não estudou na Ansell? Por que você voltou?

Maddie ficou pálida.

— Você sabe disso? — O lábio inferior dela tremeu, e ele quis fazê-lo parar. Meu Deus, ele queria tantas coisas, mas não tinha a menor ideia de como transformá-las em realidade.

— Ouvi dizer que você estudou lá por um tempo e depois voltou. Você não se formou?

Ela engoliu em seco.

— Não.

— Por que não?

Maddie baixou o olhar para a manga da jaqueta dele, enrolando os dedos no tecido.

— Não importa — disse ela. Ele teve que se aproximar para ouvi-la. — Estou aqui e é aqui que eu vou ficar.

— Isso é tudo? Você vai ficar estagnada porque a sua mãe precisa de você? Vai se arrepender se fizer isso.

A cabeça dela se ergueu, e ele viu a lua refletida nos olhos marejados.

— Talvez eu me arrependesse mais se fosse embora. Nem todo mundo faz sucesso, Gray. Nem todo mundo tem a vida que sempre sonhou. Você pode estar vivendo num conto de fadas, mas também existem pesadelos lá fora. Às vezes é melhor ficar com o que a gente conhece. — Ela se levantou e tirou a jaqueta, entregando-a a ele.

— Fica com ela.

— Vou embora. Você pode avisar o Tanner pra mim? E pedir desculpas à Becca?

— Você não quer saber se ganhou o concurso?

Ele deu um passo na direção dela, estendendo a mão para tocar no seu maxilar. A pele era tão macia quanto ele tinha imaginado. Quente também, apesar de estar tremendo.

— Você é melhor que isso — sussurrou ele, com o polegar roçando no lábio inferior dela.

— Não sou. — A voz falhou. — Sou Maddie Clark. Irmã da Ashleigh. Sou a garota que ninguém vê porque existem muitas coisas melhores pra se ver. Eu não sou você, Gray. Não fui feita pra ser uma estrela. E já aceitei isso.

Uma única lágrima escorreu pelo seu rosto, pelo maxilar, e parecia que alguém estava retorcendo todos os músculos dentro dele. Gray secou a umidade da pele dela, deixando o olhar pousar nos seus lábios. Meu Deus, como eram perfeitos. Rosados, carnudos e levemente entreabertos.

— Maddie. — A garganta dele estava fechada quando ele se aproximou. — Maddie Clark.

Os lábios dela estavam tremendo. Os olhos estavam bem abertos, cheios de perguntas para as quais ele não tinha respostas. Ele engoliu em seco, sentindo na corrente sanguínea a necessidade de beijá-la. Ele queria consumi-la até saber todas as respostas. Beijá-la até ela entender todas as suas, Puxar o corpo dela para o seu até ela saber o quanto ele a desejava.

Ele deslizou a mão no pescoço de Maddie, inclinando a cabeça dela até os olhares se encontrarem. E, por um instante, ele se afogou ali. Nela. Sem saber se conseguiria voltar a respirar.

— Preciso ir embora. — Ela se afastou, deixando a mão dele pendurada no ar. — Desculpa.

Gray observou enquanto ela corria para atravessar a praça, as sobrancelhas unidas conforme ela passava pelo portão e chegava à calçada. Em poucos instantes ela havia sumido, desaparecendo nas sombras, e ele estava sozinho.

O que diabos tinha acabado de acontecer? Ele não tinha certeza, mas uma coisa era certa: ele não tinha gostado nem um pouco.

Maddie se apressou pela calçada, apertando a jaqueta de Gray no peito. O cheiro dele estava grudado no tecido. Quente e masculino, o perfume fez seu estômago revirar com a lembrança da expressão dele. Gray estivera perto de beijá-la, disso ela estava certa. Mas não fazia ideia do motivo.

Seria por compaixão? Ou algum flashback maluco com Ashleigh? O rosto dela queimou só de pensar. Ela tinha estado tão perto de fechar o espaço entre os lábios dos dois. Só precisaria levantar os pés e as bocas teriam se tocado. Ela engoliu em seco quando virou a esquina da sua rua, a humilhação envolvendo-a quando viu a própria casa no fim do quarteirão.

Ela era muito idiota. Realmente tinha chorado na frente dele? Ela passou os dedos no rosto. A umidade tinha desaparecido, mas a pele ainda estava quente. E talvez isso não fosse uma surpresa.

Porque Gray Hartson quase a tinha beijado. E o pior era que: ela tinha *desejado* que acontecesse. Sentira o desejo por ele percorrendo as veias até mal conseguir se concentrar em mais nada. E, por um momento — apenas um instante perfeito no tempo —, aquilo parecia tão certo. Como se uma mulher como ela pudesse ficar com um cara como ele.

Até a realidade atingi-la como um caminhão. Maddie sabia que era bonitinha. Mas não era Ashleigh. Crescer à sombra da irmã linda lhe ensinara que a beleza era uma moeda. Comprava atenção e admiração e como Gray Hartson.

Ela sabia, desde muito nova, que nunca seria *aquele* tipo de garota. Então ela fazia as pessoas rirem ou era gentil. Fazia coisas que geravam outros tipos de conexão. Quando todo o resto falhava, ela se escondia na música. No seu lugar feliz.

E isso não garantiu para ela uma vida como a de Ashleigh — vivendo com um marido rico numa casa cara com dois filhos lindos —, mas ela nunca desejara esse tipo de vida. Ali, em Hartson's Creek, ela sabia quem era. Onde se posicionava. Tinha amigos, pessoas de quem ela cuidava. Era uma boa vida.

Então, por que seu coração parecia estar se partindo em dois? Ela soltou um suspiro quando entrou no caminho que levava à sua casa. A luz do alpendre estava acesa, do jeito que ela havia deixado, mas o resto do bangalô estava escuro.

Depois de entrar, ela foi olhar a mãe, que dormia pesado, e seguiu para o próprio quarto com aquela jaqueta ainda nas costas, mantendo-a aquecida. Ela ia devolver no dia seguinte — ou talvez entregar a Becca para devolver a Gray. Não tinha certeza se ia conseguir ter outra conversa com ele sem se revelar. Ou sem ter medo de ele não gostar do que via.

Tirando os sapatos, ela se deitou na cama, inspirando o aroma agradável que estava grudado no casaco dele. Ela balançou a cabeça e se levantou de novo, pondo a jaqueta na cadeira da escrivaninha antes de se sentar de novo no colchão.

Ela não era mais uma adolescente. Não podia tomar o tipo de decisão que tomava quando era ingênua. Tinha feito isso uma vez e olhe só aonde isso a tinha levado. Sozinha e com medo em Nova York, ligando para a irmã à meia-noite e implorando para ela ir salvá-la.

Ela não ia se colocar nessa posição de novo. Era melhor ficar sozinha e segura do que com alguém e vulnerável.

Mesmo que estivesse ficando quase impossível lutar contra os próprios sentimentos.

14

— A tia Gina mandou você dar um tempo com o trabalho e ir lá fora — disse Logan, inclinando a cabeça para onde Gray estava, no sótão. — Tem uma cerveja esperando por você.

Gray secou o suor da sobrancelha e olhou para o irmão lá embaixo.

— Como foi a igreja?

— Um tédio sem você — disse Logan, sorrindo. — Me prometeram multidões de garotas gritando do lado de fora e o que recebi foi Tanner sentado num canto curtindo uma ressaca. Eu falei pra ele que o último uísque não ia cair bem.

— Acho que os cinco anteriores é que fizeram mal — disse Gray, descendo do sótão. — E as seis cervejas. — Era difícil não rir da ressaca de Tanner.

— Ele está tomando uma cerveja no jardim agora mesmo. Falou alguma coisa tipo "o que não mata fortalece".

Gray seguiu o irmão escada abaixo e pela cozinha. Tia Gina estava cozinhando como uma louca, resmungando para Becca, que revirou os olhos para ele assim que o viu.

— Vocês precisam de ajuda aqui? — perguntou ele enquanto a tia abria o forno e abanava a fumaça que estava saindo de lá.

— Não. Vai lá pra fora com os seus irmãos e sai daqui.

— Você vem? — perguntou ele a Becca.

— Daqui a um minuto. — Ela assentiu. — Acho melhor terem sua conversa de meninos antes.

Logan entregou uma cerveja a ele enquanto os dois saíam. Tanner estava deitado em duas cadeiras, com o rosto voltado para o céu e os olhos fechados enquanto escutava Cam. O gêmeo mais novo estava contando histórias do último jogo.

— Você continuou jogando depois de levar uma pancada na cabeça? — perguntou Tanner, ainda de olhos fechados. — Você é doido?

— Eu queria ganhar. — Cam deu de ombros. — A adrenalina foi incrível. — Ele sorriu quando viu os irmãos mais velhos saindo. — O Gray deve saber o que eu quero dizer. Eu já vi a cara dele quando sai do palco.

— Parecida com a que fez quando o Tanner insistiu pra ele cantar a própria música no karaokê — disse Logan, rindo. — Cara, foi hilário.

Tanner balançou a cabeça.

— Não acredito que a gente perdeu pra Becca e pra Maddie. Eu podia jurar que a nossa vitória estava garantida.

— Elas ganharam com justiça — disse Logan, olhando para o celular e fazendo uma cara de poucos amigos. — Tiveram mais aplausos.

— Nem me lembra — reclamou Tanner. — A Becca passou a noite toda jogando isso na minha cara.

— Tenho que fazer uma ligação — disse Logan, com o maxilar tenso. — Já volto.

— Problemas no restaurante? — perguntou Gray a Cam quando o gêmeo mais velho foi para a frente da casa.

— Ele perdeu cinco funcionários desde sexta pra um rival. Se perder mais algum, vai ter que fechar por um tempo. Ele passou a viagem toda até aqui reclamando disso. — Cam deu de ombros e tomou outro gole de cerveja. — Falando em reclamação, o que você está achando do velho?

— Ele está sendo um babaca como sempre — murmurou Tanner. — Tudo que o Gray faz no encanamento está errado.

— É muito horrível eu ficar aliviado por ele não ter saído da cama hoje? — perguntou Cam. — Eu aguento uns dez minutos com ele, mas a tarde toda? Não eu quero ouvi-lo dissecando todas as jogadas que eu fiz na última temporada de jeito nenhum. Eu teria que vencer o Superbowl sozinho pra ele ficar feliz.

Gray tensionou os lábios. É, era horrível, mas ele se sentia do mesmo jeito. Embora a saúde do pai estivesse melhorando, ele ainda não estava nem perto de ficar bem. E ter todos os filhos na casa ao mesmo tempo era demais.

— Ei, como vai aquela menina que você estava namorando? — perguntou Tanner a Cam, abrindo um pouquinho os olhos. Ele imediatamente os protegeu com a palma da mão. — Alice, não era?

— Andrea. E a gente terminou. Ela pegava muito no meu pé.

— Que surpresa — resmungou Tanner.

— E você, Tanner? — perguntou Cam, erguendo uma sobrancelha. — E as garotas que derrubaram a sua porta em Nova York?

— Eu te vi olhando pra Maddie Clark — disse Tanner para Cam, ignorando a pergunta. — Ela cresceu e está mais bonita que a irmã.

Gray levou a garrafa aos lábios. Ele mal tinha dormido na noite anterior. Pensando demais em Maddie e na conversa dos dois na praça.

Ele estivera a um milímetro de beijá-la. Ainda conseguiria sentir a fragrância doce do perfume dela, se fizesse um esforço. A atração que sentia por ela estava bagunçando sua cabeça.

Não importava o que ele fazia, não conseguia tirá-la da mente.

— Ela é uma garota bonita. — Cam deu de ombros. — Mas eu não quero mais saber de mulher. Pelo menos até eu me aposentar da NFL.

Era estranho os ombros de Gray parecerem mais leves com isso?

— E você, Gray? — indagou Tanner. — Alguma história sobre atrizes ou cantoras que você possa nos contar?

— Não.

— Ah, até parece. Pelo menos um dos irmãos Hartson tem que se dar bem. — Tanner se sentou, mas seu rosto ainda estava cinza. — Você tem que brigar pra afastar a mulherada. Eu vejo todos os comentários nas suas fotos no Instagram.

— Eu não vejo. É a minha RP que cuida dessas coisas.

— Algumas põem o número do celular nos comentários e descrevem tudo que querem fazer com você. Você devia ligar.

Gray ergueu uma sobrancelha.

— Não estou interessado em pegar ninguém.

Cam inclinou a cabeça para o lado, analisando o irmão.

— Você está interessado em quê? Em ficar firme com alguém?

— Não. — Gray franziu a testa. — Não estou procurando nada sério. Na realidade, não estou procurando nada. Mas, se um dia eu for procurar, quero uma conexão. Um pouco de emoção. Estou cansado de sexo pelo sexo.

— Uau. Nunca pensei que iria ouvir um dos meus irmãos dizer isso — comentou Becca, sorrindo enquanto saía para se juntar a eles. — E, se vocês não se importarem, a gente pode mudar de assunto? Porque a ideia de um de vocês transando vai estragar a minha euforia de vencer o karaokê.

— Cala a boca — disse Tanner. — Foi marmelada. Vocês só conseguiram aqueles aplausos todos porque pagaram.

Gray terminou a cerveja e pôs a garrafa no chão. Quando levantou o olhar, Cam estava olhando para ele com uma expressão especulativa no rosto. Como se conseguisse atravessar o cérebro de Gray e ver os pensamentos ali dentro.

Ele esperava que fosse só uma ilusão. Porque, se Cam conseguisse ler os pensamentos de Gray, provavelmente ia achar que ele estava doido. Eles estavam repletos da garota que por acaso era irmã da ex-namorada dele.

Se isso não fosse o caos, Gray não tinha ideia do que era.

— Seu pai está se sentindo bem pra tomar o café da manhã com a gente — disse tia Gina alguns dias depois, enquanto servia quatro copos de suco de laranja. — Não é maravilhoso?

— Ótimo. — Gray tomou um gole de suco e se esforçou muito para sorrir.

— Isso *é* maravilhoso — disse Becca, saltando da mesa. — Vou ajudar.

Quando ela saiu da sala, com os pés descalços batendo no piso de madeira do corredor, a tia Gina olhou para ele.

— É uma pena ele não ter conseguido levantar enquanto os seus irmãos estavam aqui. Talvez eles possam vir visitá-lo de novo em breve.

Logan e Cameron haviam ido embora cedo na manhã de segunda-feira depois da festa de Tanner, se desculpando enquanto corriam para pegar o voo. Tanner tinha ido embora algumas horas depois.

Gray sempre sentira muita saudade deles, o que era uma bobeira, considerando que os tinha visto poucas vezes nos últimos anos. Eles fizeram promessas de ir vê-lo em Los Angeles quando ele voltasse para lá, mas Gray sabia que precisariam se organizar muito para estarem todos no mesmo lugar ao mesmo tempo de novo.

— Aqui está ele — disse Becca enquanto entrava na cozinha com o pai. Ele estava segurando o braço dela com força enquanto se arrastava. Gray se levantou e puxou uma cadeira, e Becca o ajudou a se sentar.

— Suco de laranja? — perguntou a tia Gina.

— Só um golinho.

Gray sentiu a atmosfera da cozinha mudar. Era como se alguém tivesse diminuído as luzes e baixado o volume.

— O que vai acontecer no trabalho hoje? — perguntou tia Gina a Becca enquanto passava manteiga numa fatia de torrada.

— Nós vamos montar um manequim novo, e os chefes estão reclamando como loucos das perdas na produção, então eu vou botar os fones e fingir que não estou escutando. — Becca deu de ombros. — Ah, e eu ainda estou zoando o Gray por ter ganhado dele no karaokê. — Ela piscou para ele e Gray ergueu uma sobrancelha para ela. — Eu já te contei isso?

Tia Gina riu.

— Mais ou menos umas cem vezes.

Becca deu de ombros.

— Não é sempre que eu derroto um vencedor do Grammy. Acho que vou colocar no meu currículo.

— Eu estava pensando em colocar isso na capa do meu próximo álbum — disse Gray. — O segundo melhor cantor de Hartson's Creek.

— Terceiro, na verdade, se você contar a Maddie — observou Becca, com um sorriso.

Maddie. A menção ao nome dela foi suficiente para ele apertar o copo.

— Você está pensando em trabalhar hoje de manhã? — A voz do pai atravessou os pensamentos de Gray.

— Estou. Depois que terminar o café, vou me trocar e fechar a água.

— É melhor andar logo, então — disse o pai, apontando para a torrada intacta na sua frente. — Vou te ajudar hoje.

— Você está doente — observou Gray. — Devia estar descansando.

— Estou me sentindo um pouco melhor. Vou ficar sentado te observando. Pra garantir que você está fazendo direito.

— Eu estou fazendo direito. — Gray tentou não demonstrar a irritação.

— Ah, deixa ele ajudar. Vai ser bom vocês dois passarem um tempo juntos. Seu pai pode descansar à tarde. — Tia Gina sorriu para ele.

— Não preciso descansar — resmungou o pai.

É, e Gray não precisava da supervisão dele, mas parecia que nenhum dos dois ia conseguir o que queria naquele dia.

— Quer mais um? — perguntou Sam quando Gray se apoiou no balcão do Moonlight Bar oito horas depois. Gray assentiu e Sam encheu o copo dele com outra dose de uísque. O terceiro, e parecia pouco, considerando o dia que Gray tivera.

Nada era bom o suficiente para o pai. Ele devia saber disso àquela altura. Mas ouvir que ele precisava arrancar tudo que tinha feito até ali e começar de novo havia sido horrível, até mesmo para ele. Isso acabara provocado uma briga feia, seguida de um acesso pesado de tosse antes que a tia Gina, chorosa, lançasse um olhar para ele e fizesse o pai voltar para a cama.

Adeus, vínculo familiar.

— Você ainda está chateado por ter perdido o concurso de karaokê? — perguntou Sam com um sorriso. O bar estava quase vazio, mas Gray continuou com o boné puxado e sentado nas sombras num canto. Mais por estar puto do que por estar preocupado em ser visto.

Ele tomou um gole de uísque, e o líquido quente queimou o fundo da garganta de um jeito agradável. Ele não estava bêbado — ao contrário de Tanner, ele precisava de mais do que alguns drinques para ficar assim —, mas estava mais relaxado do que se sentira nos últimos dias.

— Não estou chateado por ter perdido — disse Gray enquanto deixava o copo vazio na mesa. Ele balançou a cabeça quando Sam levantou a garrafa de novo. — Eu só precisava de um lugar tranquilo pra sentar.

Sam arqueou uma sobrancelha.

— Engraçado... era aí que o seu velho sentava antigamente. Eu era criança, mas lembro de servir uísques para ele enquanto ele ficava aqui.

Gray franziu a testa.

— Meu pai vinha aqui?

— Ahã. Regular como um relógio. Eu sentia um pouco de pena dele. A esposa morta e cinco filhos pra alimentar e vestir. É difícil pra qualquer homem ter que lidar com isso. — Sam serviu um copo para si mesmo e se apoiou no balcão. — Todo mundo achava que ele ia casar de novo bem rápido. Teve até uma conversa sobre ele casar com a sua tia Gina, mas não deu em nada.

Gray se lembrava de ter desejado que os dois se casassem, apesar de nunca ter havido nada além de amizade entre o pai e a irmã da mãe. Ele tinha medo de perdê-la do jeito que tinha perdido a mãe. Medo de ela se cansar de cuidar deles e deixá-los sozinhos com o pai. Mas ela havia ficado e ele era grato por isso.

— Talvez eles *devessem* ter se casado — resmungou Gray para o copo vazio.

— Às vezes a gente só tem uma chance de amar — disse Sam, dando de ombros. — Talvez a sua mãe fosse a alma gêmea dele. Qual é o sentido de tentar substituir o insubstituível?

— Você acredita nisso de verdade? — perguntou Gray. — Que só existe uma alma gêmea pra cada um de nós?

— Não sei. — Sam apoiou o queixo no vão entre o polegar e o dedo indicador. — Mas talvez o seu pai tivesse. Nunca vi um homem tão perdido. Pra ser sincero, aquilo me apavorava. Talvez por isso eu tenha ficado solteiro. — Ele deu uma risadinha. — A gente vê muito sofrimento nesse trabalho.

Gray tentou imaginar o pai sentado ali quando era jovem. Ele mal conseguia se lembrar do tempo antes da mãe ter morrido e também não conseguia se lembrar de como era o pai naquela época. As lembranças dele eram cheias de raiva, de discussões e do fogo que subia no seu estômago toda vez que ele e o pai brigavam.

— Uma coisa que o seu pai não fez quando a sua mãe morreu foi ir embora. Por um tempo eu achei que ele poderia ir. Também vejo muito isso. Caras que abandonam a família e vão embora. — Sam tensionou os lábios. — Odeio isso.

— Eu sei um pouco sobre ir embora — disse Gray, levantando o copo para pedir o último uísque. A bebida tinha cumprido seu papel. Acalmara a dor e extinguira o fogo. Ele não precisava beber mais do que aquilo. Ia virar o último copo e voltar para casa. E talvez ficar um pouco agradecido por não ser um viúvo com cinco filhos que dependiam dele. Um homem que tivera o amor e o havia perdido.

Gray ficou pensando em como era ter um amor e perdê-lo.

Você foi convidado para o Grupo do Reencontro da Turma de 2015 da Ansell.
O estômago de Maddie revirou quando clicou na notificação e visualizou o grupo que Sarah tinha mencionado. No topo havia a opção de entrar no grupo, com um aviso declarando que ela estava no modo de pré-visualização, podendo ler todos os posts, mas sem poder comentar a menos que entrasse.

Ela sentiu a garganta se fechar enquanto rolava a tela. Já tinha cinquenta membros. E uma lista de posts em que os membros agradeciam a Sarah por ter criado o grupo e atualizavam todo mundo sobre a própria vida.

Alguns estavam tocando em orquestras sinfônicas, viajando pelos Estados Unidos. Outros estavam trabalhando para editoras de música ou dando aula na universidade. Ela reconheceu alguns que atuavam na indústria de filmes em Hollywood, compondo trilhas sonoras. Nenhum deles parecia trabalhar numa lanchonete nem ensinando música para a juventude local.

Ela tentou ignorar a vozinha da cabeça dizendo que ela era uma decepção. E que insistia que, se tivesse ficado na Ansell, seria um deles. Todas as esperanças e sonhos que teve quando abriu a carta de aceitação voltaram de repente.

Houve uma época em que ela realmente acreditava que poderia ser alguém. Com um movimento da mão, ela saiu do Facebook. Era só um reencontro idiota. Ela não ia. A vida dela era ali, em Hartson's Creek, e era feliz na maior parte do tempo.

Ela não ia perder tempo com o que poderia ter sido. Seria loucura.

Tum, tum.
Maddie piscou com o barulho, olhando ao redor do quarto. Era tarde, quase onze horas, e ela estava pensando em apagar a luz. Tinha sido um longo dia dando aulas.

E aí houve uma batida. Mais alta e mais firme. Maddie franziu a testa e encarou as cortinas fechadas. Às vezes alguns pássaros andavam pelo peitoril e batiam o bico no vidro, mas não àquela hora da noite. Ela engoliu em seco e foi até a janela, com a pulsação acelerada enquanto segurava as cortinas de algodão grosso.

Levantou o tecido bem devagar, o suficiente para espiar. Do outro lado, uma mão se ergueu de novo, os nós dos dedos se conectando com o vidro, fazendo-a dar um pulo.

— Gray?

Ela puxou a cortina com violência e destrancou a janela, abrindo-a. Era ele mesmo. Gray Hartson em carne e osso, encarando-a com a expressão mais estranha do mundo.

— Eu tinha esperança de que este ainda fosse o seu quarto — disse Gray, com um meio sorriso curvando os lábios. — Eu não quis bater na porta da frente, pra não acordar a sua mãe.

— Está tudo bem? — perguntou ela.

Os olhos dele estavam suaves. Era cheiro de uísque que ela sentia no hálito dele? Era quente e condimentado e a fez querer se aproximar.

— Está. Eu só queria te ver. Pedir desculpa.

— Desculpa?

Gray tirou o boné, usando a outra mão para passar os dedos no cabelo, que caiu num estilo bagunçado perfeito sobre a testa.

— Por ter sido um babaca naquela noite. Eu não devia ter dito o que eu disse.

— Você podia ter me falado isso durante o dia — provocou ela.

Ele ergueu uma sobrancelha.

— É, podia. Provavelmente devia. Mas estou aqui agora.

— Você bebeu? — perguntou ela.

— Só um pouquinho. — Ele deu de ombros. — Tive um dia ruim e precisava relaxar.

— Sei bem como é. — Ela pensou nas duas garrafas de cerveja que tinha bebido naquela noite.

Ele assentiu.

— Então era isso, na verdade. Eu só queria pedir desculpa. — Ele sorriu de novo para ela. — Eu sinto muito. Boa noite, Maddie.

Ele ia embora? Ela tentou engolir a decepção. Não era como se ela quisesse que ele tentasse beijá-la de novo. Era bom ele não ter feito isso. Mesmo que sua pele parecesse macia e quente e seu estado fosse um pouco bêbado.

— Boa noite — sussurrou ela. Maddie ficou parada na janela e observou quando ele começou a fazer o caminho de volta. Então ele se virou para ela de novo, com o corpo balançando.

— Ah, Maddie?

— Sim?

— Sabe o que você disse naquela noite sobre ninguém te ver? Você estava errada. *Eu te vejo.* Eu sempre te vi, porra. — O canto da sua boca se curvou para cima enquanto ele voltava até ela. — É impossível não te ver.

O peito dela ficou apertado com as palavras.

— Você me vê? — perguntou ela baixinho.

— Ahã. Cada centímetro maravilhoso em você. E também te escuto. Mesmo quando estou de olhos fechados e tentando dormir. Você está em todos os lugares e eu não tenho a menor ideia do que fazer com isso.

Ela estava com dificuldade para respirar. Mesmo querendo muito respirar. Mas, toda vez que tentava, o ar ficava preso na garganta.

— É muito louco, né? — perguntou ele, com aquele sorriso ainda nos lábios. — Você é Maddie Clark. Irmã da Ashleigh. Eu fico tentando lembrar disso. Mas o coração quer o que a merda do coração quer, Maddie. Eu devia saber. Já cantei sobre isso muitas vezes. Mas nunca acreditei. — Ele balançou a cabeça e riu. — Desculpa, você deve achar que eu sou maluco pra caralho.

— Eu acho que você está falando muito palavrão — disse ela, sorrindo.

— Culpa do uísque.

— Então é a bebida que está falando por você? — perguntou ela, com um brilho no olhar. — Tudo bem, então, boa noite. — Ela foi fechar a janela.

Antes que ela conseguisse, ele a abriu mais e se inclinou para dentro, encarando-a.

— Não vai embora.

— Não era eu que estava indo. Este é o meu quarto. A minha ideia é ficar bem aqui.

Ele deu um sorriso bobo.

— Talvez você também precise ir pra cama — sugeriu ela. — Você está bêbado. É melhor dormir pra se recuperar.

— Quer saber? — disse ele, ignorando completamente a sugestão dela. — A gente devia se beijar. Só uma vez. Pra ver se tem alguma coisa aí. — Ele balançou a cabeça. — Quem é que eu estou tentando enganar? É claro que tem alguma coisa aí.

— Tem? — perguntou ela, baixinho.

— Não tem?

Ah, tinha, sim. E pensar que ele também sentia fez o corpo todo dela pegar fogo. Como um daqueles insetinhos iluminados que eles observaram juntos, ela se sentiu começando a brilhar.

— Você quer me beijar? — perguntou ela, só para ter certeza de que estava escutando bem.

— Quero. De verdade, eu acho que a gente devia pra acabar logo com isso.

Meu Deus, como ele era fofo quando estava bêbado.

— Aqui? Pela janela?

Ela olhou para ela com olhos sombrios.

— Não. A gente não está em Romeu e Julieta.

— Ele teve que escalar até o balcão dela. Eu moro num bangalô.

— Ainda bem que eu não preciso escalar, caramba. Eu ia quebrar o pescoço.

Ela sorriu para ele.

— Onde você quer me beijar, então?

— Na boca. — Ele piscou.

Conversar com Gray parecia uma preliminar. Fazia o corpo dela doer.

— Estou brincando — disse ele, se debruçando pela janela. — Vem aqui fora e me deixa te levar pra algum lugar. O primeiro beijo não deve ser pela janela. Não se você tem mais de quinze anos.

— Aonde você quer ir?

Ele estava perto o suficiente para estender a mão e tocá-la. Ele passou os dedos no cabelo comprido dela. O toque a fez estremecer. O corpo dela estava apoiado no peitoril, com uma fina barreira de tijolos entre os dois. Ela queria derrubá-los um por um para ficar mais perto dele.

— Se a gente estivesse em Los Angeles, eu ia levar você a uma prainha um pouco depois de Malibu, ia estacionar e a gente ia tirar os sapatos e patinar nas ondas. Depois eu ia te virar o suficiente pro luar pousar no seu rosto. E ia olhar pra você até não aguentar mais. Talvez você risse um pouco, porque eu estaria com uma maldita cara de idiota porque não ia querer errar nesse beijo.

Ela tentou não desmaiar com a descrição.

— E o que você faria depois?

— Eu ia enrolar o seu cabelo nos meus dedos assim — murmurou ele, levando a mão até a sua nuca. O peitoril da janela apertou os quadris dela. — Eu ia precisar inclinar a sua cabeça porque você é muito baixinha e eu sou muito alto.

— Que grosseria.

Ele piscou de novo.

— E depois eu ia te dizer como você é linda, caramba. Que eu não consigo te tirar da cabeça. Que toda noite eu penso no jeito como o seu quadril balança quando você anda e que um dos seus olhos fecha um pouquinho quando você sorri. E que a sua voz é tão doce que me dá vontade de te arrastar pra cama até te fazer cantar de prazer.

— E tudo isso antes de me beijar? — perguntou ela, meio sem fôlego.

— Eu gosto de fazer as coisas direito.

Ela inclinou a cabeça.

— Bom, daqui pra Los Angeles são seis horas de voo. Mais umas duas pra embarcar e pousar. Se você contar a viagem até Malibu, a gente tem que pensar em dez horas. Só de ida. — Ela olhou para o relógio. — E o meu turno começa às seis. Acho que a gente não vai conseguir.

— Vem aqui fora, Maddie Clark. — Ele estendeu a mão para pegar a dela, entrelaçando os dedos. — Eu sei que você sabe pular. Já te vi em ação.

— E depois?

— Depois eu vou pensar em que lugar vou te beijar.

Ela balançou a cabeça.

— Você é doido. Sabia?

— Sabia.

— E está bêbado.

— Só uns drinques. — Ele mostrou quatro dedos.

— E magoou a minha irmã — lembrou ela.

— Qual é o nome dela mesmo?

— Gray! — Ela não conseguiu evitar a risada, porque aquilo realmente era maluquice. Mas talvez ela precisasse de um pouco de loucura na vida. Deus sabe que o corpo dela pensava assim.

— Vem. Sai. — Ele puxou a mão dela.

— Preciso calçar um sapato. — Ela se virou e olhou para o armário. Ele a puxou de volta.

— Eu te carrego.

— Gray...

— Sério. Se eu te deixar ir pegar o sapato, você pode mudar de ideia. Aí a gente vai precisar ter essa conversa toda de novo. E eu quero o meu beijo, Maddie. Quero muito, muito.

Droga, ela também queria muito. Respirando fundo, ela afastou a mão e segurou a moldura da janela, depois a pulou, só de meia. Ele ajudou a levantá-la, com as mãos quentes e fortes segurando a sua cintura. A respiração dela estremeceu com o contato.

— Coloca os pés em cima dos meus — sussurrou ele, puxando-a para perto. — Assim você não suja a meia.

— Essa deve ser a coisa mais romântica que eu já ouvi.

— Gruda em mim, menina. Vou manter as suas solas limpas e sujar a sua alma. — Ele franziu a testa. Isso soaria tão melhor num livro.

— Se te faz sentir melhor, eu entendi.

— É — disse ele, tirando uma mecha de cabelo dos olhos dela. — Faz, sim.

O jeito como ele estava olhando para ela fez as pernas de Maddie tremerem. Era exatamente como ele tinha descrito. Como se ela o estivesse enfeitiçando com os olhos e a voz e a maneira como balançava os quadris. Fazia as entranhas dela doerem.

— Maddie.

— Humm?

— Se você fechar os olhos, consegue fingir que está numa praia em uma noite de luar?

— Achei que você fosse me levar pra algum lugar especial — disse ela, engolindo um sorriso.

— Eu vou, baby. Eu vou.

Ela ergueu o olhar para ele, ainda pisando em seus tênis. Isso a fazia parecer uns vinte e cinco centímetros mais alta que o normal, mas ela ainda precisava inclinar a cabeça para trás para encontrar o olhar dele.

Ele arrastou os pés, levando-a consigo, até o luar pousar no rosto dela.

— Pronto — disse ele. — Perfeito.

— O que você está vendo? — perguntou ela, pousando as palmas no peito dele para se equilibrar. E também para apalpar aqueles peitorais. Eles eram como ela achava que seriam.

— Estou vendo — disse ele, beijando a pele da têmpora dela — uma mulher linda. — Ele deslizou a boca até o maxilar dela. — Uma mulher que me faz rir e querer gritar ao mesmo tempo — sussurrou ele, beijando o caminho até o canto da sua boca. — Uma mulher que eu vou beijar ou vou morrer tentando.

— Perto da praia — sussurrou ela. — Depois de patinar nas ondas.

— *Shh*. Eu mudei de ideia.

O modo como os lábios dele pararam no canto dos dela era uma tormenta. Ela prendeu a respiração, esperando o beijo. Precisando dele. Gray deslizou a mão descendo pelas costas dela, puxando-a para mais perto, e o corpo dela se arqueou em resposta. Só algumas palavras doces e o mais leve toque e ela estava em chamas. Ele expirou e a sensação do hálito dele na pele dela provocou um tremor nas costas de Maddie.

Ele deslizou a mão pela parte redonda da bunda dela e Maddie se encostou em Gray, sentindo o desejo dele. Duro, grande e tudo que o corpo ansioso dela queria.

— Gray — sussurrou ela. — Você está me deixando louca.

Os lábios dele se curvaram na pele dela.

— O sentimento é recíproco. — Ele inclinou a cabeça para trás e ela se viu refletida nos olhos sombrios dele. — Se você continuar me olhando desse jeito, eu vou fazer mais do que te beijar.

— Você não teria coragem.

— Teria. Ah, se teria. — Ele se virou, girando-a também, e a empurrou contra a parede de tijolos, baixando a cabeça para beijar o pescoço dela. Ele passou as mãos na sua bunda e, sem pensar, ela envolveu as pernas nos quadris dele e, meu Deus, o prazer disparou pelo corpo dela. Ela inclinou a cabeça para trás e ele beijou até a garganta dela, obrigando um gemido a escapar dos seus lábios.

— Jesus. Estou mais duro que um adolescente.

Ela soltou uma gargalhada quando a boca dele alcançou a dela mais uma vez.

— Eu nunca esperei tanto por um beijo — disse ela. Era totalmente possível que o corpo dela sucumbisse antes dos lábios. Ele estava se encostando nela de um jeito sedutor. Os dedos dos pés dela se encolheram de prazer.

— Eu gosto da expectativa — disse ele.

— Isso não é expectativa. É transar vestidos.

— Se você acha que isto aqui chega perto de ser sexo, tem muito que aprender. — Ele ergueu uma sobrancelha.

— E é você que vai me ensinar?

Ele se forçou contra ela e ela engoliu o grito. Ela estava reagindo de maneira vergonhosa e ele sabia disso.

— Sua boca é sempre tão espertinha? — perguntou ele.

— Mais ou menos. — Ela bateu os cílios para ele. — Mas acho que você sabe o que fazer com isso. — As coxas dela o apertaram e ele gemeu. Que som doce.

Ele a estava encarando de novo, e o ar divertido tinha desaparecido da sua expressão, substituído por um desejo sombrio. A respiração dela ficou presa quando ele se aproximou devagar e encostou os lábios nos dela.

Se ela achava que estava com tesão antes, não era nada comparado àquele momento. Ele aprofundou o beijo, abrindo os lábios dela com os dele. A ponta da língua dele deslizou na pele macia dentro do lábio inferior dela. Maddie o beijou com vontade, os lábios se mexendo sem pensar conscientemente.

Meu Deus, que sensação boa. Muito boa. Ele sabia beijar — não era pesado demais nem suave demais. Um beijo equilibrado que a fez levantar voo. A boca dele acendeu um estopim que não parava de arder, o corpo dela em chamas enquanto ele a prendia na parede e engolia os suspiros dela. E, quando os dois finalmente se afastaram, sem fôlego, parecia que ela havia perdido um pedacinho de si.

— Droga. — Gray balançou a cabeça. — Definitivamente tem alguma coisa aí.

— É — concordou ela, com um sorriso. — Acho que sim.

15

— Quer dar uma volta? — perguntou ele quando finalmente a deixou deslizar de novo para o chão.
— Agora?
— Por que não?
— Hum, porque está ficando tarde e nós dois temos que trabalhar amanhã. E a cidade é cheia de fofoqueiros que vão ver a gente e sair espalhando a fofoca. — Ela ergueu uma sobrancelha e pôs um dedo nos lábios, como se estivesse pensando. — Ah, sim, e eu estou sem sapato. Também tem isso.
Era uma loucura o quanto o sarcasmo dela o excitava.
— Vai pegar o seu sapato. — Ele apontou com a cabeça para a janela. — E a gente se esconde nas sombras. Bem ou mal, todo mundo deve estar dormindo.
— E se não estiver?
Ele deu de ombros.
— Eles que falem.
— Diz o cara que não mora mais numa cidade pequena.
— Os Estados Unidos são a minha cidade pequena. Se eu der um passo errado, isso se espalha na internet, não só no *Cadeiras* — observou ele.
— Mais um motivo pra não facilitar. — Ela ficou pálida. Ele não sabia se era um truque da lua ou o sangue sumindo daquele belo rosto.

— Eu só quero dar uma volta com você — disse ele. — Prometo que ninguém vai ver a gente. — Ele passou as mãos na cintura dela e a levantou até o peitoril da janela. — Se você não quiser, tudo bem. Eu entendo. — E ele realmente ia tentar não ficar puto, mas não queria ir para casa. Queria ficar com ela.

— Eu quero — disse ela rapidamente. — Só que eu sou cuidadosa.

— É bom ser cuidadosa — disse ele enquanto ela pulava para dentro.

Ele deu um passo à frente, se apoiando no peitoril para dar uma olhada no quarto dela. Era pequeno e arrumado. Os lençóis de tecido xadrez estavam bem presos, embora o colchão estivesse afundado, onde ela estava sentada. As paredes eram pintadas com uma cor clara que ele não conseguia discernir naquela luz. Havia umas poucas fotografias emolduradas na cômoda. Ele se inclinou mais para dentro para tentar identificá-las. Uma dela, talvez, em pé ao lado de um piano, usando um vestido preto comprido. Outra de um casamento — *aquela era Ashleigh?* E outra de duas crianças, ambas tinham o cabelo loiro penteado e o rostinho rosado iluminado de prazer.

— Esses são os filhos da Ash? — perguntou ele enquanto ela calçava os tênis. As costas dela enrijeceram imediatamente e ele percebeu que tinha falado besteira. Ele mordeu o lábio inferior, tentando descobrir como resolver a besteira que tinha feito.

— São. Grace e Carter — respondeu ela, amarrando o cadarço. — Eles têm cinco e três anos. — Ela levantou o olhar. — É estranho saber que eles podiam ser seus filhos?

— Não. Eles não podiam ser meus filhos. — Ele balançou a cabeça. — De jeito nenhum. — Ele ainda estava tentando encontrar as palavras certas. — A Ashleigh e eu éramos crianças quando namoramos. Não tinha futuro. Pra nenhum dos dois. A gente queria coisas muito diferentes.

A expressão dela ainda era comedida quando ela pulou de novo a janela e saiu. Ele se viu sentindo falta da Maddie de língua ferina. Aquela que formava um círculo verbal ao redor dele.

— Vem — disse ele. — Vamos sair daqui.

Ele se virou à direita e ela o seguiu, indo em direção aos limites da cidade.

— Pra onde a gente vai?

— Não sei. — Ele deu de ombros. — Pra algum lugar. — Ele pegou a mão dela e entrelaçou os seus dedos. — Você está bem?

Ela levantou o olhar para ele, com o queixo sobressaindo.

— Estou bem, sim.

Ele virou à esquerda e depois à direita, com a mão ainda envolvendo a dela. O corpo dele estava zumbindo como se ele tivesse enfiado o dedo na tomada. Quando foi a última vez que ele se sentira assim? Nem mesmo estar na frente de cinquenta mil fãs que cantavam as letras com ele era tão bom.

As casas estavam rareando, substituídas por fileiras mais largas de carvalhos unidos ao longo da estrada. Virando à esquerda, ele a puxou pelo caminho de terra. Maddie tropeçou no solo rochoso, e ele deslizou o braço na cintura dela para equilibrá-la, ligando a lanterna do celular para iluminar o caminho.

— Por aqui — disse ele quando os dois chegaram às margens do riacho. — Tem uma árvore caída ali. Nós subíamos nela quando éramos pequenos.

— Vocês tinham permissão pra vir até aqui sozinhos? — perguntou ela.

— Sim. Acho que é o lado positivo de ter um pai viúvo. Ele não dava a menor bola, desde que a gente voltasse pra casa à noite e tirasse notas boas.

Os olhos dela ficaram mais suaves.

— Sinto muito.

— Não sinta pena de mim. Um milhão de pessoas por aí têm uma vida pior.

Ela estendeu a mão para o rosto dele, envolvendo seu maxilar com a mão macia. Ele se apoiou ali, fechando os olhos por um instante. Tinha sido uma ideia maluca bater na janela dela, mas o resultado tinha sido muito bom. Como se ele estivesse inspirando oxigênio depois de uma eternidade prendendo a respiração.

Ele a ouviu se mexer, depois sentiu o calor dos lábios no maxilar. O corpo dele reagiu imediatamente. Ela só precisava tocar nele para excitá-lo.

Abrindo os olhos, ele a envolveu nos braços e a levantou, com as pernas dela presas no seu corpo. Ela aproximou o rosto o suficiente para ele ver os pigmentos na íris azul. Ela envolveu o pescoço dele com os braços, os dedos acariciando o couro cabeludo, e ele gemeu com a sensação boa.

— O que é que você tem, Maddie Clark?

Os olhos dela brilharam.

— Diga você.

— Vou te mostrar. — Dessa vez, não houve hesitação, só o puro desejo elétrico. Ele a beijou com força e profundidade, até os dois estarem sem fôlego, os corpos pressionados um contra o outro como se não houvesse outra opção. Ela se encaixava em Gray como se seu corpo tivesse sido feito para o dele: macio onde ele era duro, se rendendo onde ele colocava pressão. Ele passou a mão no cabelo dela, sentindo os fios acariciarem a palma da mão, e a beijou de novo. Ela o deixava inebriado, mais forte do que qualquer bebida, mais potente do que qualquer droga.

Ele se sentia elétrico ao lado de Maddie Clark, e aquilo era muito bom.

— Duas panquecas, uma porção de ovos benedict e bacon à parte. — Maddie sorriu e pôs os pratos sobre a mesa na frente do reverendo Maitland e da esposa. — Bom apetite.

O pedido deles era o último da correria do café da manhã e ela estava muito feliz com aquilo. Parecia que a cidade inteira tinha decidido comer na Lanchonete do Murphy naquela manhã. De vez em quando Maddie ia em direção à cozinha e voltava de repente para ter certeza de que ninguém estava falando dela. E não estavam.

Mas isso não a deixava menos paranoica. Esse era o problema de só ter tido três horas de sono. Seu cérebro estava irrequieto e lento ao mesmo tempo. Ela não gostava disso.

— Vou ao banheiro — disse ela a Murphy enquanto carregava mais uma pilha de pratos sujos de volta para a cozinha. — Acabei de encher o bule de café e todos estão com as canecas cheias. É só um minuto.

— Claro. — Murphy não levantou o olhar quando ela passou por ele, ocupado demais vendo os quadrinhos. Ele ainda lia o jornal de papel religiosamente todo dia. Ela já tinha desistido de convencê-lo a ler no celular.

O banheiro dos funcionários era nos fundos, do outro lado do beco, numa casinha de tijolos. Diziam que Murphy tinha construído nos fundos quando era casado e a esposa administrava a cozinha. Era seu único refúgio da língua afiada da mulher. A esposa tinha ido embora havia muito tempo — provavelmente antes de Maddie aprender a andar —, mas o banheiro ficara.

Ela lavou as mãos e se encarou no espelho salpicado de ferrugem. Estava com olheiras que nenhum corretivo conseguia disfarçar. Os lábios estavam vermelhos e inchados e o queixo e as bochechas pareciam arranhados pela barba. Ela estava velha demais para passar a noite toda beijando e se agarrando no meio da floresta, mas era impossível não suspirar com a lembrança.

Quando Gray a levou para casa, a primeira luz da aurora estava dançando no céu. Ele a tinha beijado de novo do lado de fora até o corpo dela cantar, depois ficou olhando até ela entrar em segurança antes de ir embora.

Ela salpicou água fria no rosto e secou com uma toalha limpa, pegando a bolsa de maquiagem e retocando o rímel e o batom. Seu celular acendeu com uma mensagem, e ela o pegou ansiosa, franzindo a testa quando viu que era de Ashleigh. Ash e Gray não tinham nada havia mais de dez anos, mas ela se sentiu culpada no mesmo instante.

Acabei de tomar café com a Jessica. Que história é essa de karaokê? Me liga. A.

Maddie ficou encarando a tela por um minuto. A última pessoa no mundo com quem ela queria falar naquele momento era Ashleigh. Não só por causa da culpa, mas porque Ash sabia interpretá-la como um livro. Algumas perguntas estratégicas e a verdade sairia cambaleando.

Estou trabalhando. Te ligo mais tarde. M.

Ela parou por um instante e acrescentou uns beijos. Depois apagou, porque Ash não tinha mandado nenhum. Balançando a cabeça para o próprio reflexo, guardou o celular no bolso da calça jeans e saiu porta afora.

— Oi.

— Mas o que...? — Ela pulou para longe.

— Desculpa. O Murphy falou que você estava aqui nos fundos. — Os olhos de Gray formaram rugas quando ele sorriu para ela.

— Ele também te falou que eu estava no banheiro? — Ela não conseguiu evitar um sorriso em resposta.

— Mais ou menos. Ele começou a fazer uma descrição gráfica, aí eu saí correndo.

— Eu não quero saber. — Ela fechou os olhos e balançou a cabeça. Quando os abriu de novo, ele ainda estava sorrindo para ela.

— Vamos começar de novo — sugeriu ele, se aproximando. — Oi.

— Oi. — Ela levantou a cabeça para olhar para ele. — Achei que você estaria mergulhado no encanamento a esta hora.

— Eu estou, só vim buscar umas coisas na loja de material de construção. — Ele deu de ombros. — Achei que podia dar uma passada e te ver enquanto estava por aqui.

— Achou? Por quê? — O sorriso ainda estava grudado nos lábios dela.

— Tenho uma pergunta pra você. — Ele tirou o boné e alisou o cabelo.

— Parece interessante.

— Tenho uma lembrança enevoada de ter falado com você ontem à noite. Lembro de sair do bar, mas não consigo lembrar do que aconteceu depois. Eu não fiz nenhuma idiotice, né?

Ela engoliu em seco. Ele não se lembrava? Todas aquelas palavras doces, aqueles beijos ainda mais doces. Nada, nada?

— Hum... — A mente dela ficou vazia. De todas as coisas que ela esperava ele dizer, essa não era uma delas.

E aí ele começou a rir, jogando a cabeça para trás e expondo o maxilar com a barba por fazer. Ela o observou, com a boca aberta, enquanto lágrimas surgiam nos olhos dele.

— A sua cara — disse ele entre uma risada e outra. — Você devia ver.

— Você é um babaca. — Ela bateu no braço dele. — Me fez acreditar que tinha esquecido de tudo.

— Você acha que eu ia esquecer uma coisa daquelas? — Ele ainda estava rindo. — Acha que eu ia esquecer de ter te beijado por quase uma hora? Eu bebi uns dois drinques.

— Quatro drinques. — Ela mostrou os dedos.

— O dobro de dois.

— Não importa. — Ela deu de ombros. — Espero que a sua memória não seja muito enevoada, porque aquilo não vai se repetir. — Ela estava brincando, mas o pavor que passou pelo rosto dele foi gratificante.

— Não? — A voz dele afundou.

— Não. — Ela inclinou a cabeça para o lado, engolindo um sorriso.

Ele passou o dedo no maxilar dela, com os olhos brilhando quando ela soltou um suspiro.

— Que pena — disse ele, com a voz rouca. — Porque eu gostei muito de te beijar.

— Eu sei.

Ele riu de novo, passando o dedo no lábio inferior dela.

— Eu lembro do seu gosto doce. Da sensação boa de você no meu colo. Que você beija como uma mulher ousada quando se solta.

— Uma mulher ousada? — Ela tentou ignorar o calor que subia pelo peito e pelo pescoço. — Sério?

— É. Eu ia te perguntar se você queria repetir hoje à noite, mas acho que você não quer. — Os olhos dele formaram rugas enquanto ele se divertia.

— Prefiro arrancar as unhas — disse ela, sorridente.

— Você está certa. — Ele assentiu. — Tenho que ficar olhando a tinta secar.

— Que horas você vai me pegar?

— Oito — respondeu ele. — E calce sapatos.

Ela riu.

— Está planejando me levar a algum lugar elegante?

— É, eu achei que a gente podia pegar um voo pra Malibu. — Ele piscou.

Maddie parou por um segundo.

— Você não está falando sério, está?

— Na verdade, não. Mas, agora que eu falei, pode ser uma opção. Eu prometi te beijar na praia.

— Eu não vou com você pra Malibu.

— Tudo bem. Que tal um restaurante em Stanhope, então?

— E acabar viralizando no Instagram? Não, obrigada.

— Você não gosta que as pessoas saibam da sua vida, né? — perguntou ele, inclinando a cabeça e analisando-a. — Por quê?

— Porque eu não gosto que falem de mim. — Ela olhou para ele. — Você gosta?

Ele deu de ombros.

— Tudo bem. Nada de Malibu nem de restaurante. Vou pensar em outro plano. — Ele segurou seu rosto e se inclinou para roçar os lábios nos dela. — Mas usa sapatos mesmo assim. Só por precaução.

16

Maddie viu o Mercedes prata assim que virou a esquina da rua dela. Estava estacionado na entrada da garagem e o brilho do carro parecia totalmente deslocado perto do seu Honda Accord enferrujado.

Ela olhou para o banco traseiro quando passou e sorriu quando viu as cadeirinhas presas com firmeza. Ashleigh só usava as cadeirinhas quando as crianças estavam com ela. Não gostava porque elas marcavam o estofamento de couro macio.

— Tem algum monstro aí dentro? — perguntou Maddie quando abriu a porta da frente. Ela mal teve tempo de respirar antes que Carter viesse em alta velocidade pelo corredor, gritando bem alto com a irmã de três anos cambaleando atrás, soltando gritinhos agudos de felicidade.

Ele se jogou nos braços de Maddie e ela o pegou para um abraço de urso. Grace se agarrou às pernas dela, pulando de felicidade.

— A gente pode tocar piano? — perguntou Carter.

— É. Qué tocá pianho. — Grace assentiu, os cachinhos loiros captando a luz do corredor. O rosto dela estava tão sério que Maddie teve que engolir um sorriso.

— Deem espaço pra sua tia — disse Ashleigh, saindo da cozinha. — Ela acabou de chegar do trabalho. E vocês dois estavam desenhando, lembram? Voltem e terminem o que vocês estavam fazendo.

— Não quero! — Carter fez um biquinho.

— Como é? — disse Ashleigh com sarcasmo, tensionando os lábios. Maddie sentiu imediatamente a mudança no sobrinho. Ele baixou a cabeça e assentiu, pegando a mão da irmã e puxando-a de volta para a cozinha.

— Mãe, você pode dar uma olhada nas crianças por um minutinho? — gritou Ashleigh. — Quero conversar com a Maddie.

— Claro. — A voz da mãe era acolhedora. — Vem, Carter. Me mostra o seu desenho.

— Está tudo bem? — perguntou Maddie quando Ashleigh entrou na sala de estar.

— Claro. — Ashleigh sorriu, embora o sorriso não tenha chegado aos olhos maquiados com perfeição. — Só estávamos passando aqui perto e eu quis dar um oi.

— Vindo de onde? — Maddie se apoiou na parede, cruzando os braços.

— Não importa — respondeu Ashleigh rapidamente, fechando a porta atrás das duas. Ela se virou para a lareira e pegou uma fotografia antiga dela e Maddie, virando-a para examiná-la melhor. — Então, que papo é esse que eu estou ouvindo sobre o karaokê no Moonlight Bar?

Ah, então era por isso que ela estava ali. Ashleigh nunca suportara ficar por fora dos assuntos. Ao longo da vida, as pessoas estavam sempre conversando com ela — e sobre ela. Embora sempre tivesse dito que odiava o fato de Hartson's Creek se alimentar de fofocas, talvez velhos hábitos sejam difíceis de abandonar.

— Não foi nada. — Maddie afundou numa poltrona de encosto alto com tecido de rosas. — A Becca me arrastou pra lá.

— Becca Hartson? — Ashleigh devolveu a fotografia para o lugar, passando o dedo no vidro e depois virando para ver se tinha poeira. — Como é que ela estava metida nisso?

— Por que estou com a sensação de que você é a mãe e eu sou a filha? — perguntou Maddie. — Eu fiz alguma coisa errada? A gente só cantou e se divertiu. Eu nem imagino por que você se interessaria por isso.

— Eu sempre me interesso por você — disse Ashleigh baixinho. — Você sabe.

Era verdade. Ashleigh sempre levara a sério seu papel de irmã mais velha, desde que as duas tinham a idade de Carter e Grace.

— Bom, não precisa se preocupar. Eu cantei uma música com a Becca, a gente ganhou o concurso, eu voltei pra casa e acordei no dia seguinte pra trabalhar. Essa é a história completa. — A mentira tinha um gosto estranho na língua. Quase sujo.

Ashleigh pegou outra fotografia. Dessa vez, dela usando o vestido de formatura. Maddie ainda se lembrava muito bem daquela noite. Como a irmã estava linda. A mãe tirava uma foto atrás da outra, o cabelo loiro de Ash formando cachos, o pescoço esguio, os ombros nus e o vestido prateado que ela economizara durante meses para comprar. Maddie se lembrava de encará-la, pensando em como ela devia se sentir sendo tão linda. Sabendo que nunca teria aquela aparência.

Talvez por isso ela tivesse faltado à própria formatura. A ideia de ter sua fotografia ao lado da de Ashleigh era insuportável.

— Ouvi dizer que o Gray estava lá. — Ashleigh se virou para ela. — A Jessica me falou que viu vocês dois conversando na praça. Disse que vocês pareciam muito próximos.

— A Jessica tem tempo livre demais.

A sombra de um sorriso passou pelos lábios de Ashleigh.

— Ela gosta de fofocar.

— É, mesmo quando não tem motivo nenhum pra fofoca.

Ashleigh se sentou na poltrona ao lado da de Maddie, alisando a saia para evitar qualquer amassado.

— Eu me preocupo com você. Depois de tudo que aconteceu em Nova York... — ela deixou a voz morrer, estendendo a mão para pegar a de Maddie. — Não tem nada acontecendo entre você e o Gray, tem? — perguntou ela. — Eu estou preocupada à toa, certo?

Nova York. Essas duas palavras foram como um balde de gelo na cabeça de Maddie. Ashleigh era uma das poucas pessoas da cidade que sabiam o que tinha acontecido e, nos anos que se passaram desde que levara Maddie para casa, não tinha falado uma palavra para ninguém. Às vezes ela enlouquecia Maddie, mas Ashleigh estivera ao seu lado quando ela mais precisara. Por esse motivo, ela amava loucamente a irmã.

— Não tem nada acontecendo que possa te preocupar. — Era uma meia mentira. E uma mentira contada para proteger alguém não era uma mentira de verdade, certo? — É uma cidade pequena e eu trabalho na lanchonete.

Eu esbarro com ele de vez em quando. Mas ele só vai ficar aqui mais umas semanas e depois vai embora de novo. Provavelmente por mais dez anos.

Esse pensamento não era um chute no estômago? Ou um lembrete para ela proteger o coração?

— Você encontra com ele na lanchonete? — perguntou Ashleigh, com as sobrancelhas erguidas. — Achei que ele tivesse dinheiro pra comer num lugar melhor. Tem uns restaurantes ótimos em Stanhope.

Maddie pensou em falar que a lanchonete era ótima, mas já tinha contado mentiras demais.

— Ele está trabalhando na casa do pai. Não tem muito tempo pra dirigir até um lugar melhor.

— O quê? — Ashleigh riu. — Isso não é verdade. Por que ele estaria trabalhando na casa do pai? Ele deve ter dinheiro pra comprar umas dez casas daquelas.

Maddie deu de ombros.

— Acho que é coisa deles. Da família.

Ashleigh mordeu o lábio inferior, depois o soltou, olhando para a própria saia.

— Ele perguntou de mim?

— Não sei — respondeu Maddie. — Provavelmente. Devo ter falado de você e das crianças.

— Ele sabe que eu moro em Stanhope? — perguntou Ashleigh. — Você falou que eu me casei com o Michael? E que os pais dele são donos do First State Bank?

— Hum. — Maddie estava tentando não rir, mas era um desafio. — Não sei, mas vou contar, se encontrar de novo com ele.

— Ah, não, não faz isso. Ele vai acabar descobrindo com alguém. — Ashleigh deu de ombros. — Eu só quero que ele saiba que eu estou bem de vida. — Ela endireitou as costas. — Que ele não é o único que conseguiu sair da cidade e ser alguém.

Maddie não sabia o que dizer. Se fosse qualquer outra pessoa, ela teria revirado os olhos, mas era a sua irmã. E ela percebeu uma pitada de sofrimento na voz de Ashleigh. Um lembrete de como ela ficara arrasada quando Gray foi embora para Los Angeles e nem olhou para trás.

Se Ashleigh descobrisse que Maddie tinha andado beijando seu ex, ficaria furiosa. A ideia revirou o estômago de Maddie e formou vários nós. Outro lembrete de que era péssima ideia flertar com Gray Hartson, como se ela já não soubesse.

Você não flertou com ele, você o beijou, lembrou a vozinha dentro da cabeça dela.

Maddie suspirou. Sim, era uma péssima ideia beijar Gray Hartson. Mas a ideia de *não* o beijar parecia bem pior. E, se isso significava que ela teria que mentir para a irmã, para a mãe, para toda a cidade para sentir os lábios dele de novo? Que Deus a perdoasse, mas ela ia mentir.

— Mãe, terminei meu desenho — disse Carter, empolgado, quando abriu a porta. — Quer ver?

— Claro. — Ashleigh deu um sorriso desconfiado para Maddie.

— Olha só. — Carter enfiou o papel nas mãos da mãe antes de se virar para Maddie com uma expressão esperançosa. — A gente pode tocar piano agora ou vocês duas ainda estão brigando?

Maddie caiu na gargalhada e pegou a mão estendida de Carter.

— Claro, a gente pode tocar um pouco.

— Dez minutos — disse Ashleigh ao filho. — E a gente não estava brigando, a gente estava conversando.

Exatamente às oito horas, Maddie calçou os sapatos e gritou para a mãe.

— Estou saindo. Volto antes da meia-noite. Me liga se precisar de alguma coisa.

— Com quem você vai sair mesmo? — perguntou a mãe, do quarto.

— Uns amigos — respondeu Maddie, apressada. — Boa noite.

Antes que a mãe pudesse fazer mais perguntas, ela pegou o suéter e a bolsa e saiu para o vestíbulo, planejando ficar sentada no balanço do alpendre até Gray chegar. Mas aí ela o viu chegando pelo caminho, usando uma calça jeans, um moletom cinza escuro e um boné de beisebol, e precisou parar no alto dos degraus.

— Oi. — Ele olhou para ela, tirando o boné. — Eu ia bater na porta.

— Achei melhor esperar aqui fora. Não quero incomodar a minha mãe.

Um sorriso lento curvou os lábios dele.

— Você está bonita — disse ele, avaliando o vestido de verão azul e branco, justo no corpete e solto nos quadris. Ela estava com o cabelo solto, os cachos escuros caindo nas costas. Quando se viu no espelho, ela deu um suspiro de alívio por ter conseguido domá-los.

Ele chegou à base dos degraus e estendeu a mão para ela. Maddie pôs a mão na palma dele, sentindo o calor e os calos de tocar guitarra. E a força dos dedos quando se fecharam ao redor dos dela.

— Aonde nós vamos? — perguntou ela enquanto ele a conduzia até uma caminhonete estacionada na entrada da garagem. Era brilhante e nova, aparentemente. Cara, também. Não era o tipo de caminhonete que se via em Hartson's Creek.

— Achei que a gente podia dar uma volta de carro. — Ele abriu a porta e a ajudou a entrar. — Eu trouxe comida e bebida. Não sabia se você ia estar com fome.

— Posso comer de novo. — Ela deu de ombros. — Ainda mais se for uma comida feita pela tia Gina.

— Como foi que você adivinhou? — Ele sorriu.

Ela piscou.

— Intuição feminina. Mas estou mais interessada no motivo que você deu a ela para precisar da comida.

Ele entrou na cabine e prendeu o cinto de segurança, apertando a ignição até o motor rugir.

— Ela não perguntou, e eu não falei. Mas, se tivesse perguntado, eu teria dito que estou tentando encantar uma mulher linda e preciso de toda a ajuda possível.

— Encantar? — Maddie riu porque se lembrou da conversa com Carter na semana anterior. — Essa é a segunda vez que eu ouço essa palavra nas últimas semanas.

Gray ergueu uma sobrancelha.

— Tem mais alguém te encantando?

— Não, a menos que você considere o meu sobrinho. — Ela sorriu. — Espero que você seja um pouco melhor que ele.

— Talvez. — Ele pisou no acelerador. — Está funcionando?

Estava? Ela se virou para ele, analisando o perfil. Nariz forte, lábios macios, maxilar sombreado com o crescimento de um dia da barba. Ele tinha jogado o boné no banco traseiro, e o cabelo estava bagunçado, mas isso o fazia ficar ainda mais lindo, se é que era possível.

Mesmo antes de ir para Los Angeles e ficar famoso, ele já era muita areia para o caminhãozinho dela. Agora era um milhão de toneladas de areia. Mas ali estava ele, falando em encantá-la, e ela se sentiu estranha por dentro.

— Posso te perguntar uma coisa? — indagou ela enquanto ele virava à esquerda na estrada principal para sair da cidade.

— Pode. Manda.

— Por que eu estou aqui?

O canto dos lábios dele se curvou para cima.

— Eu já te disse. Estou te encantando.

— Mas por que eu? De todas as pessoas que poderiam estar com você agora, por que eu?

Ele apertou o freio, fazendo o carro parar na rua deserta.

— Que pessoas você acha que eu quero do meu lado? — perguntou ele, se virando para ela. As sobrancelhas estavam unidas.

Ela teve que lutar contra a vontade de alisar as rugas na testa dele.

— Não importa — disse ela. — É só bobagem minha.

— Isso claramente importa pra você. Então, também importa pra mim. Por isso, deixa eu te falar uma coisa agora mesmo. Não tem nenhuma pessoa no mundo que eu queria mais que estivesse sentada aí do que você. Quando você concordou em me deixar te buscar, eu me senti como se tivesse ganhado um prêmio. Porque eu tenho a impressão que você não aceita fazer esse tipo de coisa com frequência.

— Não mesmo — disse ela baixinho.

Ele estendeu a mão para pegar o queixo dela entre os dedos, de maneira suave, mas firme. Devagar, ele virou a cabeça dela até Maddie estar encarando os olhos dele.

— E por que você topou hoje?

A respiração dela ficou presa com a intensidade do olhar dele. Isso fez seu corpo todo esquentar, como se o sol estivesse se derramando sobre ela. Se ele fizesse isso por muito tempo, ela ia se queimar.

As observações engraçadinhas que ela poderia pensar em fazer derreteram na língua.

— Porque eu não podia *não* aceitar — disse ela baixinho. — Não parei de pensar em você desde que você voltou pra Hartson's Creek. E o jeito como você me beijou ontem... — ela deixou a voz morrer, balançando a cabeça.

— Eu também não consigo tirar isso da cabeça.

Ele engoliu em seco, o pomo-de-adão descendo sob a pele firme da garganta.

— É — disse ele, com a voz rouca. — Eu também estou com dificuldade pra não pensar naquilo. — Ele soltou o maxilar dela. — Vamos sair daqui antes que você mude de ideia. — O motor voltou à vida quando ele apertou o acelerador.

— Pra onde a gente vai? — perguntou ela de novo, um sorriso curvando os lábios.

— Espera e verás.

17

Ela estava pensando em beijá-lo de novo? Eram dois, então. Quando ele virou à esquerda e entrou na estrada que subia as colinas, não conseguiu mais controlar o sorriso. Também não conseguia parar de olhar para ela pelo canto dos olhos. Caramba, como ela estava bonita. Como uma daquelas garotas bonitinhas e arrogantes da vizinhança sobre as quais ele sempre cantava, mas raramente conhecia. Quando ela perguntou o que estava fazendo ao lado dele na caminhonete, ele sentira vontade de rir; porque ele estava se perguntando exatamente a mesma coisa em relação a ela.

A entrada do destino deles era bem onde ele se lembrava. Um portão quebrado estava pendurado inclinado num poste com a tinta descascada. Tinha espaço suficiente para apenas não arranhar a caminhonete enquanto ele a manobrava pela passagem. Parando à esquerda, ele desligou o motor e olhou pelo para-brisa para a vista lá embaixo. As luzes salpicadas de Hartson's Creek estavam diante deles.

— Você nos trouxe pra Jackson's Ridge? — perguntou Maddie, aumentando a voz pela surpresa.

— Foi. Achei que a gente fosse conseguir comer aqui sem ninguém pra incomodar. — Ele saltou da cabine e contornou a caminhonete para abrir a porta dela, oferecendo a mão para ajudá-la a descer. Quando ela deu um pulo para o chão, ele pegou a manta e o cooler que tinha armazenado na traseira, ainda segurando a mão dela enquanto a conduzia pela cumeeira coberta de grama.

— Eu nunca vim aqui em cima — disse ela. — Não sabia que a vista era tão bonita.

— Eu sempre vinha com a minha guitarra depois de discutir com o meu pai. Uma vez eu acampei aqui a noite toda. Levei um esporro da tia Gina. — Relutante, Gray soltou Maddie e estendeu a manta na grama macia, pondo o cooler em cima. — Fiquei de castigo por um mês, acho.

Maddie sorriu.

— Você sempre foi rebelde.

Gray não conseguiu evitar uma risada.

— Era isso que você achava? Eu era um garoto bonzinho, na verdade. Não causava muitos problemas.

— Ah, até parece. Todo mundo falava de você e dos seus irmãos. Que vocês eram rebeldes e malucos. — Ela mordeu o lábio, com o rosto iluminado pelo luar. — Lembra daquela vez que você pôs uísque no vinho da comunhão?

— Não fui eu. Foi o Tanner. — Gray ergueu uma sobrancelha e abriu o cooler, pegando uma garrafa. — Falando em bebida, quer uma?

— Champanhe? — Maddie se ajoelhou ao lado dele. — O que é que a gente está comemorando?

Gray deu de ombros.

— Terminei o encanamento hoje. Só falta acabar o telhado e pronto. Acho que vale a pena brindar a isso. — Ele piscou. — E eu só vou tomar uma taça. Estou dirigindo. — Ele tirou a rolha e serviu duas taças, entregando uma a Maddie e levantando a outra.

— Às reformas da casa — disse ela, com um sorriso, batendo a taça na dele.

— E a não inundar a casa do meu pai. — Ele tomou um gole, encontrando o olhar dela. Tudo nela parecia fresco e novo. Como um vento soprando pela casa, tirando as teias de aranha.

— Quando foi a última vez que você fez isso? — perguntou Maddie, passando o dedo na borda da taça.

— Vir a Jackson's Ridge? — perguntou ele. — Não sei. Dez anos atrás, talvez mais.

Ela olhou para ele.

— Eu estava falando de beber champanhe. Com uma mulher.

Tinha alguma coisa na voz dela. Um tom que outra pessoa podia ter deixado passar. Uma leve pitada de insegurança que fez o peito dele se encher.

— Não sei. Eu não bebo muito. Não mais. Eu bebia, durante um tempo, mas... — Ele respirou fundo. — Mas isso mexia com a minha mente e com a minha música. — Foi a vez dele de se sentir desconfortável. Ele olhou para ela, com os olhos velados. Ele não falava dessas coisas. Pelo menos não para alguém que não era pago para escutar. Apesar disso, a necessidade de abrir o coração para ela era forte.

Ela passou a ponta da língua no lábio inferior.

— Você estava bêbado naquela noite.

— Estava. Um pouco.

— Eu meio que gostei — admitiu ela, encarando-o com olhos velados.

Ele colocou a taça de lado e se inclinou para a frente.

— É mesmo?

— É.

— Do que você gostou?

— Das coisas que você me falou. Que você me vê. Que sempre me viu.

— É verdade — sussurrou ele, estendendo a mão para passar na maçã do rosto dela. As pálpebras de Maddie piscaram com o toque dele. — Eu vejo cada pedacinho seu. E eu gosto disso mais do que eu posso dizer.

A respiração dela ficou presa e ele quis tocá-la ainda mais.

— Eu queria que você se visse do jeito que eu te vejo — sussurrou ele, se aproximando. — Você é linda, Maddie Clark. E é um doce. E engraçada pra caramba, também. Toda vez que eu penso em você tentando escalar aquele muro, eu dou risada.

— Babaca. — Ela sorriu, as bochechas roliças sob os dedos dele.

— E eu não tenho a menor ideia do que você ainda está fazendo em Hartson's Creek, mas, como sou um canalha egoísta, estou muito feliz por você estar aqui. Eu teria enlouquecido se não tivesse você pra conversar.

Os olhos dele estavam vidrados. Ela piscou e ele viu as nuvens se formando dentro deles.

— Dá pra ver que você pensa demais nisso — disse ele quando o olhar dela escureceu. — Para com isso.

— Não consigo evitar. Você está certo numa coisa: eu ainda sou uma garota de cidade pequena, e você não é um garoto de cidade pequena.

— Ainda sou eu, Maddie. Você, entre todas as pessoas, devia saber disso. Sou só Gray Hartson que batiza o vinho da igreja.

— Achei que você tinha dito que foi o Tanner que fez isso.

Ele piscou.

— Fui eu que fiz. — Ele pegou a taça da mão dela e a colocou ao lado dele, puxando-a para perto, até o rosto dela estar a um milímetro do dele. — Deixa eu te mostrar uma coisa — disse ele, baixinho, deitando-a na manta e se posicionando ao lado dela.

— O quê? — sussurrou ela.

Ele passou o polegar nos lábios dela.

— Você consegue sentir isso? — perguntou ele.

— Sim.

— Qual é a sensação?

As sobrancelhas dela se juntaram.

— O que você quer dizer?

— Feche os olhos. Descreva a sensação. — Ele acariciou os lábios dela de novo.

— É macio e quente. Mas forte. Pele contra pele sem nada no meio.

— Sou eu — sussurrou ele. — Só eu. Sou igual a qualquer outro cara. Eu como, durmo, uso o banheiro. — Ele riu. — E acho que você é a criatura mais linda que eu já vi.

Ela suspirou e ele sentiu seu hálito quente na mão. Meu Deus, como ele queria beijá-la. Queria puxar o corpo dela para cima do dele e sentir cada centímetro dela apoiado nele.

Ele engoliu em seco, tentando disfarçar seu desejo insaciável.

— Me toca — disse ele, com a voz rouca, levando a mão dela ao próprio rosto. Ela passou bem de leve a ponta dos dedos no rosto dele, o polegar roçando no maxilar, descendo lentamente até o pescoço.

O clima estava ficando quente. Quente demais. Ele tirou o moletom e o jogou sobre a manta, a pele esfriando imediatamente quando o ar noturno a acariciou.

Maddie passou a mão na manga da camiseta dele, depois desceu até o bíceps, tracejando a tatuagem ali.

— Quando foi que você fez essa? — perguntou ela.

— Essa foi a minha primeira tatuagem. Fiz no aniversário de morte da minha mãe e depois bebi até esquecer. — Ele olhou para ela com um sorriso torto. — Na época só fazia um ano que eu estava em Los Angeles.

— É bonita. Uma pomba, né?

— É. A ave preferida da minha mãe.

Um sorriso brincou nos lábios dela.

— Quantas você tem?

— Tatuagens? Não sei. Muitas, acho.

— Posso ver?

Ele inclinou a cabeça para o lado.

— Você está me pedindo pra tirar a camiseta, srta. Clark?

— Estou pedindo pra você me mostrar as suas tatuagens, engraçadinho. — Ela balançou a cabeça. — O resto é acompanhamento.

Ele tirou a camiseta preta, observando a expressão dela mudar enquanto o analisava. Os olhos dela passearam pelo corpo dele e ele adorou isso. Não conseguia se cansar da escuridão nos olhos dela.

— Posso tocar em você? — perguntou ela.

Ele deu um sorriso malicioso.

— Meu Deus, sim.

— Vira de costas — sussurrou ela, e ele obedeceu. Ela se debruçou nele, com o rosto perto do peito. Ele prendeu a respiração por um segundo até os dedos dela começarem a traçar a tatuagem no peitoral esquerdo, linhas pretas grossas e compridas que retratavam um lobo uivando. — Quando foi que você fez essa? — perguntou ela, com os dedos perigosamente perto do seu mamilo. Ele já estava duro como ferro.

— Sydney. Uns oito anos atrás.

Ela deslizou a mão no peito dele, e ele prendeu a respiração quando ela se aproximou, deixando a boca a centímetros da sua pele. Ele estava pendurado por um fio.

— E essa? — perguntou ela, os dedos traçando as curvas do abdome dele.

— A águia? Fiz em Londres quando fiquei uns meses na Europa. Eu estava com saudade de casa.

— Você vai fazer mais alguma? — Ela olhou para ele.

— Sim. — A voz dele estava rouca com a repressão. — Provavelmente.

— Onde? — perguntou ela, traçando círculos no abdome duro dele. — Está ficando meio lotado aqui.

— Eu ainda tenho muita pele nua — disse ele, com a voz baixa. — As pernas, os antebraços, a bunda.

Os lábios dela se retorceram.

— A bunda?

Ele ergueu uma sobrancelha.

— Ouvi dizer que dói menos lá. — Estendendo a mão para as dela, ele a puxou de novo até o rosto dela estar perto do dele. — E você? Tem alguma tatuagem?

— Não. Sou lisinha como no dia em que nasci.

— Posso ver?

Dessa vez ela riu.

— Você quer que eu tire a roupa?

— Foi você que começou — brincou ele, sem esperar, nem em um milhão de anos, que ela fosse mostrar a ele.

Mas, no instante seguinte, ela estava sentada e tirando o vestido, revelando um sutiã branco de renda e calcinha combinando, além da pele rosada e sem marcas.

Droga. Se ele achava que estava com tesão antes, agora ele estava em chamas. Não só porque ela era linda mas também porque era absurdamente imprevisível. Ele adorava o fato de nunca adivinhar o que ela ia fazer em seguida.

Maddie prendeu a respiração enquanto Gray a encarava. Os olhos dele estavam velados e sombrios enquanto o olhar descia do rosto para os ombros dela e depois para o peito. Ele engoliu em seco e se virou para ela, estendendo a mão para virá-la de costas.

— É a minha vez — sussurrou ele. — Está bem?

— Sim. — Estava mais do que bem. Ela ansiava pelo toque dele como ansiava por ele. O pânico que ela sentiu quando tirou o vestido já tinha sumido, derretido pela reação acalorada dele. A cabeça dela se inclinou para trás, os olhos se fecharam e ela prendeu a respiração enquanto esperava o toque dele.

Quando aconteceu, o corpo dela se arqueou para cima. Lábios macios e quentes tocaram nas costelas dela, as mãos dele na sua cintura para mantê-la no lugar.

— Está bom assim? — murmurou ele na pele.

— Sim. — Ela assentiu. — Não para.

Ela entreabriu os olhos e viu um sorriso malicioso curvando os lábios de Gray.

— Eu não estava planejando parar — disse ele.

Ele beijou as costelas dela, com a respiração quente e a pele dela mais quente ainda. Depois foi descendo, chegando à pele mais macia da barriga. Ela contraiu os músculos e ele riu antes de continuar descendo, os lábios roçando na beira da calcinha.

Ela prendeu a respiração de novo, sentindo o desejo entre as coxas, esperando para ver o que ele ia fazer em seguida.

— Não — murmurou ele, tão baixinho que parecia que estava falando mais para si mesmo do que para ela. — Ainda não.

Ele se posicionou em cima dela, as coxas cobertas com jeans escorregando entre as coxas nuas de Maddie, e segurou o rosto dela.

— Está sentindo o que você está fazendo comigo? — perguntou ele, se pressionando contra ela.

Sim, ela estava sentindo. As coxas dela se apertaram ao redor dele em resposta.

— Você é linda — sussurrou ele, roçando os lábios nos dela. Maddie deslizou os braços ao redor do pescoço dele, precisando da conexão.

— Você também — disse ela e cada palavra era real. *Tão lindo que isso devia ser proibido.*

— Ninguém disse isso pra mim até hoje. Sexy, sim. Lindo, nunca.

— Então as pessoas são malucas — retrucou ela, sorrindo.

Ele riu de novo, depois a beijou, deslizando as mãos pelas costas dela para abrir o sutiã. Os seios estavam desejosos, carentes, e, assim que ele soltou o tecido que os prendia, a pele se contraiu com o ar noturno gelado. Ele baixou a cabeça para pegar um mamilo entre os lábios, sugando devagar, depois com força, até ela não conseguir resistir e gemer.

Ele a estava deixando em chamas centímetro por centímetro. Um beijo, uma carícia, uma virada da língua, tudo era música no corpo dela. Ele se afastou para tirar a calça, depois subiu as mãos pelas pernas dela, quentes e firmes nas coxas. Os dedos dele traçaram o elástico da calcinha.

— Isso precisa ir embora.

— É verdade. — Ela prendeu a respiração.

Ele assentiu enquanto enrolava os dedos na renda branca, arrastando-a pelas coxas quentes e jogando-a para trás.

E aí ela estava nua. Em Jackson's Ridge, com Gray Hartson, e, por algum motivo maluco, parecia a coisa mais natural do mundo. Ele ainda estava de cueca — uma boxer preta que não fazia nada para disfarçar o tesão impressionante que estava sentindo —, mas os olhos dela foram atraídos para a beleza do corpo dele.

Ele era uma obra de arte. Até as partes que não eram pintadas com tinta e história. Ombros largos, peito esculpido, músculos abdominais que subiam e desciam como uma sinfonia. E o rosto. Olhos sombrios e carentes, lábios entreabertos, a respiração ofegante e curta como a dela.

Então ele deslizou os dedos entre as coxas dela e todos os pensamentos sobre rostos e peitos desapareceram, substituídos por um anseio que crescia ali dentro. Ela estava ansiando por ele de um jeito que não se lembrava de ter sentido. Quanto tempo fazia que alguém a tinha tocado daquele jeito?

Nunca.

Ninguém jamais a tinha tocado como Gray.

— Meu Deus, como é bom sentir você — sussurrou ele, com a voz entrecortada. E aí ele levou os dedos entre os lábios e chupou, fazendo os olhos dela se arregalarem em choque. — Seu gosto também é bom.

Ele sorriu com a reação dela, tocando-a no mesmo lugar de novo e fazendo-a gritar o nome dele.

— Você sabe o que está fazendo comigo? — perguntou ele.

— A mesma coisa que você está fazendo comigo.

E ela queria aquilo. *Tudo aquilo.* Cada parte dele. Queria que ele a tocasse do mesmo jeito que tocava suas músicas. Suave, depois com força, até o som preencher cada célula do corpo dela.

— Gray... — Ela deslizou os braços descendo pelas costas dele, puxando o elástico da cueca. — Eu preciso...

— Do que você precisa? — sussurrou ele no ouvido dela, com a voz quente e intensa.

— Você. Eu preciso de *você*.
Ele deslizou os dedos para dentro dela de novo, depois os tirou.
— É, precisa mesmo. — Um sorriso brotou em seus lábios. Ele pegou a carteira e tirou uma camisinha. A garganta dela ficou seca enquanto o observava colocá-la. — Mas não tanto quanto eu preciso de você.

Gray flutuou acima dela, com os olhos grudados nos dela, e Maddie se viu refletida nas profundezas do olhar dele. Os dois se encararam por um longo instante antes que ela sentisse a dureza dele dentro de si.

Baixando a cabeça, ele prendeu os lábios dela com os dele, engolindo seus gritos enquanto a penetrava. Ele gemeu. Os quadris dele se moviam rapidamente, os lábios pegando tudo que ela podia dar, o corpo fazendo o dela cantar até eles alcançarem o crescendo.

E, quando ele a levou até o clímax, observando com olhos sombrios enquanto o prazer a tomava, ela sentiu que ele também estava perto de chegar. Ele estava gemendo, os cotovelos se enterrando na manta ao lado dela, os quadris empurrando os dela com força enquanto ele chegava ao auge.

Quando terminou, o prazer ainda a dominava, e ele a puxou para perto envolvendo-a em seus braços, sussurrando palavras doces em seu ouvido.

Era como se o céu e o inferno tivessem colidido e feito um novo mundo inteiro só para eles. Um mundo do qual ela não queria mais sair.

18

Era um lindo dia. O sol enevoado tinha vencido as nuvens frágeis, deixando para trás um céu azul-celeste que se estendia por quilômetros acima dele. Gray estava ajoelhado no telhado da casa do pai para avaliar os danos, tirando fotografias dos buracos, que ele enviaria para os irmãos Johnson para pedir conselhos, quando ouviu um carro parar na entrada da garagem.

Ele não se virou, no início. Principalmente porque estava acostumado a pessoas indo e vindo. As amigas da tia Gina, os antigos colegas de escola de Becca e uma visita vez ou outra para o pai. Também tinha notado que Tanner ainda mandava entregar tudo lá — até as compras que fazia na internet. Engraçado como a casa sempre tivera essa atração sobre ele.

— Oi — disse uma voz feminina um minuto depois. Dessa vez ele se virou, baixando o pé para manter o equilíbrio na calha do telhado. O sol estava tão forte que ainda atingia seus olhos apesar da sombra que o capacete proporcionava. Ele piscou e levantou a mão.

O carro na entrada da garagem era um Mercedes prateado reluzente. E, ao lado dele, a última pessoa que ele esperava ver.

— Ash?

Ela sorriu com o reconhecimento instantâneo.

— Ouvi falar que você estava na cidade. Achei que devia te dar um oi.

Por um instante, ele pensou em falar que estava ocupado — e claramente estava — e mandá-la embora. Mas ele sabia, sem dúvida, que tia Gina já tinha visto Ash e faria um inferno da vida dele se ele não demonstrasse um pouco de hospitalidade.

— Me dá um minuto — gritou ele. — Se você for pelos fundos, tia Gina está na cozinha. Te encontro já já.

O sorriso dela falhou.

— Ah, tudo bem.

Conforme ela contornava a lateral da casa, Gray soltou um suspiro. Ele estava curtindo a euforia a manhã toda com as lembranças da noite anterior. O pai dele tinha reclamado que os canos estavam rangendo durante a noite e ele não dera a mínima. Era como ouvir um pássaro chiando. Ele estava ocupado demais pensando em como o corpo de Maddie era macio e sedutor para se preocupar com o que o pai tinha a dizer.

Mas agora a irmã dela estava ali e era como se ela estivesse segurando uma agulha pronta para estourar um balão. Ele teria ficado feliz de passar cem anos sem vê-la.

Quando ele entrou na cozinha, tirando o capacete e bagunçando o cabelo, viu que ela estava sentada com tia Gina e as duas estavam bebendo um chá gelado. Elas estavam debruçadas sobre o celular de Ashleigh, vendo fotos. As duas viraram a cabeça para olhar para ele enquanto seus pés batiam no piso.

— Olha quem está aqui — disse Gina enquanto ele tirava as botas e as deixava no tapete da entrada. — A Ashleigh estava me mostrando fotos da Grace e do Carter. Não acredito que eles cresceram tanto. Você já viu as crianças?

— Vi uma foto na casa da Maddie.

Ashleigh piscou.

— Você foi na minha casa?

Droga. Ele não tinha a menor ideia do que Maddie tinha contado à irmã sobre ele — se é que tinha falado alguma coisa. Será que eles deviam ser amigos? Conhecidos? Inimigos?

— Ela me ajudou na igreja umas semanas atrás. Fui agradecer. — Ele se apoiou casualmente na porta, analisando Ashleigh. Ela sempre tinha cuidado da própria aparência, mas havia um brilho caro nela que não existia antes. Como se alguém a tivesse pintado na vida real, tirando as características interessantes e as cicatrizes que a tornavam humana.

Isso o fez pensar nas sardas na nuca de Maddie, que pareciam a Ursa Maior. Ele tinha beijado aquele ponto na noite anterior, fazendo-a estremecer. A bunda dela estava encostada na virilha dele, e isso lançou um jato de prazer pelo corpo dele.

— Ouvi falar disso. Típico da Maddie te fazer pular cercas. — Ashleigh deu um sorriso. — Ela deixou a Della Thorsen apavorada. Parece até que a minha irmã ainda é adolescente, não uma mulher de vinte e cinco anos.

— Eu tenho trinta e um — observou Gray, com a voz profunda. — Se alguém estava levando alguém para o mau caminho, era eu.

O sorriso de Ashleigh fraquejou por um segundo.

— Bem, obrigada por protegê-la. Ela é tão nova de tantas maneiras. Acho que é efeito de ela nunca ter saído de casa de verdade. Não como nós dois. Ela nunca foi esperta com as coisas do mundo.

Ela estava falando de Maddie Clark? Aquela garota esperta, de língua afiada, afiada como uma faca e de quem ninguém se aproveitava?

— Acho que ela não precisa da minha proteção.

— Não precisa mesmo. — Ashleigh tomou um gole do chá gelado. — Na verdade, já que estou aqui, tem uma coisa que eu gostaria de falar com você. — Ela olhou para tia Gina. — Em particular, se for possível. Talvez a gente possa dar uma volta no quintal.

Gray respirou fundo. Ele preferia estar no telhado ouvindo o pai encher o saco a conversar com a ex de muito tempo atrás, mas, pela maneira como tia Gina sorriu, ele sabia que essa não era uma opção.

— Claro.

— Ótimo. — Ashleigh se levantou e foi até onde ele estava parado. Ele sentiu as notas profundas do perfume dela. — Obrigada pelo chá gelado — disse ela, sorrindo para a tia dele.

— Por nada. Foi ótimo te ver de novo.

Ele calçou as botas e abriu a porta, gesticulando para Ash passar. Ela se demorou, levantando a cabeça para sorrir para ele antes de deslizar o corpo no dele. Ela estava usando um vestido azul-marinho colado no corpo esguio, o cabelo preso para expor o pescoço comprido e delgado. Não havia sardas ali, só uma pele rosada pálida.

Assim que eles saíram, ela se virou para ele.

— Na verdade, uma volta no quintal é uma péssima ideia. Vai estragar o meu sapato. Talvez a gente devesse sentar em algum lugar.

Ele apontou para o velho banco perto do portão e ela balançou a cabeça.

— Não com este vestido.

— Talvez seja melhor ficar em pé — disse ele, tentando engolir a irritação. Aquela era Ash, a garota de quem ele tinha gostado. Ele devia, no mínimo, ser educado com ela. — Como eu posso te ajudar? — perguntou ele.

— Como vai a sua carreira na música?

Ele a encarou por um instante, tentando decifrar o que de fato ela queria.

— Ótima.

— E você vai embora logo?

— Vou?

Ela balançou a cabeça.

— Era uma pergunta. Eu estava te perguntando se você vai voltar pro lugar onde mora.

— Eu moro em Los Angeles.

— Tá, e quando é que você vai voltar pra casa?

Os lábios dele se curvaram para cima.

— Você parece bem determinada a se livrar de mim. Devo levar isso pro lado pessoal?

Ela soltou um suspiro.

— Pode entender como quiser. E não estou determinada a nada, eu só estava puxando conversa.

Ele olhou para o relógio. Era quase hora do almoço.

— Tudo bem. — Ele deu de ombros. — Vou pra casa daqui a algumas semanas. E como você está? Ouvi dizer que está morando em Stanhope. É bom lá?

— É, sim. — A voz dela estava gélida. — Sou muito feliz lá. E quero que continue assim.

— Você acha que eu posso ser uma ameaça pra sua felicidade? — As sobrancelhas dele se juntaram. — Por quê?

— Porque, pra todo lado que eu vou, só escuto falar de você e da Maddie, e eu não tenho a menor ideia do que possa estar acontecendo. As pessoas ficam me ligando pra dizer que vocês foram vistos juntos em todos os lugares, e eu não gosto disso. — Ela ergueu a cabeça de maneira desafiadora. — O que aconteceu entre nós deve ficar entre *nós*, Gray.

Dessa vez ele não conseguiu evitar a explosão da gargalhada.

— Você acha que eu estou atrás da sua irmã pra te magoar?

— Não está?

— Não. — A expressão dele era incrédula. — Por que você acha isso?

— Porque nós não terminamos bem.

— Eu fui embora e você ficou com raiva de mim. Eu superei. — Gray massageou o queixo, ainda tentando descobrir o que ela estava pensando. — Isso ficou no passado, Ash. Tem mais de dez anos. Não estou aqui pra magoar ninguém.

— Então não tem nada acontecendo entre você e a Maddie?

Ele lambeu os lábios secos, encarando-a através dos olhos semicerrados.

— Você já perguntou isso pra ela?

— Sim.

Claro que tinha perguntado.

— E o que foi que ela disse?

— Que não tinha nada entre vocês dois.

Ele ignorou a dor pungente da resposta.

— Então essa é a sua resposta.

— Mas eu sei que ela tem uma atração por você, sempre teve. Mesmo depois de você ir embora, ela estava sempre falando de você. Eu não podia ir a lugar nenhum sem ouvir aquela música maldita que você escreveu. E ela tocava o tempo todo.

Ah, isso o fez se sentir melhor.

— Muitas mulheres têm atração por mim.

Ashleigh revirou os olhos.

— Estou vendo que o estrelato não diminuiu o seu ego.

Ele deu de ombros.

— Faz parte do trabalho. E não é a parte que eu curto, sinceramente. Acaba rápido.

— Esse é outro motivo pra você ficar longe da Maddie. Seu trabalho. Eu não quero que você a magoe.

— Por que o meu trabalho a magoaria? — perguntou ele, perplexo.

Ashleigh tensionou os lábios e olhou nos olhos dele.

— Você é uma estrela do rock, Gray. Um músico. Pessoas como você não são feitas pra pessoas como ela. A Maddie é uma garota simples de cidade pequena. Ela tentou sair daqui uma vez e isso quase a matou.

— O quê? — Ele franziu a testa. — Como?

— Não importa. Só fica longe dela. Esse é o único jeito de você não a magoar. Me promete isso.

Ela devia estar falando de Nova York e do fato de Maddie ter saído da Ansell sem se formar.

— Como foi que isso quase a matou? — repetiu ele.

— A história não é minha, então eu não posso contar. Mas eu a vi em seu pior momento e nunca mais quero vê-la daquele jeito. Não a magoe, Gray. Ela não é resiliente como nós. Deixa ela em paz. — O celular dela tremeu, e ela suspirou, abrindo a bolsa de couro azul-marinho para verificá-lo. — Preciso ir, tenho um compromisso daqui a meia hora. — Ela olhou para ele, com o sol reluzindo nos olhos. — Adeus, Gray. Espero que você encontre o que estava procurando quando foi embora da cidade tantos anos atrás.

Ele piscou, apesar de estar protegido do sol.

— Adeus — disse ele. As palavras dela estavam ecoando nos seus ouvidos enquanto ele a via contornar a casa. Um minuto depois, o motor do carro dela foi ligado e ele ouviu as rodas chiando na entrada da garagem enquanto ela saía de ré.

Será que ele havia encontrado o que estava procurando quando deixou Hartson's Creek logo depois do aniversário de vinte anos? Ou o que queria sempre esteve ali, no fim das contas?

— Me dá bolo. Muito bolo. E café. — Laura se sentou numa cadeira no balcão e se apoiou pesadamente ali, balançando a cabeça. — Creme, cinco doses de açúcar e manda ver na cafeína.

Maddie sorriu com a expressão no rosto da amiga.

— Dia ruim na loja?

— O pior. — Laura balançou a cabeça. — Se eu tiver que passar mais uma hora com a Marie Dean, juro que vou ser presa por assassinato. Como é que uma mulher pode odiar tantas roupas? Eu trouxe vinte vestidos diferentes que ela pediu e nenhum agradou. Tentei sugerir que ela experimentasse comprar na internet, mas aí ela disse que odeia pagar pra devolver as coisas. Tentei explicar que eu vou ter que pagar pra devolver todos aqueles vestidos, mas ela nem me deu ouvidos. — Laura inspirou fundo. — Desculpa, estou reclamando demais.

— Pode reclamar. Todo mundo tem esses dias. — Maddie serviu uma caneca de café para ela, acrescentando muito creme. — Aqui, pode colocar o açúcar — disse ela, empurrando o pote na direção dela. — Não quero ser responsabilizada pelo seu dentista.

— Ah, ele adora quando eu arranjo uma cárie. Eu sempre uso uma blusa decotada pra ele olhar pro meu peito. — Laura quase sorriu. — A gente devia montar um sindicato ou alguma coisa assim. Começar a se recusar a trabalhar quando os clientes são esquisitos.

— Você é dona da sua loja — observou Maddie com um sorriso. — Você seria a única a sofrer com isso.

— Argh. — Laura relaxou no banco e pegou o café enquanto Maddie colocava uma fatia de bolo de cenoura num prato. — Às vezes, eu me odeio.

— Não se odeia nada.

Laura pôs mais açúcar no café.

— Tá bom. Eu odeio a minha vida.

— Não odeia nada. — Maddie sorriu.

— Ei. Eu estou procurando apoio. Você devia estar me animando. — Laura levou a xícara aos lábios para tomar um gole.

Maddie se apoiou no balcão. Tinha sido um dia tranquilo, o que significava que nada azedava o bom humor dela. Nem uma cliente devolvendo o prato três vezes graças aos ovos de Murphy, nem a resposta malcriada de Murphy quando ele jogou o prato de comida no chão num ataque de raiva.

Nada conseguira apagar o brilho que ela estava sentindo. Era quente demais, profundo demais, bom demais.

— Ei, você ainda está sorrindo. O que aconteceu? — perguntou Laura.

— O que você quer dizer? — Maddie tentou obrigar os músculos do rosto a relaxarem, mas eles não obedeceram.

— Quero dizer que você está brilhando e sorridente e tal e tal e coisa. Você não é assim. O que aconteceu?

— Talvez eu só esteja sorrindo porque o dia está lindo. — Maddie deu de ombros e apontou para as janelas. O sol estava batendo na praça verdejante da cidade, refletindo no coreto e nos bancos pintados de branco. — É crime?

— Humm. — Laura deu uma garfada no bolo e tirou um pedaço. — Não sei. O que foi que você andou aprontando?

Maddie riu.

— Nada. Só trabalhando como sempre. Tenho permissão pra sorrir, não tenho?

Pela primeira vez desde que entrara furiosa ali, Laura sorriu.

— Tem, sim. E você fica bonita quando sorri.

— Esse açúcar todo foi pro seu cérebro — provocou Maddie. — E pra sua língua, sua coisinha encantadora. — Atrás do ombro de Laura, ela viu o Mercedes da irmã parar na vaga externa.

Então Ashleigh saltou e alisou o vestido com a palma das mãos, ativando o alarme do carro enquanto seguia na direção da lanchonete. De repente, o bom humor de Maddie desapareceu. Foi substituído por uma forte sensação de culpa ao se lembrar da noite anterior.

Seu corpo ficou tenso. Por que ela deveria se sentir culpada? Gray não era mais namorado de Ashleigh. Fazia anos. Os dois eram adultos fazendo coisas de adultos. Não era da conta de mais ninguém.

Mesmo que todo mundo achando que fosse.

— Você está bem? — perguntou Laura, se virando para trás. — Ah — disse ela, se virando de volta com os olhos arregalados. — A irmã mais velha chegou.

— É.

Ashleigh abriu a porta, fazendo o sino tocar, e olhou para cima como se aquilo fosse uma ofensa pessoal. Seu peito subiu quando ela inspirou fundo e foi até o balcão.

— Oi — disse Maddie, tentando manter a voz leve. — A que devemos esse prazer?

— Eu estava de passagem. — Ashleigh sorriu. — Decidi visitar o Gray e dar um oi. Me pareceu idiotice ele estar de volta na cidade e eu ignorar. Então decidi ser uma pessoa superior.

— É mesmo? — Maddie sentiu o pouco de felicidade restante se esvair. — Ele estava lá?

— Ele estava no telhado quando eu cheguei. Desceu cambaleando pra me dizer um oi. Foi fofo. Me lembrou de quando a gente estava na escola. Ele fazia de tudo por mim naquela época.

— Ah. — Maddie procurou desesperadamente as palavras, mas sua mente estava vazia.

— O Michael sabe que você anda visitando ex-namorados? — perguntou Laura.

Ashleigh se virou, as sobrancelhas se erguendo com a intromissão.

— Ah, é você. Não te vi aí. E, já que você está perguntando, eu não contei pro Michael porque foi uma decisão impulsiva. Mas eu sei que ele iria me apoiar. Nunca dei motivo pra ele duvidar de mim. — Ela se virou de novo para Maddie. — A gente falou um pouco de você.

A respiração de Maddie ficou presa na garganta.

— É mesmo?

— É. Ele disse que você é um doce e que você era como a irmãzinha dele. — Ashleigh olhou para o relógio de ouro no pulso delicado. — Posso pedir um café pra viagem? Preciso pegar o Carter daqui a vinte minutos.

— Claro. — Aproveitando a oportunidade para virar de costas para a irmã, Maddie foi até a cafeteira e respirou fundo. Nada de café coado para Ashleigh Lowe. Ela sempre pedia um latte desnatado com canela. Mas nem mesmo a ação mecânica de encher o filtro e vaporizar o leite foi suficiente para apagar a dor provocada pelas palavras de Ashleigh. Gray tinha mesmo falado isso dela? Mesmo que ele estivesse tentando tirar Ashleigh do caminho, descrevê-la como uma criança doeu.

Fez com que ela se lembrasse de como ela era quando estava crescendo. Sempre à sombra da irmã. Mesmo agora, quando finalmente tinha uma coisa boa acontecendo na sua vida, Ashleigh estava ali para lembrar que ele tinha sido dela primeiro.

Ela pôs uma tampa no copo, colocou uma proteção ao redor e entregou a Ashleigh, que estava em pé, calada, ao lado de Laura.

— Pronto.

— Quanto é?

— É por minha conta.

— Não seja boba. Eu sei como é ter pouco dinheiro. Toma. — Ashleigh tirou uma nota de cinco dólares da bolsa e deixou no balcão. — Guarda o troco. E eu te ligo mais tarde, está bem?

— Ahã. — Maddie engoliu em seco, embora houvesse um nó na sua garganta.

Ashleigh deixou o local com a mesma rapidez com que entrara, batendo a porta ao sair. Maddie ficou parada ali por um instante, já sentindo falta do bom humor daquela manhã.

— É, a sua irmã é escrota — disse Laura, colocando a última garfada de bolo na boca. — Mas a gente já sabia.

— Ela não é tão ruim. Tem umas qualidades.

— A gente pode falar disso depois. Neste momento eu tenho algumas perguntas pra você. O que anda acontecendo entre você e Gray Hartson?

19

—Não estou vendo muito progresso no telhado — disse o pai. Em seguida, tossiu alto, cobrindo os lábios com um lenço branco manchado, como sempre fazia. Estava bem o suficiente para ir lá fora por alguns minutos; e, obviamente, tinha decidido usar esse tempo para irritar Gray.

Boa sorte, meu velho. Nem Ashleigh tinha conseguido acabar por completo com o bom humor de Gray.

— Estou esperando o material ser entregue — disse Gray, mantendo a voz leve. — Depois disso, são alguns dias de trabalho. — Foi isso que os irmãos Johnson tinham dito, afinal. — Vou acabar antes de você perceber.

O pai olhou para o telhado com os olhos semicerrados.

— Eu quero que seja feito direito — ofegou ele. — Nada de fazer de qualquer jeito.

Gray engoliu a vontade de mandar o pai para aquele lugar.

— Eu não fiz o encanamento de qualquer jeito e não vou fazer o telhado.

— Talvez se você não estivesse tão ocupado flertando com mulheres casadas a obra terminasse mais rápido.

— O quê? — Gray se apoiou na lateral da casa, unindo as sobrancelhas de tanta surpresa.

— Eu te vi com a Ashleigh Lowe. Vocês dois pareciam muito próximos. Você sabe que ela tem marido e filhos?

— É, eu sei. E eu não estava flertando. Ela veio dar um oi e eu fui educado. — Ele não fazia ideia do motivo de estar se explicando. Ele não devia nada ao pai. Mesmo assim, o calor começou a subir dentro dele, como sempre acontecia quando o pai estava perto.

— Casar com aquele homem foi a melhor coisa que ela fez. Ela é uma mulher inteligente. Ela sabia que você não era confiável.

— É mesmo? — perguntou ele, com os dentes trincados.

— Você não é do tipo que fica num lugar, não é, Gray? Ocupado demais perseguindo a próxima coisa grandiosa que vai alcançar pra pensar nas pessoas que deixou pra trás. — Os olhos do pai se estreitaram. — Importante demais pra visitar a sua casa ou pensar nas pessoas que te amam.

Gray engoliu em seco, mas a bile continuou subindo.

— Por que você acha que eu estou aqui? Por que você acha que estou passando meu tempo livre consertando esta maldita casa quando eu poderia ter pagado alguém pra fazer isso cem vezes? Por bondade?

— Culpa. — O pai tensionou os lábios. — Você acha que isso compensa todos os anos que nunca veio pra casa. Todas as vezes que você magoou a sua tia e a sua irmã. Mas uns canos e ripas não provam nada. Você vai embora de novo e nós não vamos te ver por mais dez anos.

— Você acha que isso não é nada? — A voz de Gray aumentou, mas ele conseguiu não gritar. — Todas as horas que eu passei fazendo a casa ficar em ordem e habitável? Quer que eu pare agora mesmo? Te deixe com um telhado cheio de buracos porque você é mão de vaca demais pra pagar um profissional?

O pai tossiu alto.

— Se quiser ir embora, pode ir. Vamos cuidar disso do mesmo jeito que sempre fizemos. Sem você.

Gray fechou os punhos e os olhos por um instante, tentando engolir a vontade de socar alguma coisa. *Qualquer coisa.* O pai sabia como cutucar as feridas dele. O que ele estava fazendo ali, afinal? Ele podia estar em casa, em Los Angeles, tocando e relaxando. Em vez disso, estava ali na cidade pequena e ridícula onde tinha crescido, sendo criticado pelo pai por tentar fazer uma coisa boa.

Não havia como ganhar dele. Nunca houve. Por que ele continuava tentando?

— Você é um velho miserável, sabe? — disse Gray, com os dentes trincados. — Você infernizou a minha infância depois que a minha mãe morreu. Você expulsou cada um de nós. A gente não via a hora de cair fora. Eu, Tanner, Logan e Cam contamos as horas.

— E, ainda assim, aqui está você, bem onde começou.

— É, mas não pra te ver. Pra garantir que a tia Gina e a Becca estejam bem.

— Elas estão ótimas. Sempre vão estar. Vou garantir isso. — Outra tosse.

— Elas não precisam da sua preocupação nem do seu dinheiro. Nenhum de nós precisa.

— Você vai morrer como um velho solitário e miserável.

O pai riu. Era uma risada curta e raivosa e não tinha o menor humor.

— Não tão solitário quanto você. Pelo menos eu tenho a minha família e as minhas lembranças, além de uma cidade cheia de amigos. O que você tem, Gray? Um corpo destruído por tatuagens. Pessoas que só são suas amigas porque querem o que você tem a oferecer. Quantas delas são amigas de verdade? Quantas te ligaram desde que você chegou aqui? Você não recebeu nenhuma visita. Então não me fala em solidão quando é você que está solitário. — O pai balançou a cabeça e se virou, arrastando os pés e se afastando do canto da casa.

Assim que ele desapareceu da vista, Gray deu um soco na parede.

— Porra! — gritou Gray. Ele odiava isso. Odiava o pai. Por que ainda deixava o pai irritá-lo desse jeito?

— Ele não quis dizer nada disso, você sabe.

Gray levantou o olhar e viu tia Gina parada na porta dos fundos. Pela expressão no rosto dela, Gray percebeu que a tia tinha ouvido cada palavra.

— Quis sim.

Ela balançou a cabeça.

— Ele te ama, Gray. Mas não tem a menor ideia de como demonstrar. Isso o assusta.

Gray queria rir.

— Nada o assusta.

— Algumas coisas o assustam, sim. Perder a sua mãe o assustou tanto que ele nunca mais se permitiu se abrir. Ele te afasta porque tem medo de que você vá embora de qualquer maneira. Assim ele pode dizer a si mesmo que é o que ele quer.

— Isso é fo... quer dizer, isso é maluquice.

Tia Gina ignorou o quase palavrão.

— Ele é assim. Nunca superou a morte da sua mãe. — Ela suspirou.

— É, talvez ele devesse ter superado. Assim ele não faria da vida dos outros um inferno.

— Se você acha que a sua vida é um inferno, imagine perder a pessoa que era tudo pra você. Sua alma gêmea. Depois imagine ter que ficar na mesma casa e ver o rosto dela na expressão dos seus cinco filhos. Imagine ver os filhos chorando e engolir as próprias lágrimas porque aquelas criancinhas precisam de estabilidade. — Ela estendeu a mão para acariciar o rosto dele. — Eu sei que ele não é um anjo. E que ele é terrível quando fala com você. Mas ele fez o melhor por vocês. Nós dois fizemos. Só que às vezes não é bom o suficiente.

Ele odiava ver a tristeza nos olhos dela. Gray a puxou para um abraço apertado.

— Você foi mais do que boa o suficiente — disse ele, com a voz rouca.

— Talvez um dia você consiga falar com o seu pai sem confrontá-lo e possa dizer a mesma coisa pra ele — sugeriu ela quando ele a soltou.

— Talvez — disse ele. — Mas eu não apostaria nisso.

Um sorrisinho curvou os lábios dela.

— *Talvez* já basta pra mim.

— Por que tudo é tão mais fácil quando estou com você? — murmurou Gray, com os lábios no cabelo de Maddie. Eram quase onze horas, e eles estavam sentados no quintal dela, numa das poltronas de plástico. Quando ele se sentou, ela ia se sentar na outra, mas ele a puxou para o seu colo, dizendo que precisava senti-la. E, sim, talvez ela também precisasse um pouco disso.

— Porque o resto do mundo é cheio de babacas.

Ele deu uma risadinha.

— Verdade. Pra onde quer que eu vá, não consigo escapar deles.

— Nem eu. Ouvi dizer que a minha irmã foi te visitar hoje. — Embora sua voz estivesse leve, as palavras estavam pesadas no peito.

— Foi sim. Mas eu não tenho a menor ideia do motivo. Ela disse umas coisas estranhas e foi embora com a mesma rapidez que chegou.

Maddie se virou nos braços dele até estar de frente. Ela nunca ia enjoar de olhar para o seu lindo rosto. Olhos azuis profundos, maçãs do rosto altas, maxilar forte e quadrado. O rosto que derretia o coração de um milhão de mulheres.

— Que tipo de coisa estranha?

Ele roçou os lábios nos dela, fazendo-a sentir um formigamento nas costas.

— Ela falou que Nova York quase te matou.

A boca de Maddie ficou seca.

— Ela falou isso?

— Falou. — Ele franziu a testa. — O que ela queria dizer? Por que estudar na Ansell quase te matou?

Ela fechou os olhos por um instante, sem querer olhar para ele.

— Isso é coisa do passado — disse ela baixinho. — Eu tive uma experiência ruim e quis voltar pra casa.

— Uma experiência ruim? Com quem? Um professor?

A caixa torácica dela parecia uma porta bem fechada. Ele estava cutucando, tentando abri-la, e parte dela queria que ele abrisse. A outra parte? Sabia que, depois que ele abrisse, ela teria que lidar com o fato de ele saber a verdade. Ela não sabia se estava pronta para isso. Ainda não. Talvez nunca estivesse.

— Eu tinha um namorado — disse ela, com a voz fraca. — E aconteceu uma coisa entre nós que me machucou muito. E todo mundo ficou sabendo. As pessoas cochichavam sobre mim nos corredores. No fim, eu só queria voltar pra casa.

Gray deslizou as mãos na cintura dela, como se a estivesse protegendo.

— O que foi que ele fez?

Ela enterrou o rosto no ombro dele.

— Não importa. Já passou. — Ela respirou fundo, tentando se recompor. Não queria pensar naquelas lembranças naquele momento. Não enquanto estava nos braços dele.

— Não passou, se você parou de tocar.

— Eu ainda toco. Dou aulas de piano. Escrevo umas músicas. É suficiente pra mim. — Ela lambeu os lábios. — E você, alguém já te machucou?

— Tipo namorada? — perguntou ele, com a voz baixa.

— É.

O canto da boca dele se curvou para cima.

— A gente vai ter *essa* conversa?

— Que conversa? — Ela levantou o olhar de novo. Havia tanta ternura nos olhos dele. Ela adorou o fato de ele saber parar de fazer perguntas sobre Nova York. Ele nunca forçava mais do que ela conseguia aguentar.

Mas um dia ela teria que contar a ele. Ela sabia disso.

— Aquela em que a gente conta um pro outro todos os nossos segredos culpados sobre os relacionamentos anteriores. Eu te pergunto se você já se apaixonou e você me pergunta se eu já traí. Depois a gente avalia se a outra pessoa é boa o suficiente pra nós.

— Você já traiu? — perguntou ela, subitamente interessada.

— Não. Mas já me arrependi de coisas que eu fiz.

— Tipo o quê?

Foi a vez dele de parecer encurralado.

— Coisas idiotas. Fiz sexo uma noite só com mulheres que queriam mais do que isso. Bebi demais e acordei com mulheres cujos nomes eu não sabia.

— Mulheres? — perguntou ela. — Tipo mais de uma.

Ele riu.

— É, foi mais de uma.

— Quero dizer ao mesmo tempo. — O peito dela se apertou com o pensamento.

— Você está me perguntando se eu já fiz ménage?

A respiração dela ficou presa na garganta enquanto assentia. A diferença de experiência entre os dois era evidente demais. Só uma vez ela acordou e encontrou uma coisa que não estava esperando. E aquilo tinha estragado tudo. Mas parecia que, para Gray, isso era um estilo de vida.

Ele a abraçou com mais força seus olhos se encontraram. E, dentro daquele olhar, ela percebeu a honestidade que estava procurando. Ele era um livro aberto e ela estava desesperada para virar as páginas.

— Eu já te contei que, quando comecei a fazer sucesso, tirei vantagem disso. Bebida demais, droga demais e, sim, mulheres demais também. Eu as usava do mesmo jeito que usava todo o resto. Pra me fazer sentir melhor. Menos sozinho. Eu queria me sentir como uma estrela porque, no fundo, achava que não merecia nada daquilo.

Havia uma força nas palavras dele que a tocou.

— Mas você *merecia*. Você é tão talentoso.

A boca dele se retorceu.

— Tudo bem. Anos de terapia significam que eu não preciso mais desse tipo de validação.

— Não?

— Não.

Ela passou o dedo pelo nariz dele.

— Você teve algum relacionamento mais longo desde então?

— Alguns — respondeu ele, com os lábios se entreabrindo quando o dedo dela roçou neles. Ela sentia o calor do hálito dele na pele. — Nada muito sério. As duas eram do meio.

— Eu conheço?

Ele deu de ombros.

— Provavelmente. Mas agora elas ficaram no passado. E você? Algum pretendente em Hartson's Creek que eu precise saber? Devo me preparar pra brigar por você?

Ela sorriu.

— Não. O único cara com quem eu ando é o Murphy. E posso garantir que ele iria desistir de mim sem resistir.

— Eu sei fazer ovos melhor que ele.

— Não tenho a menor dúvida.

Ele passou os dedos na coluna dela, os dedos lentos e vagarosos.

— Então não tem nenhum obstáculo entre nós.

Ela tremeu com o toque dele.

— Tem um pequeno problema de três quilômetros entre a sua casa e a minha. E o fato de que a Ashleigh ia surtar.

— Por que você não falou de nós pra ela? — perguntou ele.

Maddie engoliu em seco. Ele estava tão perto que ela sentia cada parte dele tocando nela.

— Porque eu não quero lidar com a briga.

Ele piscou.

— Você acha que não vale a pena?

— Claro que vale a pena — respondeu ela rapidamente. — Não foi isso que eu quis dizer. Mas você só vai ficar aqui por mais umas semanas e depois vai voltar pra Los Angeles. Prefiro deixar isso entre nós enquanto durar.

Ele baixou a cabeça até os olhos estarem alinhados com os dela.

— Você acha que isso vai acabar quando eu for embora?

— Não vai? — perguntou ela, meio sem fôlego. — Porque eu não vejo como um relacionamento a distância pode funcionar.

— Você vai me ver, eu venho te ver. Nos intervalos a gente faz um sexo virtual pra manter a chama. — Ele sorriu. — O de sempre.

— Você dá a impressão de que é tão fácil.

— Mas é.

— E quando as pessoas descobrirem sobre a gente e começarem a se perguntar por que uma estrela como você quer estar com alguém como eu?

Ele franziu a testa.

— O que isso significa?

— Olha só pra nós. Você é você e eu... não sou.

— Você está fazendo aquilo de novo. Não está se vendo como eu te vejo.

— Estou sendo sincera. Você deve ter uma empresa de relações públicas pra te representar. E provavelmente tem consultores de imagem. Eles vão te aconselhar a acabar com isso. Vão te dizer pra encontrar alguém mais do seu nível. Uma daquelas outras cantoras com quem você se relacionou.

Os dedos dele roçaram no pescoço dela.

— Eu não quero uma daquelas outras cantoras. Eu quero *você*. — Sua voz estava densa. — Eu quero te levar pra sair em público e mostrar pras pessoas como eu tenho sorte. Eu quero que a gente fique junto, Maddie. E não dou a mínima pro que os outros pensam.

— Você tem sorte. Eu me importo demais.

— Por quê? — Ele parecia genuinamente confuso.

— Porque eu sei como é ser falada. Ouvir fofocas sussurradas pelas costas enquanto as pessoas riem de mim. Isso dói, Gray. Corta como uma faca. Não quero dar a ninguém esse tipo de munição de novo.

— Então é isso? A gente termina quando eu for embora?

O coração dela se apertou. A ideia de não o ver de novo fazia tudo doer.

— Não — sussurrou ela. — Eu não quero.

Ele soprou o ar.

— Graças a Deus. Porque eu não posso deixar você fazer isso. — Ele inclinou o queixo dela para cima e encostou os lábios nos dela. — Então, qual é o próximo passo agora?

Ela prendeu os dedos no cabelo grosso de Gray e se apoiou nele, sentindo a firmeza de sua excitação na barriga.

— Eu tenho algumas ideias — sussurrou ela, com a voz rouca. — Mas a gente não pode fazer barulho.

Ele deslizou as mãos pelas costas dela e apalpou sua bunda. Em seguida, a beijou com tesão e com força.

— Eu consigo ficar quietinho — sussurrou ele. — Se você insistir muito.

20

Gray estava gostando de consertar o telhado quase tanto quanto tinha gostado de trocar os canos da casa. Não era o tempo que levava, nem o esforço físico que ele tinha que fazer todo dia pra tirar as ripas antigas e pregar as novas. Era simplesmente muito entediante. As mãos dele doíam com a natureza repetitiva da tarefa de enfiar um pé de cabra embaixo de cada ripa e manobrá-lo até a ripa finalmente se soltar, depois trocá-la por uma fileira nova, garantindo que estavam perfeitamente alinhadas para não deixar passar chuva.

A mente dele hoje estava em outro lugar. Presa demais pensando na música que tinha começado a escrever na noite anterior. "Segundas chances." Ele tinha parado na ponte que ligava o verso ao refrão e ficava cantarolando combinações que pudessem funcionar.

Dessa forma, quando a dor chegou, disparou direto pelo braço dele, roubando a respiração dos seus pulmões num gemido profundo. Ele olhou para baixo e viu a ponta afiada do pé de cabra enfiada na pele grossa entre o polegar e o dedo indicador. O sangue estava escorrendo do pulso e do brilho metálico do pé de cabra. Ele puxou a mão, e a dor fez os dedos do pé dele se curvarem. Ele não percebeu que tinha gritado até ver tia Gina sair correndo pela porta da cozinha.

Havia um corte irregular com cerca de cinco centímetros de comprimento, expondo o tecido mole da carne. O sangue estava jorrando para todo lado, e ele teve que trincar os dentes para evitar a tontura que ameaçava derrubá-lo. Ele se sentou com força no telhado para tentar recuperar o fôlego.

— Gray! — chamou tia Gina. — O que aconteceu?

— Eu me cortei — disse ele, com a voz mais fraca do que esperava. Ele realmente precisava descer do telhado antes de perder sangue demais.

— Está muito ruim?

— Muito. — Havia sangue demais para saber se tinha cortado algum tendão. — Preciso descer. — Ele soltou o pé de cabra, que caiu no telhado fazendo barulho. Trincando os dentes contra a dor, ele se moveu rapidamente até a beirada. Agarrou a escada de telhado com a mão boa, mantendo a outra levantada, numa tentativa de estancar o fluxo de sangue.

— Meu Deus, Gray — sussurrou tia Gina quando ele desceu. — Vou pegar um pano pra te limpar.

— Acho que eu preciso de um médico — disse ele, com os dentes ainda trincados.

— Você precisa ir pro hospital. Senta aqui — pediu ela, com firmeza, apontando para o banco. — Vou chamar uma ambulância, depois a gente estanca o sangue. Fica com a mão pra cima e tenta respirar.

— É. — Ele assentiu, tentando não olhar para a manga da camiseta Henley manchada de sangue.

Mas, antes mesmo que ele conseguisse se sentar, o mundo ficou preto. A última coisa de que se lembrava era o som do sangue disparando pelos ouvidos.

Maddie entrou correndo na emergência, com o coração galopando como se estivesse tentando vencer uma corrida de cavalos. Ela parou na recepção, ainda sem fôlego pela corrida alucinada, e falou para o funcionário que estava procurando Gray.

— Você é da família?

— Não — ofegou ela. — Amiga próxima. — Ela olhou ao redor da sala de espera e teve uma visão familiar do cabelo grisalho da tia Gina. — Tudo bem, já vi a tia dele. Vou sentar com ela.

Tinha se passado apenas meia hora desde que Laura entrara correndo na lanchonete para avisar que Gray tinha sido levado para o hospital às pressas? A fofoca da cidade estava fazendo hora extra. Eleanor Charlton estava experimentando um vestido na loja de Laura quando sua melhor amiga, Lula Robinson, ligou para ela. O filho de Lula trabalhava no corpo de bombeiros que recebeu a ligação da casa de Hartson, e ele não demorou para contar à mãe que eles tinham transportado uma estrela para o Hospital Sandson Memorial.

A tia Gina não deu nenhum sinal de surpresa quando Maddie apareceu na sua frente. Em vez disso, ela se levantou e sorriu para ela, oferecendo o rosto como sempre fazia.

— O Gray está bem? — perguntou Maddie depois do cumprimento. — Ouvi dizer que ele cortou a mão. Está muito ruim?

— Ainda estou esperando para descobrir. Tinha muito sangue e ele perdeu a consciência por um minuto. Ele está com os médicos agora. — Ela deu um tapinha na cadeira ao lado dela. — Por que você não senta comigo por um minuto?

Maddie não sabia se o corpo ia conseguir desacelerar o suficiente para se sentar. Ela queria andar de um lado para o outro dos corredores até encontrá-lo. Mesmo assim ela tentou, respirando fundo enquanto as pernas se dobravam e a bunda batia no assento.

— Que delicadeza você vir ver como ele está — disse Gina, com a voz leve.

Os pés de Maddie começaram a bater no chão.

— Você acha que atingiu algum tendão? — perguntou ela. Isso seria péssimo para a carreira dele, e ela se sentiu enjoada só de pensar.

— Não sei. Era difícil dizer, com todo aquele sangue.

Maddie se encolheu.

— Ele é um garoto forte — disse Gina, dando um tapinha na mão dela. — Não se preocupe tanto.

Mas ela se preocupava. Estava alucinadamente preocupada. Não conseguia imaginar como seria se ela não pudesse tocar piano. Parecia tão importante para ela quanto respirar. E, para Gray, as mãos eram tudo.

— Você gosta dele, não é, minha querida?

Maddie se virou para olhar para ela. Havia compreensão nos olhos de Gina.

— Acho que sim.

— Eu tive uma paixão uma vez — disse Gina, com o olhar suave. — Ele era tudo pra mim. Mas eu tinha dezessete anos e ele tinha vinte e três e os meus pais eram rígidos. Nós passávamos bilhetes um pro outro depois da igreja e, quando eu conseguia que uma das minhas amigas me encobertasse, nós dois andávamos perto do rio nas tardes de domingo. — Seu sorriso estava cheio de lembranças. — E aí, um dia, um pouco antes do meu aniversário de dezoito anos, ele foi sorteado no alistamento. Ele foi um dos últimos, mas nós não sabíamos disso na época.

— Ele foi pro Vietnã? — perguntou Maddie.

— Foi. Ele foi alistado nos fuzileiros navais depois de um treinamento básico. E, enquanto estava longe, ele me mandava as cartas mais lindas. Falava do que nós íamos fazer quando eu completasse dezoito anos. Ele falou do sonho de uma bela casa branca cheia de crianças. — Gina tensionou os lábios. — E aí, um dia, as cartas pararam. E eu não podia falar sobre isso com meus pais porque eles nunca mais me deixariam vê-lo. Então, todo dia, eu voltava da escola e verificava a caixa de correio.

— Elas voltaram?

Como se não tivesse ouvido a pergunta, Gina continuou:

— Foi aí que comecei a ir até a casa dos pais dele. Só pra ver se o carteiro entregava alguma carta lá. A mãe dele deve ter me percebido rodeando a casa, porque um dia ela me mandou entrar pra tomar um copo de limonada. — Gina respirou fundo. — Então ela me contou da visita que tinha recebido naquela manhã, de um coronel dos fuzileiros navais. Pelo que ela falou, o pobre homem estava tão branco que ela teve medo de ele desmaiar. Ele contou a ela sobre o David. Que ele tinha lutado com bravura, mas tinha morrido por causa de ferimentos a bala em batalha. — Ela olhou para Maddie. — Ele estava lá havia dois meses só.

O peito de Maddie doeu.

— Você foi ao enterro dele?

Gina balançou a cabeça.

— Eles o enterraram num cemitério militar a quilômetros da cidade. Eu teria que pedir para o meu pai e explicar o motivo. Não tive coragem suficiente pra isso.

— Que triste. — Maddie piscou para afastar as lágrimas. — Que desperdício de vida.

— Foi mesmo. E, por um tempo, parecia que a minha vida também tinha acabado. Nada de bela casa branca, nada de cerca de madeira. Mas sabe qual foi a pior coisa?

— O quê? — perguntou Maddie baixinho, com a cabeça inclinada para o lado.

— Não poder dizer pra ninguém o quanto eu estava triste. Não poder falar sobre eu tinha perdido. Olhando para o passado, eu queria ter sido mais corajosa. Falado aos meus pais sobre o David e o que eu sentia por ele. Talvez aí eu não tivesse engolido tudo e sentido que estava morrendo por dentro.

— Me parece que você foi muito corajosa — disse Maddie. — Sinto muito pela sua perda.

— Tudo bem. Essas coisas acabam tendo um motivo pra acontecer. Ser solteira e sozinha foi o que me permitiu cuidar dos filhos da minha irmã quando ela morreu jovem demais. Talvez esse fosse o plano de Deus pra mim o tempo todo.

Por um instante, Maddie se perguntou se esse também era o plano de Deus para ela. Se ela deveria estar disponível para Carter e Grace do mesmo jeito que Gina estivera disponível para Gray e seus irmãos.

— Mas você não é como eu — disse Gina. — E nós vivemos em épocas diferentes. Não existe mais nenhuma necessidade de esconder o que você sente por alguém. — Ela olhou direto para Maddie, erguendo as sobrancelhas.

Ela sabia.

Maddie não sabia o quanto ela sabia nem como tinha descoberto, mas ela sabia. E, por algum motivo, naquele momento, aquilo a tranquilizou.

— Eu só espero que ele esteja bem — sussurrou ela.

— Eu também. Mas eu quero que ele esteja mais do que bem. Quero que ele seja *feliz*. E tenho a sensação de que ele não estava feliz fazia muito tempo.

— Mas... — Maddie começou a protestar.

Gina levantou a mão.

— Ah, eu sei que ele faz sucesso com aquelas músicas e Grammys e Deus sabe o que mais. Mas não são essas coisas que fazem a gente ser feliz. Elas são só uns brilhinhos no bolo. É o bolo que importa. É ele que nos sustenta, que nos mantém vivos. O resto estraga os seus dentes.

— Eu também quero que ele seja feliz — admitiu Maddie.

Gina sorriu.

— Bom, isso é metade da batalha. A outra metade é você se permitir ser feliz. Você acha que está disposta?

— Se você sentir alguma dor, pode tomar ibuprofeno ou paracetamol. Mas nada de aspirina. Não queremos que o seu sangue afine. O curativo precisa ser trocado daqui a vinte e quatro horas. O médico da sua família pode fazer isso por você, mas, se tiver algum problema, liga pra gente. — A enfermeira sorriu para ele. — Se notar algum aumento na dor ou alguma umidade no ferimento, volta rápido pra cá. Os pontos devem se dissolver daqui a algumas semanas e o nosso conselho é que você descanse a mão até lá.

Gray olhou para a mão com curativo. Havia oito pontos fechando a ferida. Eles tinham injetado um anestésico local antes de costurar, e felizmente, naquele momento, ele não sentia nenhuma dor.

— E nada de subir em telhados — disse a enfermeira. — Deixa isso pros profissionais.

— É o que eu planejo fazer. — Gray conseguiu dar um sorriso. — Posso ir?

— Claro. Eu te levo até a sala de espera.

Ela o conduziu pelas portas duplas e se despediu, deixando-o caminhar até onde ele sabia que tia Gina estava esperando. Algumas pessoas olharam com interesse quando ele passou, depois se aproximaram dos acompanhantes para sussurrar freneticamente.

E aí ele a viu, *Maddie,* e parecia que alguém tinha acendido uma fogueira dentro dele.

— Oi — disse Maddie, se levantando quando ele se aproximou. — Como você está?

Ele mostrou a mão com curativo.

— Tudo bem. — Foi impossível conter o sorriso. — Você veio.

— É — disse ela baixinho. — Eu estava preocupada com você. Eles disseram se atingiu algum tendão?

Ele balançou a cabeça, ainda sorrindo.

— Foi só um ferimento superficial. Uns pontinhos, um curativo e eu já posso ir embora.

Ela suspirou, aliviada, e isso o aqueceu ainda mais. Era a coisa mais doce que alguém tinha feito por ele havia muito tempo. Tudo que ele queria fazer era pegá-la nos braços e beijá-la. E aí alguém pigarreou, e ele percebeu que a tia Gina estava bem ao lado dos dois, e se inclinou para abraçá-la.

— Obrigado por me levantar do chão — sussurrou ele no ouvido dela.

Ela balançou a cabeça.

— Não me obrigue a fazer isso de novo. Agora eu vou pra casa preparar um pouco de chá gelado, acho que a Maddie pode te levar.

Maddie não pareceu surpresa com o pedido dela.

— Claro.

— E vou ligar pra alguns pedreiros — continuou tia Gina. — Não se preocupe com o seu pai. Se ele protestar, vai me ouvir falar até amanhã.

Gray engoliu uma risada. Ao longo dos anos, ele conhecera a mente da tia a ponto de saber que aquilo era uma grande ameaça. Ela se arrastou até a entrada principal, deixando Gray com Maddie. Ele ainda não tinha conseguido superar o fato de ela estar ali.

— Vamos? — perguntou ele. Ela sorriu e acenou a mão.

Ele usou a mão boa para pegar a dela, e seu sorriso aumentou quando ela não protestou. Ela era quente e macia e tudo que ele queria naquele momento. Talvez fosse esse o motivo para ele girá-la e puxá-la para o lado dele. O corpo relaxou quando ele a abraçou.

— Você é uma visão para olhos e mãos doloridos — sussurrou ele, baixando a cabeça para roçar os lábios nos dela. Maddie soltou um suspiro, e o calor do hálito dela alimentou seu desejo. Se eles estivessem em qualquer outro lugar, um lugar particular, ele teria mostrado a ela o quanto a desejava. Mas não estavam. Eles estavam no saguão de um hospital, e ele teve que se dar por satisfeito ao aprofundar o beijo, deixando a língua acariciar a dela enquanto ele deslizava a mão até a curva perfeita na base da coluna dela.

Quando ele se afastou, os olhos dela estavam em chamas, ele adorava o jeito como a afetava do mesmo jeito que ela o afetava.

— Gray... — sussurrou ela. — A gente não devia.

— Eu sei. — O sorriso dele estava torto. — Mas eu não consigo evitar. Toda vez que eu te vejo, só consigo pensar nos seus lábios. — E no corpo, nas pernas, no jeito como a voz dela ficava áspera quando ela suspirava. E no modo como ele se sentia real quando ela estava nos seus braços.

Ele esperou que ela o repreendesse de novo, mas, em vez disso, o rosto dela ficou pálido. A garganta dela ondulou quando ela engoliu em seco, e ele se virou para trás, tentando determinar o que tinha provocado aquela mudança de humor.

Foi aí que ele viu a mulher que encarava os dois. Ele franziu a testa, porque ela parecia conhecida, mas não conseguiu identificá-la.

— Quem é? — perguntou ele.

Ela saiu do abraço dele.

— É a Jessica Martin. Antes era Jessica Chilton.

Jess Chilton. A melhor amiga de Ashleigh na escola. Ela ainda estava encarando os dois, com os lábios vermelhos tensos.

— Eu devia falar com ela — disse Maddie, as palavras saindo apressadas. — Falar que não é o que ela está pensando. Ela não pode contar pra Ashleigh...

— Por que não?

Ela olhou para ele, com os olhos ainda arregalados.

— Porque ela vai pirar.

Ele deu de ombros.

— Deixa ela pirar, então. O que acontece entre nós não tem nada a ver com ela nem com ninguém. — Ele estendeu a mão e passou o dedo no rosto dela, consciente da análise contínua de Jessica. — Não dou a mínima pro que os outros pensam.

— Eu queria ser assim. — Maddie inspirou fundo. — De verdade.

— É só tentar — recomendou ele. — Não é tão ruim quanto você pensa. Confia em mim.

— Como é que eu faço isso? — Ela piscou.

— Você percebe que as pessoas não podem te magoar a menos que você permita. — Sua mente se voltou para o pai. — Que as palavras que elas dizem e o jeito como elas te olham não podem te matar. E o que não te mata...

— Te deixa mais forte — sussurrou ela.

Ele assentiu.

— Exatamente.

Ele percebeu o esforço no seu rosto enquanto ela pensava nas palavras dele. E percebeu o quanto queria que ela ignorasse o que os outros diziam. Que afastasse as expectativas dessa cidade e das pessoas que moravam ali. Que gritasse dos telhados que queria ser namorada dele.

Até aquele momento, ele não tinha percebido o quanto queria isso. Queria que ela contasse a todo mundo sobre eles. Que o relacionamento fosse conhecido por todos, e não um segredinho sujo que os dois tinham que negar.

Porque não era sujo. Era bom e correto, e a melhor coisa que tinha acontecido com ele em anos.

— Maddie? — sussurrou Gray, com o peito apertado enquanto esperava ela dizer alguma coisa.

Ela assentiu, encontrando o olhar dele. E ele viu ali. A força e a determinação que a caracterizaram desde a primeira vez que os dois se encontraram. Ela engoliu a vulnerabilidade, trancando-a numa armadura.

— Você está certo — sussurrou ela, estendendo a mão para o maxilar dele, a palma da mão suave na pele áspera. — Eu não dou a mínima pro que a Jessica pensa. Nem mais ninguém, pra falar a verdade. — Ela girou e inclinou a cabeça até seus lábios estarem a um milímetro dos dele. — Gray Hartson, você está me fazendo quebrar todas as minhas regras.

Ele ergueu a sobrancelha.

— Eu já descartei as minhas. — Ele fechou os olhos enquanto as bocas se encontraram, com o calor inundando seu corpo. Ele deslizou o braço bom na cintura dela. — Meu Deus, que delícia.

Quando ele se afastou, ela estava sorrindo, e isso quase o quebrou. Aquela mulher bonita, engraçada e forte o tinha escolhido. E ela não estava com medo de demonstrar.

— Vem, eu te deixo me levar pra casa — disse ele, puxando-a para si.

Quando os dois saíram do hospital, ele viu Jessica digitando furiosamente no celular.

21

— A sua gravadora está revoltada — disse Marco pelo telefone. Gray estava sentado na edícula com as pernas cobertas pela calça jeans esticadas para a frente e os pés apoiados numa caixa. — Eu prometi pra eles que você estaria pronto pra gravar em setembro. Eles não estão felizes de adiar por dois meses.

— Foi um acidente — lembrou Gray. Ele estava acostumado com as respostas tensas de Marco. Até gostava delas. Ele pagava ao empresário para entrar em pânico, para que ele mesmo não precisasse fazer isso. — É só falar pra eles que vou estar pronto em novembro.

— Eu já falei. E eles estão preocupados mesmo assim, Gray. Você deixou a turnê no auge. Eles não querem que você desapareça por meses. Eles estão planejando lançar seu próximo single em dezembro.

— Ainda podemos fazer isso. Só vai ser apertado. — Ele estendeu a mão machucada para a frente, fazendo uma careta para a dor momentânea que o movimento provocou. De jeito nenhum ele conseguiria segurar uma guitarra naquele momento, muito menos tocar. A gravadora teria que esperar.

— Eu falei com o departamento de RP e eles estão fazendo um plano enquanto isso — continuou Marco. Gray conseguia ver o empresário sentado no escritório dele, usando seu terno de grife costumeiro com gravata fina, os óculos de metal na ponta do nariz. Ele era mais novo que Gray, mas agia como se tivesse dez anos a mais. — Eles querem te colocar de volta nos palcos. Deixar as pessoas verem o que você está fazendo agora que voltou pra sua cidade natal. A *Rock Magazine* concordou em fazer uma entrevista com você. Eles vão mandar um jornalista aí na semana que vem.

— O quê? — Gray se inclinou para a frente. — Eu não concordei com isso.

Marco fez uma pausa.

— Espera, deixa eu mudar as palavras. Gray, tudo bem se um jornalista for te entrevistar na semana que vem? Vai ser bom pra sua carreira.

— Não.

Um suspiro reverberou pela linha telefônica.

— Você precisa dar alguma coisa a eles. Os caras pagaram um adiantamento enorme pelo seu próximo álbum e agora você se machucou fazendo uma coisa idiota. Uma coisa que *eu* falei pra você não fazer, aliás.

Um sorriso surgiu no canto dos lábios de Gray.

— Você vai me falar "eu te disse"? — Ele sabia que Marco nunca faria isso. Era diplomático demais para isso.

— Vou te falar pra me escutar, pra variar. Deixa eu ser digno do dinheiro que você me paga. Só faz essa entrevista e os caras da Vista Records vão ficar muito felizes.

A ideia de um jornalista entrevistá-lo ali, em Hartson's Creek, fez Gray querer gemer. Eram os seus dois mundos colidindo, e ele não tinha a menor ideia de qual seria o resultado. Em Los Angeles, ele era Gray Hartson. Cantor de rock, ganhador do Grammy, dono de uma bela casa nas colinas de Malibu. Lá ele controlava quem era.

Mas ali? Ele se sentia nu. E, sim, uma parte disso era por causa de Maddie e de como ela o fazia querer ser. Mas também havia outras coisas. O relacionamento com o pai, por exemplo. Ele nunca quisera que o mundo soubesse disso.

— Tudo bem, eu dou a entrevista, mas vou até Los Angeles pra isso — disse Gray, se recostando na cadeira. — Me diz o dia e a hora e eu apareço.

Marco hesitou por um instante.

— Isso não vai dar certo — disse ele baixinho. — Eles já fizeram um monte de entrevistas com você em Los Angeles. Eles querem uma exclusiva. E a gravadora quer começar a fazer a divulgar o seu novo álbum. O jornalista quer te ver na sua cidade natal. Quer o furo de reportagem sobre a inspiração pro seu próximo disco.

— E tem que ser na semana que vem?

— Tem. O Rick Charles vai praí. E vai levar um fotógrafo. Vou contratar um cabeleireiro e um maquiador. E é claro que eu também vou.

— Claro. — O sarcasmo pingou da sua língua.

Semana que vem. A ideia provocou um desconforto pesado. Ele teria que falar com tia Gina e com Becca, sem contar o pai. E explicar para Maddie também, embora não tivesse a menor ideia do que ela ia pensar.

— Então eu posso dar o sinal verde? — indagou Marco. — Vamos pegar o voo no domingo à noite e começamos na segunda de manhã. Eles não devem ficar aí por mais do que alguns dias.

— Tá, pode dar o sinal verde. — Mesmo que isso o fizesse se sentir um pouco tonto, como se o mundo estivesse caindo. Ele sabia que entrevistas e publicidade eram o preço a pagar para ter o tipo de sucesso que ele tinha. Ele dava tapinhas nas costas dos caras, eles davam tapinhas nas costas dele e esperava-se que todo mundo seguisse em frente.

Mas ele continuava se sentindo estranho.

Gray entrou na lanchonete quando o celular de Maddie acendeu. Ela olhou para ele, perdendo o fôlego ao ver o corpo esguio e forte e a camiseta preta apertada que ele estava usando. As tatuagens que ela havia delineado com os lábios mais de uma vez estavam visíveis numa glória colorida nos bíceps grossos.

— Oi. — Ela sorriu quando ele se aproximou do balcão. Era o intervalo entre o almoço e o jantar. Só duas mesas estavam ocupadas, e nenhum dos clientes parecia muito interessado na estrela do rock que tinha acabado de entrar.

— Oi. — Ele se apoiou no balcão. — Acabei de voltar da troca do curativo. Achei que podia aliviar a dor com uma torta.

O sorriso dela se alargou.

— Quer que eu dê uns beijinhos pra curar?

Ele se aproximou, encontrando o olhar dela.

— Posso pensar num lugar melhor pra esses lábios lindos.

— Porque você é indecente. — Ela ergueu uma sobrancelha. — Fique sabendo que este é um estabelecimento de família, sr. Hartson.

Ele inclinou a cabeça para o lado, curvando o lábio para cima.

— E o que você está fazendo aqui?

— Vou ignorar essa pergunta e pegar a sua torta. — Ela estendeu a mão para pegar um prato. — Como está a mão? Dói muito?

— Não muito. O ferimento está limpo, o que é bom, e eu tomei uns remédios antes de ir. Mas ainda quero aquele beijo. — Ele piscou.

— Mais tarde.

— Vou cobrar.

O celular dela acendeu de novo, com o nome da irmã piscando. Maddie suspirou e enfiou o aparelho no bolso da calça jeans.

— É a Ashleigh — disse ela. — Acho que a fofoca já se espalhou. — Disse ela com os lábios tensionados numa tentativa de sorrir. — Está na hora de encarar a realidade.

— Você não vai atender?

— Vou pedir pra ela me encontrar depois do trabalho — disse Maddie, sentindo um nó no estômago. — Algumas coisas devem ser feitas cara a cara.

— Você vai contar a ela sobre nós? — Ele inclinou a cabeça para o lado, os olhos vasculhando o rosto dela. Meu Deus, como ele era lindo. Toda vez que os olhares dos dois se encontravam, ela sentia um fluxo de eletricidade disparar pelo corpo. Tudo que ela queria era se enroscar nele e fingir que o resto do mundo não existia.

Mas parecia que todas as outras pessoas tinham ideias diferentes.

— É — disse ela baixinho. — Vou. — E isso era apavorante. Não pela reação de Ashleigh, mas porque ela finalmente ia admitir ter sentimentos por Gray. Sentimentos fortes. Que poderiam magoá-la, se aquilo desse errado.

Ah, Deus, ela não queria pensar nisso.

— Então eu vou estar do seu lado.

Os olhos dela se arregalaram.

— Está de brincadeira?

— Não. Se você vai contar pra Ashleigh sobre nós, eu quero estar do seu lado pra te apoiar. — Ele deu de ombros, como se estivesse falando em ir jantar na casa dela, e não sobre o tipo de desastre em família que Maddie imaginava que seria.

— Isso é bem simpático — disse ela. — Mas ela vai achar muito pior se você estiver lá. É melhor eu contar sozinha.

Ele olhou para ela e ela viu perguntas por trás dos olhos azuis profundos. Ela esperou que ele protestasse de novo, mas ele assentiu lentamente.

— Tudo bem. Mas, se ela ficar revoltada demais, pode dizer que fui eu que te seduzi.

— Você acha que me seduziu? — perguntou Maddie, com o sorriso voltando ao rosto. Ele respondeu também com um sorriso, e a intensidade a deixou sem fôlego.

— É — disse ele, mais perto ainda. Ainda bem que existia um balcão entre os dois, senão ela provavelmente estaria se esfregando nele como um gato no calor. — Eu te seduzi. E as lembranças me fazem companhia à noite.

— Ainda bem que você é destro — sussurrou ela, e ele soltou uma gargalhada alta. — E, só pra registrar, eu deixei você me seduzir.

— Eu sei. — Ele estendeu a mão para colocar um fio solto de cabelo atrás da sua orelha. Ela estremeceu com o calor do toque. — Não tenho a menor ilusão de quem está no comando aqui, Maddie. — Ele olhou para ela com olhos em chamas. — Você me deixou com os quatro pneus arriados.

— É mesmo? — sussurrou ela.

— É. E eu gosto demais disso.

A porta se abriu de novo, e dessa vez duas mulheres tagarelas entraram e foram para um compartimento.

— Vou lá pegar os pedidos — disse Maddie. — Antes que o Murphy me dê um pé na bunda.

Gray se afastou do balcão.

— Me liga mais tarde. Depois de falar com a Ashleigh.

— Tá.

— E, se quiser me deixar te seduzir de novo, também estou disponível.

Ela riu.

— Vou lembrar disso. Quer sua torta agora?

— Quero, mas é melhor eu levar pra viagem. Tenho umas coisas pra fazer hoje à tarde. Um repórter vem na semana que vem pra escrever uma matéria sobre mim.

— Você vai dar uma entrevista aqui? — perguntou Maddie.

— Vou. A *Rock Magazine* quer falar do próximo álbum e a publicidade vai deixar a minha gravadora feliz. Porque no momento eles estão bem irritados com isto aqui. — Ele acenou a mão machucada.

— Quando é que eles vêm? — Uma onda de temor passou por ela.

— Na segunda. E não fique tão preocupada. Eles só vêm falar da música e da minha criação.

— Tudo bem — disse ela baixinho, mas a ansiedade não desapareceu. Na verdade, aumentou.

— Eu não estava planejando falar de nós — disse ele. — Se é isso que está te preocupando.

Ela expirou, o ar quente escapando pela sua boca.

— Obrigada — disse ela. — Não sei se estou preparada pra isso.

Uma expressão fugaz passou pelo rosto dele. E ela não conseguiu identificar qual era. E ele sorriu de novo e a expressão desapareceu.

— Vou pegar a sua torta — disse ela, guardando o prato embaixo do balcão e pegando uma caixa de papelão. Ela levantou a tampa de vidro e cortou uma fatia. — Quer chantili?

— Não. Eu gosto de controlar o que estou comendo antes de uma sessão de fotos. — Ele deu um tapinha na barriga lisa e piscou.

E todos aqueles medos e preocupações desapareceram, substituídos por um tesão que fez as coxas dela doerem e o coração disparar como um garanhão. Ele pôs uma nota de cinco dólares na mão dela.

— Te vejo mais tarde, Maddie — disse ele, com os olhos suaves enquanto apertava os dedos dela. Depois, ele afastou a mão, pegou a caixa com a torta para viagem e saiu da lanchonete com passos largos e confiantes.

É, ela o veria mais tarde, se Ashleigh não a matasse antes.

— Você mentiu pra mim — disse Ashleigh, com os olhos reluzindo de raiva.

— Eu perguntei *especificamente* se tinha alguma coisa acontecendo entre vocês dois e você me respondeu que não. Sabe como eu me senti quando a Jess me ligou pra contar o que viu no hospital? A cidade toda está rindo de mim. Do fato de você estar saindo com o cara que me deixou arrasada.

Maddie engoliu em seco. A irmã tinha todo o direito de estar com raiva dela.

— Você é minha irmã — continuou Ashleigh. — E irmãs dão apoio uma pra outra. Elas não saem fazendo coisas escondidas e mentem pra outra, além de fazer Deus sabe o que mais. Depois de tudo que eu fiz por você, você se virou e deu um golpe no meu coração.

— Eu sei que tem uma história entre você e o Gray — disse Maddie, com a voz hesitante. — Mas isso aconteceu há muito tempo. Você não pode deixar o passado no passado?

— Isso não tem a ver com o Gray e eu. Tem a ver com você e eu. O que vai acontecer quando o Gray voltar pra Los Angeles? Você vai com ele?

— Não sei. A gente não falou sobre isso.

— Então você iria embora? — perguntou Ashleigh, com a voz subindo uma oitava. — Você abandonaria a mamãe e eu? E o Carter e a Grace? Eles iriam ficar tristes.

— Eu não quero que ninguém fique triste. E não estou planejando ir a lugar nenhum neste momento.

— Então vocês vão ter um relacionamento a distância? — A risada de Ashleigh foi curta e sem humor. — Você realmente acha que um homem mulherengo como o Gray iria aceitar? Você é louca, Maddie. Ele vai acabar te magoando do jeito que me magoou. Do jeito que você foi magoada quando foi pra Nova York.

O peito de Maddie se apertou com as palavras da irmã.

— Ele não vai me magoar — sussurrou ela.

— Foi isso que eu pensei, também. Todas aquelas vezes em que ele me abraçou e me disse que aquilo era pra sempre. — Os olhos de Ashleigh brilhavam com as lágrimas. — Ele me fez promessas e depois quebrou todas. Você viu o que ele fez comigo. Viu o quanto eu sofri. E você está me magoando de novo por ficar com ele.

— Eu não quero te magoar — explicou Maddie. Ela estendeu a mão e tentou pegar a de Ashleigh, mas a irmã se afastou. — Você tem o Michael. E a Grace e o Carter. Se as coisas não tivessem terminado como terminaram entre você e o Gray, você não seria mãe deles.

— Não importa — insistiu Ashleigh. — Você é minha irmã. Devia estar do meu lado. Sempre.

— Eu estou. Estou do seu lado.

— Então termina com o Gray. Deixa ele voltar pra Los Angeles e nós voltamos ao normal. Nós éramos felizes, Maddie. Todos nós. Eu tenho a minha família. Você tem a mamãe e sua música e a lanchonete. Funciona bem pra nós. Não deixa o Gray estragar tudo.

Maddie piscou.

— Funciona pra você. Não tenho certeza de que funciona pra mim. Parece que estou vivendo no escuro há tanto tempo. Aí o Gray apareceu e deixou a luz entrar. Eu não quero voltar a ser quem eu era. Eu gosto mais da minha vida assim.

— Ah, pelo amor de Deus! A próxima coisa que você vai me dizer é que você o ama.

Maddie engoliu em seco.

— Você não o ama, né? — perguntou Ashleigh, com os olhos semicerrados encarando os de Maddie. — Me diz que você não ama Gray Hartson.

Os pensamentos de Maddie estavam todos voltados para ele. Para a delicadeza dos olhos dele quando falava com ela. O calor das mãos dele quando tocava na sua pele nua. E aqueles beijos. Aqueles beijos provocantes e sofridos. Eles enchiam a alma dela de um jeito que ela nunca tinha sentido.

— Eu tenho sentimentos por ele — admitiu ela.

Ashleigh balançou a cabeça.

— Ele sabe o que aconteceu na Ansell?

— Ainda não contei.

— Então esses sentimentos que você tem não significam nada. Se você não se sente segura o suficiente pra contar tudo sobre você, é tudo fingimento, não é? — Ashleigh se inclinou para a frente, com a voz urgente. — Se você não pode confiar que ele vai estar lá quando você precisar, qual é o sentido? E você *não pode* confiar nele, Maddie. Do mesmo jeito que eu não pude confiar nele. O Gray vai te usar e te jogar no lixo, e eu não sei se você vai se recuperar pela segunda vez. — Ela cruzou os braços. — E, se você acha que eu vou estar lá pra te ajudar quando ele te deixar, está enganada. Eu te salvei uma vez, mas não vou salvar de novo.

Havia sofrimento nos olhos de Ashleigh e Maddie ficou arrasada de ver isso.

— Sou muito grata por tudo que você fez por mim — disse ela, com o coração sofrendo. — E fiz tudo que pude pra te compensar. Também estive do seu lado quando você precisou. Te apoiei quando você teve o Carter e a Grace. Cuidei da mamãe pra você não ter que se preocupar. — Maddie respirou fundo. — Mas eu não posso fazer isso por você. Não posso desistir da minha única chance de ser feliz.

A expressão de Ashleigh estava tensa.

— Se quiser jogar fora a sua família por um cara que todo mundo sabe que é ruim pra você, vai em frente. Mas eu não vou ficar por perto pra assistir. Nem o Carter e a Grace. — Ela descruzou os braços e se virou de costas, o cabelo loiro balançando atrás enquanto ela saía pisoteando pela sala. Os saltos finos e altos bateram com força no piso de madeira. Abrindo a porta com violência, ela se virou de novo para Maddie, com os olhos tensos e sombrios. — Espero que você esteja feliz — disse ela. — Você conseguiu me magoar.

22

—A sua irmã é escrota. Só isso. — Laura cruzou as pernas, com os dedos do pé nus roçando na água que subia e descia no muro do ancoradouro. Ela e Maddie estavam sentadas no velho calçadão, com as calças enroladas e os sapatos e meias cuidadosamente colocados ao lado. O dia estava quente, o suficiente para o *Cadeiras* daquela sexta-feira estar lotado de moradores. Atrás delas, dava para ouvir o barulho das fofocas dos adultos aglomerados em círculos e os gritos das crianças enquanto jogavam partidas improvisadas de futebol americano.

— Mas ela está certa. A família devia vir em primeiro lugar. — Maddie traçou um círculo na água com os dedos do pé, observando-o desaparecer. — Eu a magoei.

— Por causa de um cara que ela namorava quando era adolescente? — indagou Laura, sacudindo os cachos castanho-avermelhados. — Isso foi há uma década. Eles eram crianças. Caramba, se eu não tivesse permissão pra namorar nenhum cara por quem alguém da minha família ou minhas amigas tivesse nutrido uma paixão, eu teria ficado solteira pro resto da vida. — Ela ergueu uma sobrancelha.

— Ah, cala a boca. — Maddie a cutucou com o ombro. — Os caras te cercavam feito moscas antes de você se casar.

— É. Como as moscas cercam a bosta. — Laura balançou a cabeça, mas Maddie percebeu que ela estava disfarçando um sorriso. — De qualquer maneira, não estamos falando de mim. A sua irmã não tem o menor direito de dizer quem você pode ou não pode namorar. Não é da conta dela.

— Ela acha que sabe mais do que eu.

— Por causa do que aconteceu quando você estava na Ansell? — Laura baixou a voz, os olhos disparando ao redor.

— A Ashleigh me salvou naquele dia — disse Maddie baixinho. — Quando eu liguei, ela largou tudo. Dirigiu até Nova York sozinha e fez um inferno na vida da administração. E, quando eu implorei pra ela me levar pra casa, ela empacotou tudo enquanto eu chorava até ficar desidratada, e depois dirigiu durante horas a noite toda. Eu tenho uma dívida com ela.

— Você não tem dívida nenhuma. Você sempre esteve ao lado dela. Com que frequência você é babá da sua sobrinha e do seu sobrinho? — perguntou Laura. — E tem a sua mãe. A Ashleigh não faz nada além de visitar de vez em quando. É você que leva ela ao médico, que a põe na cama em segurança toda noite. Caramba, você traz ela aqui toda sexta-feira, e eu sei o quanto você odeia isso.

— Assim eu posso te ver. — Maddie sorriu.

— É, essa é a única coisa que presta no *Cadeiras*. — Laura retribuiu o sorriso. — Eu posso conversar com você sem o Murphy gritando com a gente. — O rosto dela ficou sério. — Você não vai fazer o que ela pediu, né?

— Minha mãe quer que eu faça — admitiu Maddie.

— Sua mãe? — Laura franziu a testa. — O que é que ela tem a ver com isso?

— Ela ouviu a gente discutindo. Ficou muito chateada quando a Ashleigh bateu a porta com força e saiu sem se despedir. Ouvi um sermão sobre nós sermos irmãs e termos que cuidar sempre uma da outra. — Maddie suspirou. — Talvez ela esteja certa.

— Você deixaria mesmo de sair com o Gray Hartson porque a sua irmã teve um chilique com isso?

A ideia fez o peito de Maddie se contrair. A atração entre eles era uma loucura. Mesmo ali, cercada de pessoas, tudo que ela queria fazer era falar sobre ele, estar com ele.

Mas isso também era loucura. Porque todo mundo ia começar a falar dela, e ela ia odiar isso.

— Acho que eu não consigo — disse ela baixinho.

— Que bom. Porque eu teria que te empurrar na água se você fizesse isso. Eu te conheço, Maddie. Não tão bem quanto a Ashleigh, talvez, mas bem o suficiente. Se você gosta desse cara, tem que ir fundo. Você ia se arrepender se não fizesse isso.

— E se ele me magoar? — perguntou Maddie, e o aperto no peito não melhorou nem um pouco. — O que vai acontecer?

— Aí você vai lidar com isso do jeito que lida com tudo. Você não é mais uma menina ingênua. Você cresceu desde que voltou de Nova York. — Laura inclinou a cabeça, e o sol se pondo captou o tom avermelhado nos seus cachos. — Você é uma mulher forte, inteligente, que arrasa e não deixa as pessoas sambarem na sua cara. E, se o Gray te magoar do jeito que você foi magoada antes, tenho certeza que você vai arrancar as bolas dele.

— Você é muito violenta — disse Maddie, sorrindo para os olhos brilhantes de Laura.

— Obrigada. Se precisar de ajuda na parte de arrancar as bolas, pode me chamar. — Ela tirou as pernas da água e sacudiu os pés, fazendo gotículas saírem voando pelo ar. — Vou pegar uma limonada. Quer?

— Quero — concordou Maddie, com um sorriso aparecendo nos lábios. — Não consigo pensar em nada melhor neste momento.

O pequeno ícone do Facebook na tela do celular de Maddie tinha passado o dia todo piscando. Ela raramente recebia notificações do Facebook — poucos amigos dela ainda o usavam. Apesar disso, toda vez que verificava o celular, o numerozinho vermelho ao lado do ícone estava aumentando. Já estava em vinte, e ela estava ficando nervosa.

Ela só foi verificar quando chegou em casa depois do trabalho. E, quando viu que todas as notificações vinham do maldito Grupo de Reencontro da Ansell para o qual tinha sido convidada, Maddie suspirou. Ela achava que, ao não aceitar participar, não faria mais parte do grupo, mas parecia que o Facebook tinha outras ideias.

Havia uma postagem no grupo que estava lotada de respostas. Maddie piscou ao ler, sentindo a boca seca como o deserto.

Alguém convidou o Brad Rickson? Ou não vamos convidar? Um membro do grupo tinha postado isso. Com um dedo masoquista, Maddie clicou nos comentários que vinham em seguida.

Humm. Não sei se a gente devia convidar. Vocês lembram do que ele fez, né?

Vocês ouviram falar que ele tem um contrato com uma gravadora? Alguém me disse que ele assinou com a Vista Records.

Ahã. Um amigo do meio me contou que o álbum de estreia dele sai no ano que vem.

Por que coisas boas acontecem com pessoas ruins?

Falando no Brad, alguém tem notícias da Maddie Clark?

Coitada da Maddie. Ele foi tão babaca. Alguém tem notícias dela?

Ela está na lista de membros, seu burro. Então cuidado com o que você diz.

Gente, ninguém vai convidar o Brad. E, sim, eu convidei a Maddie. Vou fechar os comentários. Vamos nos concentrar no reencontro, certo?

Maddie ignorou as mãos tremendo quando apertou o botão "recusar convite" antes de fechar o Facebook. Para completar, ela desinstalou o aplicativo e jogou o celular na cama. De jeito nenhum ela iria a esse reencontro, com ou sem Brad Rickson.
Mas por que parecia que alguém estava enfiando uma faca na barriga dela?

O circo chegou às dez horas na manhã de segunda-feira. Podia não ter nenhum animal ou palhaço saindo dos sedãs pretos na entrada da garagem, mas, enquanto Gray observava seu empresário, o jornalista, um fotógrafo, um maquiador e um cabeleireiro seguindo pelo caminho de cascalho, parecia que sua tranquila cidade natal estava sendo invadida.

— Uau — sussurrou Becca ao lado dele, olhando pela janela da sala de estar. — Eles vieram em bando. — Ela olhou para ele e sorriu. — Você vai contar pra eles que eu te venci no karaokê, né?

Gray ergueu uma sobrancelha.

— Tenho quase certeza que eles vão te fazer algumas perguntas. Você pode abrir o bico, se quiser.

Ela sorriu.

— Posso? — Ela arregalou os olhos enquanto avaliava as malas enormes que o maquiador e o cabeleireiro estavam arrastando. — Você acha que eles vão querer tirar uma foto minha também?

— Eu posso pedir. — Ele sorriu para ela. — Mas não pra revista. Só pra você guardar. — A ideia de expor Becca para o mundo daquele jeito o fez ter vontade de se contorcer.

— Oba! — Becca bateu palmas. — Sim, por favor.

Dez minutos depois, estavam todos aglomerados na cozinha da tia Gina bebendo um chá gelado fresco. Apesar de a cozinha ser grande, parecia claustrofóbica, com tantos desconhecidos sentados ao redor da mesa. Mesmo assim, a tia Gina estava fazendo o seu melhor para deixá-los à vontade.

— Vocês querem bolo? — perguntou ela.

Todos os seis balançaram a cabeça apavorados, como se ela estivesse tentando dar a eles algum tipo de veneno.

— E almoço? — perguntou ela. — Todo mundo vai querer comer?

Marco balançou a cabeça.

— Provavelmente nós vamos levar o Gray pela cidade pra tirar algumas fotos. Podemos comer alguma coisa por lá. Vocês têm uma casa de sucos?

— Casa de sucos? — repetiu a tia Gina, com as sobrancelhas unidas.

— Não temos casa de sucos — respondeu Becca, disfarçando um sorriso. — Mas temos uma lanchonete.

— Podemos ir a Stanhope pra almoçar — acrescentou Gray, apressadamente. — Tem alguns lugares lá que podem render boas fotos.

— Qual é o problema da lanchonete? — perguntou a tia Gina.

— É, parece que você passa muito tempo lá — acrescentou Becca, com um brilho malicioso nos olhos.

— É mesmo? — Rick Charles, principal jornalista da *Rock Magazine*, rabiscou alguma coisa no bloco na sua frente. — Eu gostaria de dar uma olhada. Algumas fotos lá podem funcionar.

— Eu não passo muito tempo lá — disse Gray. — Fico a maior parte do tempo na edícula nos fundos do quintal. É lá que eu componho. Você pode tirar fotos lá.

— Posso dar uma olhada? — perguntou Andie, o fotógrafo. — Quero ver pra que lado fica a luz.

— Claro. É por ali. — Gray apontou para a porta.

— Eu também vou — disse o maquiador. — Posso ver de que tipo de produtos nós vamos precisar.

— Posso mostrar o caminho, se vocês quiserem — sugeriu Becca, terminando o chá. Ela olhou para Gray em busca de aprovação, e ele assentiu. — Era como a segunda casa do Gray na adolescência. Ele queria levar a cama pra lá, mas o papai não deixou.

— Onde está o seu pai? — perguntou Rick, olhando ao redor. — Ele ainda mora aqui, né?

— Ele está trabalhando no quarto — respondeu a tia Gina, enchendo o copo deles com chá gelado. — Ele não gosta muito de bagunça, então a gente achou que era melhor assim.

— Eu esperava encontrá-lo — disse Rick, olhando diretamente para Gray. — Já que vou escrever sobre as suas origens, foi com ele que tudo começou.

Marco se inclinou para a frente.

— Tenho certeza de que nós podemos fazer isso acontecer. Não é, Gray?

— Ele está doente — disse Gray, com a voz baixa. — Não quero que ele seja incomodado.

— Eu estou na vida do Gray desde sempre — interrompeu a tia Gina, com a voz incomumente baixa. — Posso responder às suas perguntas.

— Tudo bem. — O tom de Rick fez Gray se sentir inquieto. — Nós podemos começar com isso. — Ele pegou o gravador na bolsa e o colocou sobre a mesa antes de virar a página do bloco. — Se o seu pai se sentir melhor mais tarde, apresenta ele pra mim.

Maddie limpou o balcão e arrumou os cardápios, depois olhou mais uma vez para o celular para ver se tinha alguma mensagem. Não tinha notícias de Gray desde que o empresário dele e o jornalista chegaram à cidade no dia anterior. Era estranho não se comunicar com ele por mais de vinte e quatro horas. Ela não gostava disso. Pior ainda, não gostava de não gostar disso. Sua felicidade não podia depender de uma mensagem ou de uma ligação.

A notícia de que um jornalista estava na cidade tinha se espalhado como fogo na mata, do jeito que as fofocas sempre se espalhavam em Hartson's Creek. De acordo com Laura, que soubera por Sonya Chilton — mãe de Jessica —, o jornalista tinha feito perguntas sobre Gray por toda a cidade. Ele tinha ido à igreja e interrogado o reverendo Maitland, tinha entrado na escola de ensino médio e falado com a antiga professora de música de Gray. Tinha até se sentado no banco da praça da cidade por uma hora, se levantando para falar com qualquer pessoa que passasse por ali.

Mas não tinha ido à lanchonete. Ainda.

— Pelo que a Sra. Chilton falou, ele parece um *beatnik* — dissera Laura a Maddie com um sorriso. — Perguntei o que isso significava, e parece que o cara usa uma calça jeans que deixa a cueca aparecer, e isso é um tipo de crime por aqui.

— Ouvi dizer que ele tem uma camiseta escrito *Black Sabbath* — se intrometeu Doris, uma cliente assídua, com a voz aumentando uma oitava.

— E ele foi à igreja com ela.

Sua amiga ofegou.

— Estou surpresa que o reverendo Maitland não o expulsou na mesma hora.

— Ah, até parece. Você sabe que o reverendo Maitland é gentil demais pra fazer isso. Mas, se eu o vir usando essa camiseta, vou falar tudo que eu penso.

— *Black Sabbath* é uma banda de rock — disse Laura, se divertindo ao olhar para Maddie. — Acho que ele não está andando por aí anunciando que é discípulo do diabo nem nada assim.

— Ozzy Osborne era o vocalista — acrescentou Maddie, embora nenhuma das mulheres perto de Laura parecesse saber do que ela estava falando.

— Foi ele que arrancou a cabeça de um morcego com os dentes? — perguntou Laura, com a voz leve. Havia um brilho malicioso no seu olhar.

Foi difícil não rir da expressão de repulsa das mulheres mais velhas.

— É. — Maddie fez que sim com a cabeça. — E parece que ele deu bolo brisado pra um padre.

— Bolo brisado? — perguntou Doris. — O que é isso?

— É um bolo recheado com maconha — explicou Laura. — Ele drogou o padre.

— Espero que esse rapaz não drogue o reverendo Maitland — disse Doris, assustada.

Maddie sorriu ao se lembrar do choque das velhinhas. Tinha sido um momento de leveza num dia difícil. Difícil porque sua mãe ainda estava chateada com a discussão de Maddie e Ashleigh, e porque Gray tinha ficado estranhamente silencioso enquanto o jornalista estava na cidade.

O sino em cima da porta tocou, e Maddie parou de limpar o balcão e automaticamente pegou os cardápios. Quando levantou o olhar, um homem estava indo em direção ao balcão.

Como Laura tinha descrito, a calça dele era larga e frouxa no corpo magro. A camiseta escura não tinha *Black Sabbath* escrito naquele dia, mas havia uma imagem religiosa de um homem morto deitado num altar, com *Joy Division* estampado no topo. Ela percebeu, pelo cinza desbotado do tecido e como parecia fino e amassado, que era antiga, provavelmente original.

Ela não conseguiu evitar pensar que a roupa dele tinha sido cuidadosamente escolhida para provocar uma comoção na cidadezinha.

— Pode sentar — disse Maddie, apontando com a cabeça para os compartimentos. — Já levo um cardápio. Quer café?

— Eu posso ficar no balcão. — Ele se aproximou e puxou o banco mais próximo de Maddie, se sentando nele e apoiando os braços no balcão. — Você é Maddie Clark, certo?

Ela endireitou a postura.

— Sou — respondeu ela, com cuidado. — Eu mesma.

— Sou Rick Charles, da *Rock Magazine*. — Ele estendeu a mão, e Maddie a pegou. — Você pode ter ouvido falar que eu estou na cidade pra escrever uma matéria sobre o Gray Hartson.

— Posso ter ouvido.

— É. — Ele sorriu. — Imaginei que as notícias se espalhavam rapidamente por aqui. Quem precisa de internet, né?

— As pessoas gostam de falar, sim. Aceita um café?

— Seria ótimo.

Ela se virou para o bule, respirando fundo enquanto o levantava e enchia a caneca dele. O cara só estava interessado em Gray. Era por isso que ele estava ali. Tudo bem, de verdade.

— Creme e açúcar? — perguntou ela, voltando com o rosto apático.

— Não, obrigado. Puro mesmo. — Ele tomou um gole profundo e sorriu de novo para ela. — Você conhece o Gray tão bem quanto qualquer pessoa por aqui, não é?

— Na verdade, não. — Ela balançou a cabeça. — Nós nunca fomos próximos.

— Mas você o ajudou a fugir da igreja umas semanas atrás, não foi? Ouvi dizer que vocês fizeram uma baita confusão pulando cercas e correndo pelos quintais.

— Eu teria feito isso por qualquer pessoa. Ninguém devia ser perseguido por adolescentes depois de ir à igreja.

Maddie percebeu que Rick tinha tirado um bloco de anotações do bolso antes de levantar a mão para tirar a caneta de trás da orelha. Ela se sentiu como se estivesse sentada num tribunal, esperando para ser interrogada.

— Você o conhece há um tempo, não é? — Ele virou as páginas do bloco, vasculhando as palavras rabiscadas ali. — Ele namorou a sua irmã no ensino médio. Ashleigh, é isso?

— É. — Ela conseguiu dar um sorriso. — Mas foi há muito tempo. Agora ela está casada e com filhos.

Era estrando vê-lo escrever as palavras dela.

— Você sabe por que eles terminaram?

— Você não devia perguntar isso ao Gray? — respondeu ela, com leveza.

— Já perguntei. Mas as irmãs são próximas, e acho que elas confiam mais umas nas outras. Eu só estava me perguntando se ela teve os mesmos motivos que o Gray.

— Acho que a minha irmã não ia gostar que eu falasse por ela.

— Você tem um número pra eu ligar pra ela?

Ela balançou a cabeça.

— Acho que ela também não ia gostar que eu desse o número.

— Tudo bem — disse ele, impassível. — Tenho certeza que consigo encontrá-la.

A coluna de Maddie formigou ao pensar nele falando com Ashleigh. Será que a irmã ia contar a verdade sobre ela e Gray? Maddie achava que não, mas não via Ashleigh com tanta raiva havia muito tempo. Ela tentou ignorar o pânico que crescia no seu estômago.

— Quer comer alguma coisa enquanto está aqui? — perguntou ela. Nós temos um cardápio impressionante.

— O café está ótimo. Mas eu adoraria um refil — disse ele, sorrindo. — Tenho mais uma pergunta pra você enquanto estou aqui.

— Pode falar — disse ela, se virando para pegar o bule de café. A pergunta veio quando ela levantou o bule do prato de aquecimento.

— Alguém com quem eu falei disse que você tem passado muito tempo com o Gray nas últimas semanas. Essa pessoa falou que você estava lá quando ele foi pro hospital cuidar da mão.

Ela se virou e viu Rick encarando-a. Ele inclinou a cabeça para o lado.

— E também falou que viu vocês dois se beijando, e isso é meio estranho pra uma garota que não o conhece muito bem.

23

—Você devia ter me avisado — disse Marco, apoiando os cotovelos na velha mesa da cozinha. — Se eu soubesse de você e dessa garota, teria feito as coisas de um jeito diferente. Ou argumentado mais pra você ir dar essa entrevista em Los Angeles.

— Eu sugeri isso — observou Gray. Ele estava puto. Mais do que puto. Depois de uma ligação nervosa de Maddie e da sugestão de que Rick queria falar com Ashleigh e com o pai de Gray, ele tinha desistido completamente daquela maldita entrevista. E a mão dele estava latejando intensamente.

— Mas você não me disse o motivo. — Marco suspirou. — Já falei com o Rick. Ele concordou em falar o mínimo sobre vocês dois. Mas você tem que admitir, Gray, que é um excelente furo pra ele. *Grande estrela do rock se apaixona por garçonete de uma lanchonete de cidade pequena.* Já dá até pra ver a manchete.

— Ela não é uma garçonete de uma lanchonete de cidade pequena — resmungou Gray. — Ela também é musicista.

Marco ergueu uma sobrancelha.

— Que conveniente.

— O que você quer dizer? — Gray franziu a testa.

— Quero dizer que, se eu fosse uma caipira em busca de uma grande oportunidade, provavelmente também iria me apaixonar por você.

— É? Foda-se — disse ele, com a voz áspera.

— Você está sensível demais hoje.

— Estou machucado, cansado e agora tenho que lidar com essa merda toda. Eu sabia que era uma péssima ideia.

— Vai ficar tudo bem. E a sua RP vai adorar. — Marco levantou o olhar. — Você escreveu alguma música sobre essa garota pro álbum?

— *Maddie* — disse Gray com determinação. — O nome dela é Maddie.

O lábio de Marco se contraiu.

— Tá bom, você escreveu alguma música sobre a Maddie? — perguntou ele. — Porque isso nos daria uma boa vantagem.

— Não vou usar o meu relacionamento com a Maddie pra conseguir vantagens. — Ele balançou a cabeça. — Eu não gosto disso, e ela também não ia gostar. Negativo.

— Gray, ela sabe onde está se metendo? — As sobrancelhas de Marco estavam cheias de preocupação. — Os sites de fofoca vão falar demais nisso. É uma notícia importante. Você não namora ninguém a sério desde Ella Rackham uns anos atrás. E você lembra qual foi a reação àquilo, certo?

É, ele se lembrava. Eles não podiam ir a lugar nenhum sem os paparazzi aparecerem. Foi um dos motivos para o relacionamento acabar.

— Não quero aquilo pra Maddie.

— Você pode não ter escolha — disse Marco.

Gray se recostou na cadeira e passou a mão boa no cabelo.

— Eu preciso que você me ajude a deixar isso em silêncio por quanto tempo a gente conseguir. Meu Deus, a gente mal começou a sair.

— E já está fora de controle. — Marco suspirou. — Olha, Gray, eu entendo. É chato você não poder ter um relacionamento sem o público saber tudo sobre ele. Mas esse é o preço da fama. Você não pode mudar as coisas. Só precisa aceitar. — Ele entrelaçou as mãos. — Esse lance entre vocês é sério?

Gray engoliu em seco. Ele odiava não ter falado com ela nos últimos dias. Era estranha a velocidade com que ele se acostumou a estar com ela. Era como se o corpo dele ansiasse pela proximidade dela.

— É sério — respondeu ele, com a voz baixa.

Marco assentiu.

— Certo. Que tal eu conseguir um treinamento de mídia pra Maddie? Ela pode ir pra Los Angeles, conversar com a sua RP e dar um jeito de facilitar isso o máximo possível.

— A gente tem mesmo que fazer isso? — Gray fez uma careta.

— Se você quiser protegê-la, sim. Ou a gente bola uma estratégia pra lidar com a mídia ou eles vão vir correndo pra cima de você. Desse jeito, as coisas ficam sob o nosso controle.

— Vou falar com ela — murmurou Gray. Marco estava certo, ele sabia, mas isso não o impedia de sentir raiva. Hartson's Creek era um mundo totalmente diferente de Los Angeles, e ele odiava o modo como suas duas cidades pareciam estar se aproximando. Nas últimas semanas, parecia que sua terra natal o tinha abraçado e dado as boas-vindas de volta.

Naquele momento, ele se sentia como se estivesse incendiando o maldito lugar.

— Mãe? — chamou Maddie, olhando para dentro do quarto. A mãe estava apoiada nos travesseiros, com os óculos de leitura na ponta do nariz. Ela os tirou e levantou o olhar, com um sorriso no rosto.

— Oi, querida.

— Estou saindo. Se tiver algum problema, me liga. Devo chegar tarde.

O sorriso da mãe vacilou.

— Devo perguntar aonde você vai?

— Provavelmente não — admitiu Maddie.

— Está certo. Bom, se cuida. — Seus olhos estavam suaves. — A Ashleigh me convidou pra jantar no domingo. Achei que talvez eu pudesse conversar com ela. Ver se conseguimos construir umas pontes. — Ela girou os óculos nas mãos. — Tem que ter um jeito de vocês se entenderem.

— Tenta não se preocupar com a gente — disse Maddie, detestando a maneira como a mãe parecia desesperada. — Nada disso é culpa sua, e você não tem que consertar as coisas.

— Mas eu me preocupo. Você e a Ashleigh são o meu mundo. Meu coração dói por ver vocês duas sem se falar.

Outro coração partido. Maddie estava deixando um rastro deles para trás. E tudo porque não queria partir o seu próprio. Olha como isso tinha acabado; seu peito parecia que estava sendo rasgado.

— Sinto muito — sussurrou ela.

A mãe tentou sorrir.

— Vai lá se divertir fazendo o que você vai fazer. Você vai dar um jeito. Eu sei que vai.

Respirando fundo, Maddie conseguiu conjurar um sorriso.

— Obrigada. Durma bem.

Ela fechou a porta com leveza e olhou de novo para o celular. As mensagens trocadas com Gray ainda estavam na tela.

Te pego às oito. Vem de salto baixo e leva uma muda de roupa — G.

Uma muda de roupa? Por quê? Você está planejando me jogar no riacho? — M.

Algo nesses moldes. Te vejo à noite. — G.

Ela sentia um alívio agora que o jornalista tinha retornado a Los Angeles e as coisas estavam voltando ao normal. Até onde ela sabia, ele não tinha entrado em contato com Ashleigh, graças a Deus. Pelo menos Maddie tinha escapado de uma cilada.

Mas, acima de tudo, o alívio vinha de poder ver Gray de novo. Tinham se passado apenas alguns dias desde que os dois estiveram juntos pela última vez, mas parecia muito mais.

Exatamente às oito, um carro preto parou em frente à casa. Ela pegou a mochila em que tinha colocado um jeans e uma camiseta extra antes de se olhar no espelho, afofando a parte de trás do cabelo com a mão livre.

Quando ela saiu, para sua surpresa, a porta do carona se abriu, e Gray saltou com um sorriso emoldurado nos lábios.

— Você não vai dirigir? — perguntou ela, perplexa.

— Eu contratei um carro pra hoje à noite. — Ele chegou até os degraus, com os olhos suaves ao parar em frente a ela. — Meu Deus, que saudade. — Ele curvou a mão na cintura dela e a puxou para si. Ela suspirou com a sensação do corpo forte e esbelto dele pressionando o dela. E, pela primeira vez nos últimos dias, parecia que ela conseguia respirar com facilidade de novo.

— Aonde a gente vai? — perguntou ela quando ele pegou a mochila e pendurou no próprio ombro.

— É surpresa. Você vai ver.

Ela se sentou no banco traseiro e ele a seguiu, fechando a porta depois de entrar. Assim que os dois colocaram o cinto de segurança, ele pegou a mão dela, envolvendo-a.

— Você está bem? — perguntou ele, com os olhares se encontrando.

— Agora estou.

Ele sorriu.

— Exatamente os meus sentimentos. — Ainda segurando as mãos dela, ele se inclinou para a frente. — Tudo bem, já podemos ir.

O sol estava se pondo sobre as montanhas a oeste, lançando um brilho laranja quente sobre o cume. O motorista pôs uma música — uma música country suave que estava tocando sem parar na rádio havia semanas —, e ela sentiu o corpo relaxar nos bancos de couro macio.

Gray passou o braço ao redor dela, puxando-a para perto até a cabeça dela se apoiar no seu ombro largo. Ela sentiu que ele encostou os lábios no cabelo dela, depois passou as mãos sob o queixo dela, inclinando sua cabeça até o rosto estar a um milímetro do dele.

— Oi — disse ele. Ela sentiu o calor do hálito dele na pele.

— Oi. — O peito dela se contraiu com a proximidade. Com a necessidade que ela sentia disparando pelo corpo.

Ele envolveu o queixo dela com a palma da mão e deu o beijo mais doce do mundo nos lábios dela.

— Eu estava com saudade de você.

Faíscas quentes explodiram no seu peito quando ele a beijou de novo, a língua macia na dela. Maddie passou os braços no pescoço dele, com a cabeça inclinada o suficiente para beijá-lo e, meu Deus, que sensação boa.

Boa demais.

Só quando os dois se afastaram em busca de ar foi que ela se lembrou de onde eles estavam. Dentro de um carro com um desconhecido dirigindo. Ela olhou para a frente para ver se ele estava observando.

— Tudo bem — sussurrou Gray, a voz acariciando a orelha dela. — Ele assinou um termo de confidencialidade.

Ela ergueu uma sobrancelha.

— Por que ele precisou assinar um termo?

— Porque eu não posso nem cagar sem alguém saber. — Gray deu de ombros. — E eu queria que você ficasse à vontade.

— Você conseguiu fazer muitas coisas sem ninguém saber — observou ela. — Até convidar um jornalista pra vir à cidade.

Ele sorriu.

— *Mea culpa*. Mas eu te avisei que já está tudo resolvido. Esta noite nós podemos relaxar e curtir.

— E pra onde a gente vai? — Ela olhou pela janela de novo. Estava ficando mais escuro, com apenas metade do sol visível no topo das montanhas. Ela sabia, pela posição do sol, que eles estavam indo para o sul, mas não para onde.

— Na verdade nós estamos quase chegando.

— Estamos? — Ela franziu a testa. — Mas aqui só tem campos.

— Quando eu digo que nós estamos *chegando*, quero dizer que estamos no nosso primeiro destino. É lá que o carro vai nos deixar.

Um minuto depois, ela viu uma placa de madeira velha e castigada pelo tempo presa num poste de metal. *Aeroporto Sumner*.

— Nós vamos voar? — perguntou ela quando o carro virou à direita e passou pelo portão. Diante deles havia dois hangares grandes de metal. Uma miríade de pequenos aviões salpicava o asfalto e o campo gramado mais além. — A esta hora da noite?

Gray se aproximou para beijar o ponto macio entre o maxilar e o pescoço dela.

— Mais ou menos — murmurou ele. — Espera pra ver.

O carro continuou pela estrada improvisada, passou pelo primeiro hangar e virou à esquerda no segundo, parando quando eles chegaram à parte mais distante.

— Um helicóptero? — Um sorriso perplexo curvou os lábios dela para cima.

— Só um passeio curto. É mais rápido do que pegar um carro e depois um barco.

— Um carro e depois um barco — repetiu ela. — Pra onde estamos indo, afinal? — Os olhos dela estavam vibrantes ao encontrarem os dele, com um zumbido disparando pelo corpo. Ninguém jamais tinha feito isso por ela. Combinar uma surpresa. E que surpresa!

— Eu te prometi um beijo no oceano.

— Um helicóptero consegue levar a gente até a costa oeste?

Ele riu, e isso fez seus olhos se iluminarem.

— Não. Mas vai nos levar até uma bela ilhazinha no Atlântico onde eu posso te beijar até o infinito sem ninguém ver.

— Chegamos, sr. Hartson. Aproveite a sua noite — disse o motorista, saltando do carro para abrir a porta de Maddie. Ela pegou a mochila com a muda de roupa e seguiu Gray até a pequena cabine ao lado do heliporto. Depois de falarem com o piloto, ele fez um discurso de segurança e explicou como eles deveriam entrar e sair corretamente do helicóptero.

E aí eles estavam embarcando, com Gray ajudando-a a subir os degraus e se sentar num dos assentos traseiros para passageiros. Ele se sentou no outro e os dois prenderam o cinto de segurança e colocaram fones de ouvido como o piloto tinha orientado.

— Pronta? — perguntou Gray.

— Acho que sim. — Seu coração estava martelando e o corpo estava cheio de adrenalina. Gray pegou a mão dela, apertando com força quando o motor foi ligado e as hélices começaram a girar. Mesmo com os fones, o som era alto, e o barulho do ritmo das hélices combinava com a batida do coração dela.

— Boa noite — ecoou a voz do piloto pelos fones de ouvido. — Estamos só esperando os rotores chegarem à velocidade necessária e o controle do tráfego aéreo nos dar o sinal para decolar. Em seguida, vamos voar por aproximadamente trinta minutos até a ilha Samphire. O vento está a nosso favor na ida, então a volta pode demorar um pouco mais. Recostem, relaxem e curtam a vista.

Maddie prendeu a respiração quando o helicóptero subiu verticalmente. Não era nem um pouco parecido com voar num avião. Em vez disso, parecia que o chão estava desabando sob eles, junto com seu estômago. Ela olhou pela janela, observando o mundo lá embaixo se tornando menor, as luzes das casas virando pontinhos amarelos e brancos.

E logo eles estavam voando para a frente, e a sensação a deixou eufórica. Ela riu alto, olhando para Gray com os olhos brilhando. O modo como ele a estava encarando a deixou sem fôlego. Havia uma necessidade nos olhos dele, mas também uma suavidade que a fez querer se aninhar no colo dele e ficar ali para sempre.

— O que você está achando? — perguntou ele.

— É incrível. — A respiração dela estava curta. — Achei que seria parecido com estar num avião, mas não tem nada a ver.

O crepúsculo estava completo lá embaixo e fazia a paisagem parecer desolada e linda. Conforme eles seguiam em direção à costa, as montanhas dando lugar às planícies e depois às dunas, ela não conseguiu evitar se maravilhar com a beleza.

— Não é maravilhoso? — perguntou ela.

— É. — Ele sorriu. — É, sim.

— Quantas vezes você voou de helicóptero?

— Algumas. — Ele deu de ombros. — Mas esta é a minha primeira vez com você.

O modo como ele disse isso fez a pele dela formigar toda.

Mas também a fez perceber como a vida dele era diferente da dela. Nas últimas semanas, eles pareceram iguais. Dois habitantes de Hartson's Creek passando tempo juntos. Apaixonando-se um pelo outro. Mas ele não era só um cara que morava na cidade. Ele era Gray Hartson. Ele esgotava os ingressos de arenas e pegava helicópteros como se fossem táxis.

— Você está bem? — perguntou ele, como se tivesse percebido a mudança nos pensamentos dela.

— Estou. Só estou pensando na sua vida e na minha. Como são diferentes.

Ele estendeu a mão para acariciar o rosto dela.

— É por isso que eu gosto de você. Que eu gosto disso. Ficar olhando pro seu rosto quando está vivendo este voo pela primeira vez. Não estou procurando alguém que gosta de mim porque eu sou cantor ou porque tenho dinheiro. Eu te quero porque você gosta do Gray Hartson que conserta telhados e corta a mão.

O aperto no peito dela afrouxou um pouco.

— Mas tudo isso tem prazo de validade, né? Você vai voltar pra Los Angeles e eu vou ficar aqui dando aulas de piano e servindo na lanchonete. — Nada de visitas tarde da noite. Nada de beijos safados. Nada de ouvir a voz profunda dele no ouvido enquanto eles transavam sob as estrelas. Meu Deus, como ela ia sentir saudade daquilo.

— Não precisa acabar, Maddie.

— Muito bem, pessoal, vamos pousar daqui a alguns minutos. Se vocês olharem para fora, vão ver o oceano Atlântico. E, mais além, se olharem com muita atenção, vão ver um ponto mais claro. É a ilha Samphire, seu destino.

O ponto crescia conforme eles se aproximavam, e ela deu a mão a Gray quando o helicóptero desacelerou e pairou sobre o heliporto, baixando lentamente até as pás baterem no chão.

E, quando os rotores finalmente pararam, Gray saltou primeiro, segurando a cintura dela enquanto a ajudava a descer. Maddie sabia que a noite estava só começando.

24

O jantar estava arrumado na praia. As cadeiras e a mesa brancas estavam posicionadas sob um toldo de luzes cintilantes, de frente para o oceano, que ia e vinha, batendo na orla. Gray não conseguia parar de olhar para ela, apesar da beleza ao redor. Para o modo como seu rosto se iluminou quando ela viu as velas minúsculas alinhadas e formando um caminho até a água, o garçom ao lado da mesa com uma garrafa de champanhe na mão e um pano pendurado no antebraço.

— Isso é loucura — disse Maddie, balançando a cabeça com um sorriso. — Você sabe disso, não sabe?

— Talvez a gente precise ser um pouco louco — disse ele. — Foram umas semanas difíceis.

— Sabe, eu teria cedido por muito menos. — Ela inclinou a cabeça para o lado. — Não precisava fazer tudo isso. Para você, eu sou uma certeza.

Ele a puxou para si, fechando os olhos enquanto a absorvia pela respiração. O aroma floral do xampu dela se misturou com o cheiro penetrante e salgado do oceano, preenchendo-o.

— Você nunca é uma certeza — sussurrou ele. — Bem que eu queria que fosse.

Ela inclinou a cabeça para olhar para ele.

— Ninguém fez isso por mim até hoje. Ninguém. E você deve saber que eu iria a qualquer lugar por você. Isso tem que estar escrito na minha testa.

A garganta dele pareceu se fechar. Não só porque parecia tão certo, mas porque era daquilo que a sua alma precisava. Alguém que o quisesse por *ele*. Não porque ele era Gray, o capitão do futebol americano. Ou Gray, o filho que resolvia tudo. E definitivamente não porque ele era Gray, o músico de sucesso.

Mas porque ele era Grayson Hartson IV, o garoto que chorava toda noite quando a mãe morreu, mas escondia isso dos irmãos porque eles precisavam que ele fosse forte. O garoto que os protegia da ira do pai. O adolescente que fugiu para seguir os próprios sonhos, mas descobriu que eles também tinham um pouco de pesadelo.

E agora Maddie o estava despertando desses sonhos ruins. Mostrando a ele como a vida poderia ser se ao menos ele pudesse tê-la. A verdade era que ele a desejava mais do que tinha desejado qualquer coisa na vida. Incluindo a própria carreira.

— Quero te beijar — disse ele, com a voz rouca.

— Aqui na praia?

— Não. No mar. — Ele apontou com a cabeça para a vasta escuridão. — Do jeito que eu prometi que a gente iria fazer.

— Não vai estar frio? — perguntou ela, olhando para a calça jeans. — Foi por isso que eu trouxe uma muda de roupa?

— Foi. Achei que a gente podia se molhar um pouco. — Ele estendeu a mão para ela. — Vem comigo? — As palavras pareciam pesadas, cheias de perguntas não feitas. Mesmo assim, ela pegou a mão dele, enchendo o coração de Gray de calor. Com um sorriso, ele a levantou até ela estar nos seus braços, as pernas envolvendo sua cintura, os braços ao redor do seu pescoço, e a carregou até a água, adorando o modo como ela ria no seu ouvido.

Ele não parou para tirar a roupa, por mais que fossem caras. Ele não se importava com as meias nem com o jeans de grife que a stylist tinha comprado por um valor alto demais. Em vez disso, tirou os sapatos e entrou com dificuldade na água, segurando a mulher desejada nos braços, se encolhendo quando a água fria ensopou o jeans.

— A gente não devia ter tirado a roupa? — perguntou ela.

— É. — A voz dele estava rouca. — Podemos fazer isso agora.

— Onde a gente vai colocar as roupas?

— Elas vão ser levadas até a orla. — Ele deu de ombros. — Mas não sei se vai dar pra salvar. — Como se quisesse demonstrar, ele tirou a sandália dela e a jogou na areia.

Ele olhou para onde o garçom ainda estava parado.

— Vamos comer daqui a uma hora.

O garçom assentiu.

— Como quiser, senhor. Volto daqui a uma hora. — Ele se virou e foi embora.

Logo ficaram apenas os dois e o mar. Ele soltou Maddie com delicadeza e tirou a camiseta, respirando fundo quando as gotas d'água bateram no seu peito nu. Ele a enrolou formando uma bola e a jogou para a areia onde ela caiu com um baque.

— Ponto — disse ele, baixinho.

— Não molha a sua mão — disse Maddie, apontando com a cabeça para a palma esquerda dele.

— Nem em sonho. — Ele piscou.

Maddie sorriu e tirou o vestido, revelando um sutiã de renda marfim que mal cobria seus seios. Ela fez igual a ele, mas sua mira era pior, e o vestido caiu na maré.

Antes que ele tirasse a calça, ela estava mergulhando na água. Ele observou enquanto as ondas se aproximavam, antes de ela emergir de novo, nadando em direção às ondas.

— Vem — chamou ela.

Ele sorriu e abriu o zíper da calça ensopada, tendo que puxá-la para tirá-la das pernas. Ele andou pela água, diminuindo a distância entre os dois com passadas fortes e seguras.

Segurando a cintura dela com mão boa, ele a puxou para si. A água estava na altura do peito, e ele sentiu que Maddie flutuava enquanto encostava o corpo no dele. E é óbvio que ele teve uma grande ereção quando o peito dela encostou no dele. Os braços dela se curvaram no pescoço dele para se estabilizar e ele segurou o rosto dela com a mão livre e machucada.

— Você é linda — sussurrou ele, roçando os lábios pelo pescoço dela e sentindo o gosto do sal. O cabelo dela estava molhado, afastado do rosto. Ela arqueou as costas, e ele enterrou o rosto no peito dela, puxando o mamilo com os lábios. Ela abriu o sutiã, jogando-o na água.

— Eu nunca mais vou ver iss... ah... — Ele a chupou de novo, a língua batendo na carne sensível, e sentiu as pernas dela se apertarem ao redor dele. — Gray — sussurrou ela.

— Sim?

— Eu não tenho... a gente não tem proteção. — Ela ofegou quando ele foi para o outro seio. — Camisinha, quero dizer.

Ele riu.

— Acho que vamos ter que parar antes de ficarmos loucos demais.

Mas ele ainda não estava pronto; nem perto disso. Não quando ela estava se esfregando nele cada vez que sua língua a lambia, a água fazendo-a subir e descer delicadamente enquanto ia e vinha. Ela deslizou nele até seu centro estar colado na dureza dele, baixando a cabeça para encontrar os seus lábios. Ela estava pendurada nele, e o corpo roçava naturalmente no dele.

Eles realmente não tinham proteção, mas ele queria que ela gozasse. E, quando ela gozou, ele a observou. A cabeça inclinada para trás e a boca aberta com um grito pela metade, os braços e as pernas agarrados a ele como se nunca quisesse soltá-lo.

Meu Deus, como ela era linda. Ele estava determinado a ficar com ela. Não importava o preço a pagar.

— Tem uma coisa que eu queria te pedir — disse Gray, deixando os talheres no prato vazio diante dele. Os dois tinham acabado de comer um prato incrível de caranguejo com risoto e uma salada verde. Maddie ainda sentia o sabor do molho delicioso na língua.

— O quê? — perguntou ela, olhando para ele. A lua estava alta no céu, iluminando o rosto dele, destacando as maçãs do rosto salientes e o maxilar pontudo.

— Quero que você vá até Los Angeles comigo. Pra se encontrar com a minha RP.

Ela piscou.

— Quando? Por quê?

— Porque, como eu já te disse, não quero que esse seja o fim. Estou me apaixonando por você, Maddie. Nossa, acho que eu me apaixonei faz umas três semanas. Mas eu tenho que voltar pra Los Angeles pra gravar o meu álbum, depois vou ter que fazer uma turnê pra promover o disco. Isso significa que vou estar de volta aos palcos e, se eu vou estar lá, você também vai estar. — Ele engoliu em seco. — Se você quiser estar comigo, claro.

A respiração dela ficou presa na garganta.

— Claro que eu quero.

— Você não parece tão segura.

— Só estou com medo — admitiu ela, baixando o olhar para o prato vazio.

— Qual é o motivo do medo? — perguntou ele. — Vou estar com você em todas as etapas. Não vou deixar nada acontecer com você.

O peito dela estava tão apertado que parecia que o coração estava sendo empurrado para a garganta.

— Tenho medo de não ser boa o suficiente pra você — disse ela.

Gray estremeceu.

— Por que você acha isso?

— Só estou sendo sincera. — Ela deu de ombros. — Olha pra você e depois olha pra mim. Nossos mundos são muito diferentes. E, quando as pessoas me virem do seu lado, vão ver a mesma coisa que eu vejo. Elas vão falar que o seu padrão de exigência caiu. Que sou uma âncora te puxando pra baixo. Não quero isso pra você — disse ela baixinho. — Nem pra mim.

Ele franziu a testa.

— Quem foi que te tratou tão mal a ponto de você não se ver da maneira que todo mundo vê? — perguntou ele. — Porque você é maluca. Olha só pra você. Você é linda, engraçada e canta e toca piano como um anjo. Se alguém está com o padrão de exigência baixo, esse alguém é você.

Os olhos dela ardiam com as lágrimas.

— Tem coisas sobre mim que você não sabe.

— Então me conta — encorajou ele.

O lábio dela tremeu. Ele contornou a mesa e se ajoelhou ao lado dela, os olhos acolhedores encontrando os dela.

— Não tem nada que você possa dizer que vai me fazer deixar de te querer, Maddie. Você não percebe o que eu sinto por você?

— Eu...

— Eu te amo, Maddie. Eu sei que parece loucura. São só algumas semanas, e você é irmã da Ashleigh, e tem um monte de coisa contra nós. Mas toda vez que eu fecho os olhos você está ali. Eu acordo sorrindo toda manhã porque sei que vou falar com você. E, quando eu te abraço, parece que tudo está certo pela primeira vez desde sempre. Desde que a minha mãe morreu, acho. Você preenche um buraco no meu coração que eu não queria admitir que estava lá. Então me conta o que está te angustiando porque eu nunca quero te ver chorar.

Ele a puxou para si até a cabeça dela estar apoiada no seu ombro. Ela inspirou de um jeito irregular, as lágrimas escorrendo dos olhos. Ele a amava. As palavras dele a preencheram. E ainda havia tanta coisa que ele não sabia sobre ela.

— Você já ouviu falar de Brad Rickson? — perguntou ela, os lábios encostados na camisa limpa dele.

Ele beijou o cabelo molhado dela.

— Não. Quem é? Seu ex?

Ai, meu Deus. Ai, meu Deus. *Ai, meu Deus.* Ela fechou os olhos com força.

— Ele estudou na Ansell na mesma época que eu. A gente namorou por um tempo. E ele acabou de assinar um contrato com a sua gravadora.

— É mesmo? — A voz de Gray estava desconfiada. Quando ela abriu os olhos de novo, os dele estavam grudados no rosto dela.

— É. Eu preciso te lembrar de quem eu era antes de ir pra Ansell — disse Maddie, se obrigando a encontrar o olhar dele. — Eu era uma criança. Uma criança protegida. A única vez que fui a Nova York foi pra minha entrevista para a seleção da faculdade, e eu não tive tempo pra ficar por lá. Eu era a definição da garota de cidade pequena que vive no mundo de uma cidade pequena.

— Não tem nada pequeno em você. — A voz dele estava rouca.

Uma sombra de sorriso passou pelos lábios dela.

— Acho que eu me sentia pequena. Parte disso foi por ter crescido nas sombras da Ashleigh. Eu sempre fui a *irmã da Ashleigh Clark,* sabe? Só que eu não era tão bonita nem tão popular.

— Você quer que eu diga o quanto você é mais bonita do que ela? — perguntou ele, passando as mãos no cabelo dela. — Ou posso te mostrar? — Ele roçou os lábios nos dela.

Ela soltou um suspiro.

— Espera. Deixa eu te contar, depois você pode decidir o que pensar de mim.

O rosto dele estava sério quando ele se afastou, como se entendesse a gravidade do que ela precisava dizer. Os olhos dele estavam sombrios, a boca formava uma linha fina. Isso fez o peito dela se contrair.

— Quando eu cheguei na Ansell, foi a primeira vez na minha vida que as pessoas não me comparavam com a Ashleigh — disse ela baixinho. — E era bom. Muito bom. Eu me senti mais forte, mais madura, como se as pessoas finalmente estivessem gostando de mim por quem eu era. — Ela mordeu o lábio. — E foi aí que entrou o Brad.

— Ele te viu como você era?

A voz dela ficou entalada.

— Eu achava que sim. Ele era dois anos mais velho. Tinha passado uns anos fazendo shows e tocando em bandas pra ganhar o dinheiro da mensalidade para pagar a faculdade, e aquela diferença de idade era enorme pra mim. Ele estava morando em Nova York já fazia uns anos. Ele tocava em bares à noite e tinha um enorme grupo de amigos que pareciam sofisticados. — Ela engoliu em seco. — Então, quando ele começou a falar comigo nos corredores, eu me senti especial.

Pelo canto do olho, ela viu as mãos de Gray se fechando em punhos. Como se ele soubesse o que estava por vir. Mas ele não disse nada e manteve a expressão neutra.

— Ele foi o meu primeiro — disse ela. — Eu nunca tinha namorado. Em nossa primeira noite, ele foi gentil e delicado e, quando eu acordei na manhã seguinte, eu já estava pensando em pedir pra ele vir comigo pra casa no feriado da primavera, pra eu apresentá-lo à minha família.

— Ele veio com você?

Ela balançou a cabeça.

— Disse que estava muito ocupado e tinha que ficar em Nova York. — Ela deu de ombros. — Mas acho que a verdade era que ele não queria vir. Então eu vim pra casa e passei a semana toda sonhando com ele, antes de voltar e me jogar nos braços dele. Àquela altura eu estava dormindo na casa dele a maioria das noites. Eu costumava vê-lo tocar num bar ou o encontrava numa boate com os amigos dele. Acho que eu estava me esforçando muito pra fazer parte do grupo dele, embora ainda tivesse aquela sensação incômoda de não me encaixar. Especialmente com as garotas. Elas pareciam meio fora de alcance, como se não quisessem se envolver comigo. — Ela afastou o olhar do dele. — Eu bebi mais do que devia, numa tentativa de me encaixar. E experimentei algumas drogas também.

— Eu sei como é isso.

— Eu sei que você sabe — sussurrou ela. — Talvez por isso eu me sinta tão conectada com você.

— E o que aconteceu entre você e o Brad? O que foi que te obrigou a sair da Ansell?

— Foi uma noite, um pouco antes de o segundo semestre terminar. Àquela altura a gente já estava junto fazia um tempo, ainda que ele nunca tenha me chamado de namorada. Não em público. — Ela mordeu o lábio. Tantos sinais de alerta, mas ela era ingênua demais para vê-los. E estava desesperada demais para ser aceita. — Ele estava cantando com a banda e a bebida estava rolando solta. Uma das garotas que andava com eles me ofereceu um comprimido.

— Que tipo de comprimido?

— O tipo que faz tudo parecer enevoado e bom. Eu estava agitadíssima quando o bar fechou. Quando Brad sugeriu que a garota fosse pra casa com a gente pra tomar mais um drinque, eu concordei, porque não queria que a noite acabasse.

O maxilar de Gray se moveu. Ela viu quando foi para um lado e para o outro.

— A gente bebeu mais quando voltou pra casa do Brad. Tequila, eu acho. Ele pôs uma música pra tocar, estava encantador como sempre. E aí ele começou a beijar a outra garota. — Ela lambeu os lábios secos. — E me mandou beijá-la também.

— Você beijou?

— Beijei. Mas não gostei. E comecei a ficar angustiada. — Ela baixou o olhar para as mãos. — Você deve estar me achando uma puritana.

— Eu não acho isso de jeito nenhum. Eu sei que você não é. Mas eu nunca ia querer te dividir com mais ninguém.

— Eu comecei a ficar histérica. E o acusei de me trair. Brad tentou me acalmar. Ele me levou pro quarto e me beijou. Me disse que eu era a número um e que ele nunca ia querer que eu fizesse alguma coisa que não queria. Ele sugeriu que eu me preparasse pra dormir enquanto ele se livrava da garota. E foi isso que eu fiz. Tomei um banho porque me sentia estranha, depois deitei na cama e fiquei esperando por ele. Em algum momento eu devo ter caído no sono.

— Ele foi pra cama com você? — perguntou Gray.

Ela assentiu.

— Foi. Ela também.

A sobrancelha de Gray se ergueu.

— Ele te obrigou? — perguntou ele, com os dentes trincados. — Ele te obrigou a fazer um ménage?

— Não. — A voz dela ficou entalada. — Eu acordei com as cobertas emboladas nos meus pés. E eles estavam transando do meu lado enquanto eu estava dormindo. No início, eu fiquei muito confusa. Ainda tonta por causa da bebida e das drogas. Tentei falar alguma coisa, mas as palavras não saíam. — Ela tensionou os lábios. — Tentei me mexer, fazer qualquer coisa, mas era como se o meu corpo todo estivesse pesado. Acho que eu tive sorte por ele não demorar pra terminar.

— Filho da puta. — Gray cuspiu as palavras.

— Isso não foi o pior. — Ela levou o olhar até o dele.

Ele franziu a testa.

— O que mais ele fez? Ele te estuprou?

— Não.

— Ainda bem, porra. Mas eu ainda quero matar esse cara.

— Ele filmou. A coisa toda. Eles transando do meu lado enquanto eu estava dormindo. Minha reação quando acordei. Tudo. — Ela expirou devagar. — Mas eu só fiquei sabendo disso quando cheguei na faculdade no dia seguinte.

— O que aconteceu? — Ele a puxou para si.

Ela lutou contra a vontade de se afastar, de correr, de se esconder. Queria se encolher e formar uma bola e bloquear tudo aquilo de novo, como tinha feito durante tantos anos. Esquecer a crueldade que tinha testemunhado. A dor que disparara por ela ao perceber que ele não sentia o mesmo que ela.

Esquecer como as pessoas *riram*.

— Maddie?

Ela piscou e saiu dos pensamentos.

— Foi tudo uma brincadeira. Uma aposta. Alguns caras eram membros de um clube idiota. Uns tinham que tirar dinheiro das pessoas. Outros tinham que enfrentar seus piores medos. E o Brad... — Ela inspirou, trêmula. — O Brad tinha que humilhar uma virgem.

— Meu Deus, Maddie.

— Ele postou o vídeo em um site pornô. Depois imprimiu panfletos com uma foto minha e o endereço do site. Virei motivo de piada em poucas horas. Pra todo lugar que eu ia, as pessoas estavam vendo o vídeo em que eu dormia enquanto eles transavam.

— Você denunciou?

— Pro reitor? — perguntou ela. — Não. Não no início. Mas a Ashleigh entrou em contato com eles assim que eu contei pra ela.

— Eu estava falando da polícia.

Ela balançou a cabeça.

— O reitor queria chamar a polícia, mas eu... — a voz dela se partiu. — Eu não consegui. — Ela piscou para afastar as lágrimas. — Era humilhante demais. Não aguentei ficar mais em Nova York. A Ashleigh foi me buscar no instante em que eu liguei pra ela e me levou pra casa, embora ela quisesse que eu ficasse e lutasse por mim mesma. — Ela tensionou os lábios. — Ela me salvou. — E agora elas nem estavam se falando. Seu coração doeu com esse pensamento.

— Ele escapou — murmurou Gray. — E agora ele tem um contrato com uma gravadora e você está aqui... — O maxilar dele estava tenso, os olhos irados. Maddie curvou os dedos no bíceps dele.

— Está tudo bem — sussurrou ela.

— Não está não. Eu quero matar esse desgraçado. — Os olhos dele sondaram os dela. — Só de pensar nele tocando em você. Te magoando. Esse canalha merece ser destruído por tentar estragar a sua vida.

— Já passou — disse ela. — Eu já superei. E o fato é que, mesmo que ele nunca tivesse feito nada comigo e eu tivesse ficado na Ansell, eu provavelmente teria voltado pra casa depois de me formar. Minha mãe está aqui, além da Ashleigh e da família dela. Eu gosto da minha vida.

— Eu tenho contatos. Posso acabar com ele.

— Não. — A voz dela estava firme. — Não quero que você se envolva. Como eu disse, já passou. Acabou. Eu só quero seguir em frente. — Ela se ajeitou na cadeira. — Mas você consegue ver agora por que não ia dar certo?

— Não. — Ele balançou a cabeça. — Não vejo nada disso. Não sou como aquele babaca. Eu nunca te magoaria desse jeito. Quero te proteger, Maddie. Quero que você fique comigo. Não quero te ver chorar assim. — Ele secou as lágrimas do rosto dela.

— Mas você não pode. Você é famoso, está sempre nas notícias. E eu não posso... — a voz dela falhou. — Não posso fazer isso com você. Já fui assunto de fofoca, e não consigo aguentar.

Ele segurou o queixo dela com a palma, levantando o seu rosto até estar diretamente diante do dele. Ela se viu refletida nas profundezas dos olhos dele.

— Maddie — sussurrou ele. — Você é linda demais. Desde que você entrou na minha vida... — Ele sorriu. — ... ou pulou pra dentro dela, as coisas nunca mais foram iguais. Eu nunca mais vou ser o mesmo. Eu só consigo pensar em você. Seu nome é o que aparece nos meus lábios quando eu caio no sono e, quando acordo, ainda está lá. Estou preparado pra fazer tudo que for necessário pra isso dar certo. É só você falar.

As palavras dele a deixaram sem fôlego. Ela queria acreditar nele, queria muito. E, sim, ela sabia que ele não era como Brad. Ele era um cara legal. Tinha passado tempo suficiente perto dele pra saber disso.

— Estou com medo — repetiu ela.

— Não tem motivo nenhum pra você ter medo. Eu tenho uma RP excelente que vai nos ajudar com tudo. Podemos ser só nós. Você vai de avião pra Los Angeles. Eu venho de avião pra cá. A gente pode fazer isso dar certo, se a gente quiser de verdade.

O coração dela estava martelando no peito. Não só com as lembranças da sua humilhação, mas por causa da expressão no rosto dele. Havia carência ali, e talvez um pouquinho de amor também. Mais do que tudo, ele parecia vulnerável, e isso tocou a alma dela.

— Eu quero tentar — sussurrou ela, e ele fechou os olhos por um instante. Quando os abriu de novo, um sorriso largo apareceu nos seus lábios.

— Graças a Deus — disse ele. Gray a beijou como se ela fosse o ar que ele precisava respirar, fazendo-o ficar sem fôlego quando se afastava. — Porque eu não consigo me imaginar sem você. Vou ligar pro Marco e pra minha RP de manhã e avisar a eles. Prometo que vai dar tudo certo.

Maddie suspirou nos lábios dele, sendo tomada por uma onda de alívio. Ele sabia e não a rejeitou. Talvez ele estivesse certo. No fim das contas, as coisas podiam dar certo.

25

Gray estava apaixonado por Madison Clark. Não tinha nenhuma dúvida disso. Ele já a amava antes daquela noite, mas saber das coisas com as quais ela havia lidado em Nova York o fez admirá-la ainda mais. Sim, boatos sobre ele já tinham sido impressos e ele já tinha feito coisas idiotas que acabaram nas manchetes do tipo errado de jornal. Mas ele também tinha uma RP para resolver isso e fãs que fariam qualquer coisa para demonstrar que o apoiavam.

Mas Maddie... Ele morria só de pensar nela tão sozinha e violada. Em alguém como Brad Rickson usando-a como uma piada. Sem se importar com a mágoa que tinha provocado.

Gray segurou a mão dela durante toda a viagem de volta no helicóptero, depois manteve o corpo dela perto do dele no banco traseiro do carro que os levou para casa, onde estavam naquele momento. O motorista estava olhando determinado para a frente quando Gray passou o dedo no rosto de Maddie e se inclinou para beijá-la de novo, e os lábios dela estavam salgados por causa das lágrimas secas.

— Posso entrar com você? — perguntou ele, apontando com a cabeça para o bangalô.

— Minha mãe está aí — disse Maddie, com os olhos arregalados.

— É, eu sei. Mas não quero te deixar hoje. — Ele esperou que ela fosse negar, mas seus olhos encontraram os dele e ela fez que sim com a cabeça.

— Tudo bem. Mas deixa eu entrar primeiro e ver se ela está dormindo.

— Ela abriu a porta do passageiro, depois se inclinou para a frente para agradecer ao motorista.

Um sorriso curvou a boca de Gray. Ela era educada o tempo todo. Menos com ele. E ele adorava isso nela. Dois minutos depois, ele viu a janela do quarto dela se abrir. Ela se inclinou para fora e o chamou. Mesmo do banco traseiro, ele viu o sorriso do motorista.

— Eu fico aqui. Obrigado por dirigir pra gente — disse Gray.

— Foi um prazer. Espero que o senhor aproveite o resto da noite.

Gray olhou para o relógio no painel. Eram 3h15 da manhã.

— Pode deixar.

— Espero que a srta. Clark também aproveite. Ela é uma jovem adorável.

— É — disse Gray, com a garganta áspera. — Ela é mesmo.

Ele saltou do carro e o viu se afastando, depois foi até onde Maddie estava esperando por ele, na janela.

— Você quer que eu pule? — perguntou ele. — Ou vai me deixar entrar pela porta da frente?

Ela deu de ombros e recuou, puxando a cortina.

— Pula. Por que romper hábitos tão antigos?

Ele fez o que ela mandou, usando a mão boa para escalar o peitoril baixo, e seus pés pousaram no carpete bege macio do quarto. Ela havia tirado os sapatos e estava descalça. Ele viu alguns grãos de areia grudados na pele dela. Maddie levantou a mão para tocar no próprio cabelo, ondulado e salgado pela água do mar.

— Eu devia tomar um banho antes de ir deitar.

— Fica assim. Eu gosto de você suja.

Ela revirou os olhos. Era como se a velha Maddie petulante tivesse voltado, e ele gostava disso. Ele também gostava da vulnerabilidade dela. Meu Deus, ele gostava de tudo nela. Era uma loucura como ele tinha se apaixonado tão rapidamente.

Ele a observou vestindo o short e a blusa do pijama e passando uma escova nos cachos densos, fazendo cara de dor quando pegava uns nós.

— Não tenho nada pra você vestir — disse ela. — A menos que você caiba nos meus pijamas.

Ele olhou para o próprio corpo. Trinta centímetros mais alto e pelo menos trinta quilos mais pesado que Maddie.

— Não era assim que eu estava planejando entrar no seu pijama.

Ela puxou o lençol e apontou para o colchão.

— Entra aí.

— Espera. — Ele tirou os sapatos, depois a calça e, por fim, a camiseta antes de se deitar na cama pequena só de cueca. Ela o seguiu, as pernas quentes roçando nas dele. Não havia espaço suficiente para os dois não se roçarem. Ele se virou de lado e estendeu o braço para que ela se aninhasse.

— Só pra você saber, nada de sexo aqui — disse ela.

— Não? — Ele sorriu.

— Não. Esta cama não foi batizada e eu gostaria que ela continuasse assim. — Ela olhou para ele através dos cílios grossos. — Você é o primeiro cara que vem aqui.

— Quando você diz essas coisas, meu corpo entende como um desafio. — Ele pegou a mão dela e a deslizou entre as próprias coxas. — Está vendo?

Ela curvou os dedos ao redor dele, fazendo-o gemer.

— Maddie...

— Sua força de vontade é fraca — sussurrou ela.

— É. É mesmo. — Ele virou a cabeça no travesseiro. — A sua é forte?

— Como uma fortaleza.

Ele passou um dedo da garganta até o peito dela.

— Sério?

A respiração dela ficou presa quando ele chegou à parte macia do peito dela.

— É.

Com a ponta do dedo, ele traçou o seio dela, descendo até o abdome e continuando até chegar às coxas nuas.

— Então, se eu fizesse isso — sussurrou ele, deslizando a mão entre a parte interna das coxas dela —, você não iria abrir.

Ela riu porque já tinha aberto.

— É só um reflexo.

— É. Foi o que eu pensei. — Ele subiu a mão até estar a um centímetro do ponto mais sensível dela. — Então a sua mente tem força de vontade, mas o seu corpo não tem.

Com um toque muito suave, ele roçou o polegar nela. Maddie ofegou e inclinou a cabeça para trás. Seus olhos se suavizaram quando encontraram os dele, e Gray percebeu o quanto queria aquilo. *Queria ela.*

— Maddie — sussurrou ele, levando os lábios à garganta dela. — Se você não quiser, eu paro.

Ele era um cavalheiro. Sabia separar o certo do errado. Mas, acima de tudo, ele sabia como era importante para ela poder dizer sim ou não. Que seus desejos fossem ouvidos. Depois de tudo que ela havia passado, o consentimento era tudo.

— Só me toque — sussurrou ela. — Mais nada.

Ele sorriu.

— Eu posso viver com isso. — E deslizou os dedos sob o tecido macio do short dela, engolindo um gemido quando roçou no calor dela. Meu Deus, como ele a desejava. De qualquer maneira que ele pudesse. O polegar tocou uma parte dela que a fez arquear o corpo em reação, a pele esquentar e os olhos se arregalarem. Ele nunca se cansaria disso. Nunca se cansaria dela.

Ele a amava. E esse era o pensamento mais assustador e mais lindo do mundo.

— Ai, merda! — Os olhos de Maddie se arregalaram quando ela percebeu que já era de manhã e Gray ainda estava deitado ao lado dela na cama. A pele dela estava quente por ter ficado colada nele a noite toda, o cabelo estava uma bagunça de ter ficado se virando de um lado para o outro ao lado dele. Como ele havia prometido, os dois não foram além dos toques.

Ela não sabia que o toque podia ser tão excitante.

— Gray — sussurrou ela, sacudindo o ombro dele.

— Hum? — Ele abriu um olho e depois o fechou de novo. Ela levou trinta segundos para perceber que ele não tinha acordado.

— Gray — disse ela mais alto, com o rosto perto do dele. Dessa vez os dois olhos se abriram. Um sorriso lento e sexy se formou nos lábios dele quando a puxou para perto de seu peito quente e firme.

— Bom dia, minha linda.

— A gente dormiu demais. E a minha mãe já acordou — sussurrou Maddie. Ela ouviu a cadeira de rodas da mãe andando pela cozinha. — Você precisa ir embora.

Ele piscou.

— Ela sabe de nós, certo?

— Sabe. E não está feliz com as discussões entre mim e Ashleigh por sua causa.

Ele se sentou, e ela se esforçou muito para não olhar para as dobras do peito dele nem para os desenhos que o enfeitavam lindamente.

— Então parece que é uma boa hora pra jogar um charme.

— Agora? — Ela ficou boquiaberta.

— Por que não? — Ele pôs o dedo sob o queixo dela e fechou sua boca. — E depois a gente devia ir pra casa da minha família. Tomar café com eles.

— Depois disso, por que a gente não paga um anúncio na *Rock Magazine?* — provocou ela. — Só pra garantir que ninguém vai perder a notícia.

Ele sorriu.

— Boa ideia. Vou ligar pra minha RP.

— Gray! — Ela riu. — Para com isso. — Ela saiu da cama, vendo o próprio reflexo no espelho. — Credo, não posso encontrar a sua família assim. Estou horrível.

— Eles já conhecem a sua aparência — observou ele. — E você está incrível como sempre.

— É, eles conhecem a minha aparência. Mas só como Maddie, amiga e garçonete. Eles vão me olhar de um jeito diferente agora que sabem de nós. — Ela mordeu os lábios.

— A tia Gina e a Becca te adoram. Não precisa se preocupar com isso.

— Mas e o seu pai? — Ela lançou um olhar preocupado para ele.

— Ele vai estar ocupado demais me julgando pra se preocupar com você.

Embora ele tivesse dito isso com indiferença, havia uma tensão na voz dele. E ela conhecia muito bem essa sensação. De não se sentir bom o suficiente.

— Tudo bem — disse ela, respirando fundo. — Vamos fazer o circo todo. Mas me deixa tomar banho e passar uma maquiagem antes, tá bom?

Vinte minutos depois, Maddie entrou na cozinha. A mãe dela estava à mesa, debruçada sobre as palavras cruzadas. Ela levantou o olhar quando ouviu Maddie, deixando a caneta em cima do jornal.

— Bom dia.

— Oi, mãe. Eu... hum... a gente voltou tarde, então o Gray dormiu aqui. — As últimas palavras saíram apressadas, tropeçando umas nas outras.

— Oi, Gray — disse a mãe, com a expressão perigosamente neutra. — Como você está?

— Estou bem, obrigado, Sra. Clark. Como a senhora está?

— Estou muito bem. Apesar da briga de gato entre as minhas filhas. — Ela lançou um sorriso torto para ele. — Espero que você ajude a Maddie a acalmar as coisas. Quer café? Tem um pouco no bule.

— Na verdade, mãe, nós vamos tomar café na casa do Gray — disse Maddie. — Mas eu posso fazer alguma coisa pra você comer antes.

— Eu consigo fazer a minha própria torrada — disse ela, incisiva. — Não precisa se preocupar comigo.

— Tudo bem, então. — Ainda parecia estranho. Ficar em pé naquela cozinha ao lado de Gray Hartson. Maddie sentia o calor dele atrás dela. — Acho que a gente se vê mais tarde.

— Sim, senhora. — A mãe pegou a caneta e bateu nos lábios. Assim que Maddie se virou para sair, seus olhos encontrando os de Gray, a mãe falou de novo. — Ah, Gray, posso ter uma palavrinha com você? Em particular?

— Sério, mãe? — Maddie soltou um suspiro.

— Tudo bem. — Gray piscou para ela. — Claro. O que houve, Sra. Clark?

— Pode me chamar de Jenny — Maddie ouviu a mãe dizer enquanto saía para o corredor e, relutante, fechava a porta.

Ela devia se sentir aliviada. Afinal, eles tinham dado o primeiro passo. Mas não conseguiu evitar o sentimento de que eles ainda tinham cem degraus para escalar.

— Você está bem? — perguntou Gray quando os dois chegaram à casa dele. Maddie os levou no próprio carro. Ainda faltavam algumas horas até o turno dela na lanchonete, mas ela se sentia melhor com o carro ali. Meio que uma rota de escape. Só para o caso de precisar.

— O que foi que a minha mãe te falou? — perguntou ela enquanto os dois saíam do carro. Ele parecia tão à vontade quando passou o braço ao redor dela e a puxou para si. Enquanto eles seguiam pelo caminho até a casa do pai, ele olhou para ela.

— Ela me lembrou que, por baixo de todas essas gracinhas, você tem um coração frágil.

— Espero que você tenha dito a ela que eu não tenho coração. — Ela balançou a cabeça. Era a cara da mãe dela dizer uma coisa dessas.

— E eu respondi que o seu coração frágil é um dos motivos pra eu gostar de você. — Ele sorriu. — Além das suas gracinhas. — Ele a conduziu até os fundos da casa.

— Pra onde a gente vai?

— Você é da família. Vamos entrar pela porta dos fundos.

O café da manhã estava rolando na casa dos Hartson. Através do vidro brilhante, Maddie viu Becca segurando uma fatia de torrada e gesticulando como louca com a torrada na mão. Tia Gina estava dizendo alguma coisa para ela com um sorriso irritado no rosto. E o pai de Gray estava observando as duas em silêncio, os olhos suaves enquanto as duas mulheres continuavam falando.

— Pronta? — perguntou Gray.

— E se eu disser que não? — Ela sorriu para ele.

— Vou te lembrar que eu tive que fazer isso primeiro. E até concordei em conversar com a sua mãe em particular.

— Certo, estou pronta. Mas não me deixa sozinha com eles.

— Eu não estava planejando te deixar sozinha. — Ele piscou e abriu a porta.

Três pares de olhos olharam para os dois quando eles entraram na cozinha. Os da tia Gina estavam cheios de curiosidade. Os de Becca estavam arregalados de empolgação. E os do sr. Hartson? Pareciam... desconfiados.

— Bom dia — disse Gray, com a voz tranquila enquanto entrava. — Eu trouxe a Maddie pra tomar café da manhã. Espero que esteja tudo bem.

Tia Gina foi a primeira a se recuperar. Ela se levantou e deu um sorriso largo.

— Claro que está tudo bem. A Maddie sempre é bem-vinda aqui. Entra. Vou pegar o café.

Os olhos de Becca ainda estavam reluzindo.

— Pode sentar aqui — disse ela, dando um tapinha na cadeira ao lado. — E a gente pode ouvir o Gray nos contar por que ele passou a noite fora.

— Becca — disse tia Gina. Não era uma pergunta e sim um alerta.

— Ei, eu fiquei preocupada com ele — protestou ela, com um sorriso travesso iluminando o rosto.

— Eu levei a Maddie pra um programa.

Becca se virou na cadeira para olhar para os dois.

— Então vocês estão mesmo namorando? — perguntou ela, se virando para Maddie. — A tia Gina me contou, mas eu não acreditei. E fazer o Gray se abrir sobre qualquer assunto é tipo tentar quebrar uma pedra.

— Cala a boca — disse Gray, se sentando ao lado de Maddie. Ele pôs o braço no encosto da cadeira dela. — Nós estamos namorando, está feliz?

— Ai, meu Deus! — disse Becca, se aproximando para abraçar Maddie. — Isso é incrível. Eu nunca achei que vocês dois iam namorar, depois que a Ash... — ela deixou a frase morrer, como se tivesse pensado melhor. — Isso significa que você vai vir pra casa com mais frequência? — perguntou ela a Gray.

— Ainda estamos resolvendo as coisas.

— Eu sempre quis uma irmã — disse Becca a Maddie. — Você não sabe o pesadelo que é ter quatro irmãos.

— Posso imaginar — disse Maddie, com a voz sem emoção.

— Toda a testosterona e as brigas. E as namoradas. — Becca revirou os olhos. — Tirando a companhia atual, claro. Ser irmã dos quatro Irmãos Heartbreak é um tipo de inferno especial. Devo ter feito alguma coisa muito ruim na minha vida anterior.

— Você fez algumas coisas ruins *nesta* vida — observou a tia Gina. — Agora vamos parar com o interrogatório e deixar a nossa convidada tomar o café. Maddie, quer ovos e bacon? — perguntou ela, se levantando para pegar a comida.

— Parece ótimo — disse Maddie, agradecida, consciente de que Becca ainda estava encarando Gray e ela.

— Também quero bacon — disse Gray, levantando o prato.

— Você pode se servir, rapazinho — disse tia Gina, balançando a cabeça. — Você não é convidado e ainda tem uma mão boa. A menos que essa fique machucada, não pretendo ser sua garçonete. — Ela suspirou alto. — Maddie, querida, quer um pouco de suco de laranja?

— Sim, por favor. — Maddie engoliu um sorriso pela maneira como a tia e a irmã de Gray o tratavam. Ele não parecia nem um pouco intimidado. A única pessoa que não disse uma palavra foi o pai dele, que observava todos com muita atenção.

26

—Já leu? — perguntou Marco por telefone alguns dias depois. Gray estava sentado à mesa da sala de jantar, com o exemplar daquele mês da *Rock Magazine* aberto na frente dele. Um mensageiro tinha levado naquela manhã, batendo na porta vinte minutos antes e depositando o envelope grosso na mão de Gray. Ele a levara na mesma hora para a cozinha, que estava vazia, felizmente, e a abrira, folheando as páginas até encontrar a que tinha a fotografia dele.

— É, já li.
— E a Maddie?
— Ainda não. Ela está trabalhando. Irei buscá-la e mostrar a ela. — Ele folheou as páginas brilhosas mais uma vez. — Não é tão ruim. Ela sabia que eles iam falar alguma coisa sobre a época dela na Ansell. Na verdade, ela foi retratada de maneira mais leve do que eu esperava. Obrigado pela sua ajuda com isso. Agradeço muito.

Alguma coisa apitou. Devia ser o celular de Marco.
— Um minuto, Gray...
— Eu devia ligar pro departamento de publicidade. Eles fizerem um bom trabalho. E você falou com a gravadora sobre o Brad Rickson, né? Falou que eu não quero que ele chegue nem perto de mim? — continuou Gray.

— Falei, sim. Expliquei que ele prejudicou a sua namorada e que você não quer estar no mesmo ambiente que ele, embora você não tenha me dado os detalhes sórdidos. — Marco suspirou. — Mas, Gray...

— Se eu vir esse sujeito, vou dar na cara do canalha. Você sabe disso, né?

— Sei. Mas isso não é importante neste momento. — Marco falou rápido, tentando impedir que Gray o interrompesse de novo. — Acabei de receber uma mensagem. Tem um link pra um vídeo no Twitter. Está viralizando.

— Que vídeo?

— Um vídeo da Maddie quando estava na Ansell. Um vídeo de sexo. Você sabe disso?

Era como se ele tivesse levado um soco na cara. Gray se encolheu fisicamente.

— É nele que o Brad está transando com outra mulher do lado dela? — perguntou ele, com o estômago revirando.

— Parece que sim. Meu Deus, isso não é bom. Por que razão você não me contou isso quando me falou do Brad?

— Porque a Maddie não queria que ninguém soubesse. Era pra ficar no passado. — Gray passou os dedos no cabelo. — Você consegue abafar isso? O Twitter pode apagar?

— Eu posso tentar. Mas vai demorar. E alguém vai postar de novo. Essas coisas são como moscas. Quando você acha que se livrou de uma, aparece outra. — Ele pigarreou. — Vou precisar dar uns telefonemas. Mas deixa o seu celular por perto e eu te aviso do que acontecer.

— Preciso encontrar a Maddie — disse Gray, sentindo o estômago revirar. A ideia daquele vídeo sendo postado ia acabar com ela. Todo mundo ia ver, e ela teria a sensação de que estava sendo violada de novo. — Faz o que você puder pra apagar isso.

— Vou tentar.

Gray não gostou do fato de Marco não parecer muito seguro. Ele tensionou os lábios e guardou o celular no bolso enquanto a irmã descia a escada.

— Becca! — gritou ele, agradecendo a Deus por ser folga dela. — Pode me dar uma carona pra cidade?

Ela desceu a escada cambaleando.

— Claro — disse ela, dando um nó no cabelo. — O que aconteceu, está com sintomas de abstinência de Maddie?

— Não. — Ele virou o celular para ela poder ver a tela. Becca passou os olhos pelos tuítes, arregalando os olhos quando viu o conteúdo.

— Ai, merda — sussurrou ela. — Tadinha da Maddie.

— Isso vai acabar com ela. Quero estar lá quando ela descobrir.

— Tudo bem — disse Becca, pegando a chave no gancho pendurado na parede. — Vamos.

Maddie limpou a mesa que um grupo tinha vagado pouco tempo antes, empilhando os pratos no braço antes de pegar as canecas e os copos, equilibrando-os com cuidado. Ela carregou tudo até a cozinha, usando o traseiro para empurrar as portas de metal, depois os colocou em frente à lava-louças.

— Eles nem tocaram no mingau — resmungou Murphy, raspando os restos para a lata de lixo. — Às vezes, eu não sei por que eu me importo.

— O que está te consumindo? — perguntou ela. — Você está de mau humor o dia todo.

— E você está absurdamente feliz há semanas. O que aconteceu com todas aquelas observações sarcásticas e as gracinhas? — perguntou Murphy.

— Eu odeio gente feliz.

— Não odeia nada.

Ele olhou para ela com as sobrancelhas erguidas.

— Odeio, sim. Então você pode fazer o favor de maneirar com esse sorriso?

Ela nem tinha percebido que estava sorrindo. Isso parecia estar acontecendo com muita frequência. Desde que ela se abrira com Gray na praia e eles se assumiram para a família como casal, ela se sentia leve como uma pluma. Suas bochechas estavam começando a doer.

— Garçonetes felizes fazem bem pros negócios — observou ela. — Estou te fazendo um favor.

— Humpf. — Murphy pôs os pratos na lava-louças. — Na minha experiência, garçonetes felizes pedem demissão. Tem uma correlação certeira.

Num impulso, ela se inclinou para a frente e beijou a bochecha dele. Ela não sabia quem tinha ficado mais surpreso: Murphy ou ela.

— Eu não vou embora — disse ela. — Só estou feliz. Tenta ficar feliz por mim também.

Pegando o spray de limpeza e um pano, ela voltou para o salão da lanchonete para passar na mesa. Um grupo de garotas estava olhando para o celular e dando risadinhas de alguma coisa. Ela bateu na calça jeans para encontrar o próprio celular e percebeu que o tinha deixado no bolso do casaco, pendurado na cozinha.

A porta se abriu, o sino tocou, e Jessica Martin entrou com outras mulheres maquiadas.

— Peguem uma mesa e eu já levo os cardápios — avisou Maddie.

— Na verdade, Maddie — disse Jessica, indo até o balcão. — Eu só vim saber se você está bem.

As sobrancelhas de Maddie se uniram.

— Estou bem, obrigada. Como você está? — Ela se perguntou se Ashleigh tinha falado com Jessica.

— Bom, não fui eu que viralizei, então estou ótima. — Jessica sorriu. — Fico feliz por você não deixar isso te incomodar. As pessoas *vão* falar, né?

Quer dizer a notícia sobre ela e Gray tinha se espalhado. Ela sabia que isso ia acontecer.

— Você leu a matéria na revista?

Jessica balançou a cabeça.

— Que matéria na revista? Estou falando daquele vídeo com você e o seu... não sei. Era seu namorado? E a moça, era sua namorada? Eu fico meio alheia morando aqui em Hartson's Creek. Não sei como funciona essa coisa de ménage. — Ela riu. — Você é uma caixinha de surpresas, sabia?

O peito de Maddie parecia apertado. Ela tentava respirar, mas o ar não entrava. A porta se abriu de novo e Gray entrou, logo parecia que todas as pessoas do salão tinham se virado para olhar para ele. E depois para ela.

Os olhos dos dois se encontraram, e ela viu a própria preocupação refletida nas profundezas azuis dele.

— Maddie... — disse ele, engolindo em seco.

— Eu já estou sabendo. — A voz dela estava rouca.

— Oi, Gray. — Jessica sorriu para ele. — Há quanto tempo.

Ele franziu a testa.

— Eu te conheço? — Por um segundo, Maddie queria beijá-lo.

— Sou Jessica Martin. Antes era Jessica Chilton. Você deve lembrar de mim. Eu era líder de torcida. — Ela parecia afrontada.

Ele balançou a cabeça, formando uma ruga na pele entre as sobrancelhas.

— Maddie, preciso falar com você.

— Ah, eu ouvi dizer que vocês dois estavam tendo alguma coisa. Acho que faz sentido, não é? Ela é o tipo de garota que atrai os bad boys. — Jessica deu de ombros. — Eu tinha acabado de dizer à Maddie que ela é uma caixinha de surpresas. Acho que eu nunca conheci ninguém que fez um ménage.

— Judy, né? — perguntou Gray. — Você pode calar a boca e nos deixar em paz?

Ela endireitou a postura.

— Sou uma cliente pagante. Não aceito que falem comigo desse jeito.

— Se você sentar e calar a porra da boca, talvez alguém venha te servir — disse Gray.

Jessica abriu a boca e fechou de novo, balançando a cabeça como se estivesse tentando entender. Ignorando seu protesto silencioso, Gray pegou o braço de Maddie e a conduziu em direção à porta da cozinha.

Murphy levantou o olhar da lava-louças quando eles entraram.

— Ei, nada de clientes aqui.

Maddie puxou o braço do aperto de Gray e pegou o celular no bolso do casaco, abrindo-o rapidamente com o polegar.

— Não precisa olhar. — A voz de Gray estava baixa. — Você vai se sentir pior.

— Eu preciso saber qual é o nível da coisa. — Ela abriu o Twitter, franzindo a testa quando o maldito pássaro pareceu congelar na tela.

— É ruim, Maddie — disse ele baixinho. — Muito ruim. Mas eu estou cuidando de tudo, está bem?

O Twitter finalmente abriu no celular e ela digitou o próprio nome. Quando os resultados apareceram, ela encarou a tela, tentando não chorar.

Nunca, nos seus piores pesadelos, ela havia imaginado estar espalhada pelas redes sociais desse jeito. Ruim não era nem a ponta do iceberg.

Gray viu o rosto de Maddie ficar pálido e os lábios se entreabrirem, sabendo exatamente o que ela estava vendo. Ele já tinha assistido. Só de lembrar sentia vontade de pegar um avião para Los Angeles e arrastar Brad Rickson pelo cabelo pela Hollywood Boulevard. Aquele babaca ia ter o troco.

— Ai, meu Deus, todo mundo vai ver. — A voz de Maddie estava fraca.

— A Jessica vai contar pra algumas pessoas e elas vão contar pra outras e todo mundo na cidade vai saber.

— E, quando eles virem, vão saber que você foi a vítima.

Ela balançou a cabeça.

— Não. Eles vão me ver como motivo de risada. Eu não consigo. Não consigo voltar pro salão e servir os clientes que estão vendo isso. — Ela fechou os olhos com força e uma lágrima escapou. — Eu só... — A voz dela falhou.

Murphy foi até Maddie, lançando um olhar estranho para Gray.

— Maddie? Você está bem?

Ela o encarou, com os olhos brilhando, e balançou a cabeça.

Ele olhou para a tela e franziu a testa.

— É você?

Gray viu que as mãos dela estavam tremendo quando entregou o celular a ele.

— Você provavelmente vai querer que eu vá embora — disse ela. — Eu entendo.

— Você quer ir pra casa? — perguntou Murphy.

— Não, estou dizendo que você vai querer me demitir.

O franzido na testa dele se aprofundou.

— Por que eu iria demitir a minha melhor funcionária?

— Você viu o que é, Murph? — perguntou ela, mostrando o celular de novo. — É um vídeo de sexo. Comigo. E todos os seus clientes vão saber como eu fico sem roupa.

— Maddie...

Ela ofegou em busca de ar, seu peito subindo e descendo rapidamente.

— Eu não consigo lidar com isso. Não consigo. Preciso ir...

— Eu te levo pra casa — disse Gray. — A Becca está esperando lá fora.

— Eu não posso ir pra casa. Minha mãe não sabe. — Ela cobriu a boca com a mão. — Ai, meu Deus, minha mãe vai descobrir.

Ela estava começando a hiperventilar, o ar entrando e saindo em respirações curtas e entrecortadas. Gray estendeu a mão para ela, mas Maddie se encolheu como se a palma da mão dele fosse queimá-la.

Ele se sentiu impotente. E culpado. Porque aquilo era culpa dele. Ela estava vivendo com esse segredo havia anos. Ninguém na cidade sabia o verdadeiro motivo para ela ter abandonado a Ansell. Mas agora, graças a ele, o nome dela estaria na boca de todo mundo.

— Eu fecho a lanchonete — disse Murphy, com a voz baixa. — Vai pra casa, Maddie. Onde você deve estar. — Ele olhou para Gray, depois olhou de novo para ela. — Quer que eu te leve?

— Meu carro está lá fora. Eu dirijo.

— Eu vou com você — disse Gray rapidamente. — A gente pode conversar sobre o que fazer em seguida. Vou avisar a Becca, tudo bem?

A voz de Maddie estava firme, apesar das lágrimas.

— Não. Eu preciso ficar sozinha. — Os braços dela estavam envolvendo o torso, como se ela estivesse se protegendo. Parecia que ela o estava repelindo.

Meu Deus, como ele se sentia inútil. Ele queria fazer alguma coisa. Qualquer coisa para apagar a expressão de sofrimento do rosto dela. Queria puxá-la para os seus braços e protegê-la de tudo.

— Você não devia ficar sozinha — disse Murphy, baixinho. Gray o estava conquistando aos poucos.

Ela pegou o casaco e tirou as chaves do bolso.

— Não posso ficar perto de ninguém agora. Eu só preciso de um tempo pra pensar. — Ela tensionou os lábios num sorriso sério. — Falo com vocês dois mais tarde.

— Tem certeza? — perguntou Gray.

Ela fez que sim com a cabeça e parecia que ela havia enfiado uma faca no seu coração.

— Tenho certeza, sim. — E aí ela saiu pela porta que levava ao estacionamento pavimentado, fechando-a suavemente ao sair.

— Merda — disse Murphy quando ela saiu. — Fazia uns minutos que ela estava me contando que estava feliz. — Ele deu de ombros. — Acho que é melhor a gente fechar a lanchonete.

A primeira coisa que Gray percebeu quando eles saíram da cozinha foi quantas pessoas tinham entrado na lanchonete nos minutos anteriores. A segunda foi uma loira de olhos flamejantes em pé diante do balcão, lançando adagas em chamas na direção dele.

— Ashleigh. — Ele fez um sinal para ela com a cabeça.

— Onde está a Maddie? — perguntou ela, com a voz baixa. — Ela já sabe do vídeo?

— Sabe — sussurrou ele em resposta. Quase todo mundo na lanchonete estava encarando os dois.

— Ela está na cozinha? Preciso falar com ela.

— Ela acabou de sair.

— Pra onde?

— Pra casa, acho. — Gray engoliu em seco.

— E você deixou? — A voz de Ashleigh aumentou. As poucas pessoas que não estavam olhando para eles levantaram a cabeça para encará-los. — Jesus, Gray. Ela deve estar arrasada.

— Ela não me deixou ir junto. Queria ficar sozinha.

— Meu Deus, como você é idiota. — Ela balançou a cabeça. — Isso tudo é culpa sua, sabia?

— Sei, sim. — Ele fechou a mão boa, formando um punho.

— Se você não tivesse voltado pra passear na cidade e feito ela se apaixonar por você, isso nunca teria acontecido. — Ela soltou um suspiro pesado. — Eu prometi a ela que ninguém jamais iria descobrir. — Os olhos dela cintilaram. — Você me transformou numa mentirosa.

— Eu não transformei você em nada — observou ele. — E é isso que importa agora?

Maddie estava apaixonada por ele? Gray deixou esse pensamento num canto para refletir sobre ele mais tarde.

— Não, acho que não.

— Ashleigh. Estou surpresa de ver você aqui. Achei que você e a Maddie não estavam se falando. — Jessica ainda estava ali? Gray pôs as mãos para trás, porque realmente não era educado bater numa mulher.

— Ela é minha irmã, Jessica.

— Não parece. Não depois que ela começou a dormir com o seu ex. Eu mataria a minha irmã se ela fizesse isso. — Jessica se inclinou para a frente e sussurrou de maneira conspiratória. — Você viu o vídeo? É por isso que o Gray gosta dela?

— Quer saber, Jess? — disse Ashleigh, com a voz irritada. — Por que você não vai se foder?

A lanchonete toda ficou em silêncio. O suficiente para Murphy ser ouvido quando gritou para avisar que ia fechar mais cedo.

— O que foi que você disse? — Jessica piscou.

— Você me ouviu. — Ashleigh foi até ela com o peito empinado. Por um instante, era como estar de volta ao ensino médio, vendo as líderes de torcida se provocarem por uma ofensa imaginada.

— Estou do seu lado — sibilou Jessica. — Sua irmã te magoou.

— É, bom, eu não preciso do seu apoio. Nem a Maddie. — Ashleigh se virou para Gray. — Vou procurar a minha irmã. Você vem comigo?

— Vou — respondeu ele. — Vou, sim.

Ela agarrou o braço dele.

— Então vamos.

27

— Carro bacana — disse ele ao entrar no Mercedes prateado de Ashleigh. O interior era impecável, com bancos de couro bege polidos.
— Obrigada. — Ela virou a ignição. — Que tipo de carro você tem?
— Em Los Angeles? Um Prius.
Ela saiu da vaga.
— Nunca pensei que você se preocuparia com o meio ambiente.
— Eu não gosto de piorar as coisas mais que o necessário. — Ele deu de ombros e prendeu o cinto de segurança.
— Não posso acreditar.
Ele ergueu uma sobrancelha.
— Touché.
O celular dele tocou quando ela virou à esquerda na praça, indo para casa, onde Maddie e a mãe moravam.
— Preciso atender. É o meu empresário.
— Claro. Sua carreira sempre vem antes.
Ele revirou os olhos e colocou a ligação no viva-voz.
— Marco.
— Estou aqui na gravadora. E está um caos. Estamos trabalhando numa estratégia pra reduzir o calor da situação.

— Brad Rickson está aí?
— Não. Ele está evitando aparecer, mas eu vi a empresária dele aqui com um dos chefões. Acho que eles não estavam dando uma festa. De qualquer maneira, eu te liguei porque estou com a Angie.
— A RP?
Ashleigh balançou a cabeça.
— É. Ela está fazendo o possível pra apagar o vídeo, mas a notícia já disparou. A gente tem que virar o jogo *agora,* da melhor maneira possível.
— Estou ouvindo.
— O carro dela não está aqui — disse Ashleigh, espiando pelo para-brisa. — Fica aqui, eu vou ver se ela está lá dentro. — Ela desceu do carro e bateu a porta com um baque.
— Tudo bem — Marco continuou falando com Gray. — Vamos marcar uma segunda entrevista com a *Rock Magazine,* mas é claro que só vai sair no mês que vem. Nós precisamos de alguma coisa imediata, então a Angie está ligando pra todos os programas de entrevista na TV. Nossa esperança é que o Dan O'Leary possa te dar um espaço.
— Você quer que eu seja entrevistado? — Ele não podia ficar sentado ali esperando. Com o celular ainda na mão, ele saltou. — Não posso viajar pra Los Angeles, eu preciso ficar aqui.
— Você pode levar a Maddie. Dar uma exclusiva sobre o relacionamento — sugeriu Marco. — Isso definitivamente faria a fofoca se espalhar.
— Isso não vai acontecer — rosnou Gray. — Não vou sujeitar a Maddie a toda essa especulação.
— Bom saber — disse Ashleigh, saindo da casa. — E ela não está aqui. A gente tem que voltar pro carro.
— Quem é que está com você? — perguntou Marco. — É a Maddie?
— É a irmã dela.
— Irmã dela tipo... sua ex? — A voz de Marco aumentou. — Gray, não piora ainda mais as coisas.
— Você pode dizer pra ele que eu estou escutando tudo? — comentou Ashleigh, com os dentes trincados.
— Desculpa. — Marco suspirou. — Mas, sério, está uma confusão danada, Gray. E a gente precisa limpar tudo antes que a gravadora se irrite. Vou agendar um voo pra você amanhã.

— Eu não vou. Não vou ficar sentado lá me abrindo pro Dan O'Leary.

— Ah, vai, sim — disse Ashleigh. — Você vai pra esse programa e vai limpar o nome da minha irmã. Droga, a Laura também não viu a Maddie. Você acha que ela pode ter ido pra sua casa?

— Não. A Becca teria ligado se ela estivesse lá. — Gray tensionou os lábios. *Onde é que ela estava?*

— Certo. A gente precisa pensar em onde ela pode estar. Alguma ideia?

— Marco, eu tenho que procurar a Maddie. Posso te ligar depois?

— Claro. Vou marcar as passagens enquanto você está procurando e arrumar um carro pra te pegar de manhã.

— Ótimo — disse ele com sarcasmo, desligando. — Você acha que ela ainda pode estar dirigindo por aí? — perguntou ele.

— Ela estava chorando?

O coração dele se apertou.

— Estava — respondeu ele, baixinho.

— Então não. É muito difícil dirigir quando você está chorando. — Ela soprou o ar. — Me pergunta como é que eu sei disso.

— Ash...

Ela balançou a cabeça.

— Me ignora. Estou sendo escrota de novo. Eu só quero encontrar a minha irmã.

— Desculpa — disse ele, com a voz suave. — Sinto muito por eu ter te magoado.

Ashleigh fez que sim com a cabeça enquanto tirava o carro da entrada da garagem.

— Obrigada. Acho que era só isso que eu precisava ouvir.

— E eu tenho uma ideia de onde encontrar a Maddie.

— Onde? — Ela mudou a marcha.

— No lago.

Ashleigh franziu a testa.

— Por que a Maddie estaria lá?

— Nós fomos lá uma vez. Ela me disse que nunca tinha permissão pra ir lá quando era criança. Eu falei que era o meu lugar preferido pra pensar.

— Certo. — Ashleigh não pareceu muito segura. — Mas eu vou estacionar na estrada. Não quero sujar o carro.

Quando eles pararam na curva, havia marcas frescas de pneu na lama. Gray olhou no meio das árvores e viu um carro vermelho estacionado ao lado.

— O carro dela está ali.

— Sim. — Ashleigh olhou para os próprios pés. — Droga. Vou acabar com esses sapatos.

— Eu pego ela.

— Não, não. — Ela balançou a cabeça. — Isso é trabalho de irmã. Por que você não vai pra casa e eu peço pra ela te ligar mais tarde?

— Não. Não vou a lugar nenhum.

— Você sempre foi um babaca teimoso.

Ele sorriu.

— Você lembra.

— Bom, fica aqui por um tempo. Quero falar com ela de irmã pra irmã, tudo bem?

Ele olhou com curiosidade para ela.

— Achei que vocês não estavam se falando.

— É, mas as coisas mudaram.

— Tenho a sensação de que, por baixo dessa atitude fria, você tem um coração de ouro.

— Cala a boca — disse Ashleigh, desligando o motor. — Por causa desse comentário, não vou te deixar com o ar-condicionado ligado.

— Vou sair. Usar a refrigeração da natureza. Eu tenho um Prius, lembra?

— Como quiser. — Ela abriu a porta. — Só não suja o meu carro de lama.

— Nem em sonho. — Ele desceu pelo lado do passageiro e observou os passos animados de Ashleigh enquanto tentava evitar que os saltos afundassem na lama. Ele abafou uma risada quando ela cambaleou e teve que se apoiar numa árvore para se equilibrar.

Assim que ela saiu do campo de visão, ele se apoiou no carro e suspirou. Tinha sido um longo dia e parecia que estava apenas começando.

Maddie pegou uma pedra e jogou no lago. Tinha desligado o celular. Não conseguia suportar olhar para aquele vídeo maldito de novo. Ela achava que tinha visto aquilo pela última vez anos antes, quando Brad o apagou por insistência do reitor.

Ela se sentia violada. E envergonhada. A ideia de as pessoas da cidade verem aquilo dava vontade de gritar. Ela pegou outra pedra e jogou com tanta força que o pulso doeu. A pedra errou completamente o lago e quicou numa árvore à esquerda.

— Você está aqui. Já tentou andar na lama usando um sapato de salto?

Reconhecendo a voz, Maddie se virou e precisou piscar duas vezes para acreditar. A irmã, normalmente impecável, estava segurando um par de sapatos cobertos de lama. Os pés, calçados com meias, estavam cobertos de sujeira. E o cabelo dava a impressão de que ela havia estado numa batalha.

— Ash?

— O Gray achou que você podia estar aqui. — Ela franziu o nariz. — Não gostei de ele estar certo.

— Por que *você* está aqui?

— Porque estou preocupada com você. — Ashleigh andou na ponta dos pés sobre a grama, depois encarou o tronco onde Maddie estava sentada. Havia limo nele e uma parte da casca estava soltando.

— Já que estou aqui. — Ashleigh deu de ombros e alisou a saia, se sentando ao lado de Maddie.

— Você devia comprar uma calça jeans — sugeriu Maddie.

— Eu tenho uma. Uso quando nós estamos decorando a casa.

— Uma vez por ano, no Natal? — Os lábios de Maddie se retorceram.

— Isso mesmo. — Ashleigh deu de ombros. — Eu não gostava mesmo dessa saia. Nem desses sapatos. — Ela se aproximou de Maddie, batendo seu ombro no dela. — Como você está, maninha?

— A gente está se falando?

— Parece que sim. — Ashleigh inclinou a cabeça para o lado. — A menos que você queira que eu vá embora.

— Pode ficar. — Maddie deu de ombros, tentando parecer indiferente. A verdade é que ela queria Ashleigh ali. Era reconfortante, como enrolar uma coberta quente ao redor do corpo. — Apesar de eu ter te magoado.

Ashleigh bufou.

— Pode ser que eu tenha exagerado um pouco. Eu estava chateada com você.

— Entendi. Eu não percebi o quanto o Gray era importante pra você.

— Não é. — Ashleigh acenou a mão. — Era coisa do meu ego. Mais nada.

— Ela apoiou a cabeça no ombro de Maddie. — Talvez você tenha notado que eu tenho um bem grande.

— Eu não tinha percebido.

— E é por isso que eu te amo. — Ashleigh sorriu para ela. — De qualquer maneira, eu fiquei meio revoltada porque Gray Hartson não teve nenhum problema pra me largar, mas queria você o suficiente pra despertar a ira de todo mundo. Isso jogou sal na minha ferida. E mexeu na minha autoestima.

— Ela fingiu se dobrar de dor. — E eu descontei em você. Desculpa.

— Tudo bem. Não importa.

— Importa sim. Mas acho que a gente tem coisas mais importantes pra pensar, agora.

— Tipo como você vai me tirar escondida da cidade e me mandar pra uma ilha deserta sem wi-fi?

— Você não precisa fazer piada pra mim. Eu sei o quanto isso dói. — Ashleigh pôs o braço sobre os ombros de Maddie. Era como se ela tivesse aberto uma represa. As lágrimas tinham se acumulado nos olhos de Maddie. Lágrimas de raiva. De sofrimento. De vergonha. Elas escaparam e escorreram pelo rosto enquanto ela pensava naquela maldita gravação.

— Todo mundo vai ver.

— Eu sei. — Ashleigh assentiu.

— E eles vão me ver nua na cama ao lado daqueles dois... — A voz de Maddie ficou entalada. Eles vão rir de mim. Do mesmo jeito que o Brad e os amigos dele riram.

— Não vão, não. — A voz de Ashleigh estava forte. — Porque não tem nada de engraçado naquilo, Maddie. O que ele fez não foi só imoral, foi ilegal. Ele te filmou e publicou sem o seu consentimento. Nada disso é culpa sua. Nem um tiquinho. As pessoas estão preocupadas com você. Só isso.

— A Jessica pareceu bem arrogante.

— Ah, bom, ela é escrota. E, se eu ouvir ela dizer alguma coisa sobre você, eu dou na cara dela.

Maddie fungou.

— Acho que eu não consigo fazer isso de novo. Não sou forte o suficiente.

— É, sim. E tem um cara lá no meu carro esperando pra ver até que ponto você é forte. Eu quase tive que dominar esse cara pra ele não vir até aqui comigo.

— O Gray está aqui? — Maddie franziu a testa.

— Não consegui impedir que ele viesse. — Ashleigh revirou os olhos. — E eu tentei, acredite em mim. Acho que aquele cara pode gostar de você de verdade.

É, o sentimento era recíproco. Maddie gostava demais dele. O medo de ser magoada — *de novo* — a incomodava, dando vontade de se encolher numa bola como um tatu, deixando apenas a carapaça para o mundo ver.

A vida era mais fácil quando você não se expunha ao sofrimento. Muito mais suave quando você se deixava ser dura para o mundo. Por um instante imprudente, ela havia exposto a própria carne tenra, e as facas tinham perfurado.

Ela era idiota. Porque ela sabia que isso ia acontecer.

— Quero ir pra casa agora — sussurrou ela.

Ashleigh pegou a mão dela.

— Tudo bem.

— E quero comer o meu peso em sorvete.

— A gente pode fazer isso. — Ashleigh assentiu.

— E, depois que acabar, eu quero abrir uma garrafa de uísque e beber até tudo desaparecer.

— Pelo que eu sei, você só precisa tomar duas doses. — Ashleigh se levantou e puxou Maddie consigo. — Vem, eu te levo pra casa.

28

Ashleigh entrou com o carro na Mulberry Drive, enfiando o pé no freio e obrigando Maddie e Gray a se inclinarem para a frente. No banco do passageiro, Gray automaticamente apoiou as mãos no painel e se encolheu quando a dor disparou pelo braço machucado. Ele estava digitando uma mensagem para Becca, pedindo para ela pegar o carro de Maddie. Ele tinha se oferecido para dirigir o carro de Maddie, mas Ashleigh argumentara que eles estariam mais seguros no carro dela. No fim, Gray nem se incomodara em brigar.

— Droga.

— Você viu? — perguntou Ashleigh, olhando pelo para-brisa.

Maddie se inclinou para a frente no banco traseiro.

— Quem são essas pessoas?

— A imprensa. — Gray deixou a cabeça cair para trás, batendo no encosto. — Eles são rápidos. Devem ser aqui da região. Ninguém conseguiria chegar aqui de Nova York ou Los Angeles tão rápido.

— Minha mãe está lá dentro — disse Maddie. Gray se virou para ela, percebendo a expressão preocupada. — A gente precisa cuidar dela.

— Vou ligar pra ela. — Ashleigh se inclinou para tirar o celular da bolsa, desbloqueando-o com o deslizar do dedo. — Mãe? — disse ela assim que a ligação foi completada. — Você está bem?

— Suponho que você esteja falando do circo em frente à nossa casa. Eles tentaram bater na porta algumas vezes, mas eu ignorei. — A voz dela ecoou pelo alto-falante. — A Maddie está com você?

— Estou aqui e estou bem — mentiu Maddie. De jeito nenhum ela queria preocupar ainda mais a mãe.

— O reverendo Maitland ligou. Me disse pra não entrar na internet nem assistir a nenhum vídeo. Falei pra ele que não tenho a menor ideia de como surfar na *net*. Mesmo assim, ele está vindo pra cá com uns amigos. Disse que vai falar com a imprensa por nós.

Os olhos de Maddie encontraram os de Gray. Ainda estavam marejados. Mas, pela primeira vez desde que ela voltara para o carro com Ashleigh, ele viu alguma coisa além de tristeza ali. Talvez humor. E um pouco de raiva. Ele gostou mais da mudança do que poderia expressar.

— Senhora, vou levar a Maddie pra algum lugar seguro — disse Gray.

— Bom, não leve pra sua casa. A Gina me ligou e disse que tem gente batendo na porta lá também.

— Merda. — Gray soprou o ar. — Vou tentar achar um hotel pra gente ficar.

— Não. — Ashleigh balançou a cabeça. — Eu levo ela pra minha casa. Eles não vão nos encontrar lá. E, se encontrarem, é uma propriedade enorme, com portões fechados. Ninguém consegue nem chegar perto. Mãe, eu te ligo mais tarde.

A ideia de Maddie ficar longe dele parecia uma jiboia apertando o seu peito. Mas ele sabia que era o certo. Ela não estava preparada para essa exposição. Ele precisava ajeitar as coisas primeiro.

— Tudo bem — disse ele. — Acho que é melhor assim. Vou pra Los Angeles amanhã, mas volto no início da semana que vem. Espero que as coisas tenham se acalmado até lá e a gente possa voltar ao normal.

— Eu não posso dar a minha opinião? — perguntou Maddie, arqueando uma sobrancelha.

Gray sorriu.

— Claro que pode. Pra onde você quer ir? Se preferir ir pra um hotel, eu acho um.

Ela suspirou.

— Não, tudo bem. Eu vou pra casa da Ashleigh.

— Você devia sair daqui, Gray — disse Ashleigh, virando o carro para trás. — Andar até a sua casa pelo bosque. Assim ninguém vai te ver.

— Posso me despedir da minha namorada antes?

— Não força a barra — resmungou Ashleigh. Mas depois parou o carro, soltou o cinto de segurança e saltou. — Vocês têm um minuto, depois eu volto. Não sujem o meu carro, pode ser? — Ela saiu batendo os pés, ignorando a ironia de que os pés e os sapatos estavam cobertos de lama seca. Assim que a porta se fechou, Gray conseguiu passar pelo espaço entre os bancos até chegar ao lado de Maddie.

— Você podia ter passado pela porta — disse Maddie. Ele odiava o modo como sua voz estava tão densa de emoção.

— Não é assim que a gente faz as coisas, né? — Ele estendeu a mão para secar as lágrimas no rosto dela. — Pular é a nossa marca.

— Tipo Romeu e Julieta.

— Com um resultado menos trágico, espero. — Os olhos dele estavam suaves quando ele sorriu para ela. — Desculpa por eu ter te jogado no meio dessa confusão. Você não merece. — Ele encostou os lábios nos dela. Eram macios e estavam inchados e o fizeram desejá-la. — Eu queria poder fazer tudo isso desaparecer.

— Eu também — sussurrou ela, com a boca se movendo na dele. — Mas você não pode.

Ele deslizou o braço nas costas dela, puxando-a para si enquanto aprofundava o beijo, adorando a maneira como a respiração dela chegava em lufadas minúsculas nos lábios dele. Quando ele se afastou, os olhos dela estavam quentes, e só por força de vontade ele não a beijou de novo.

— Tenho que ir — disse ele. — Antes que a Ashleigh surte.

— Ela está sendo tão legal hoje.

— É — disse ele, com um sorriso. — Isso está me deixando nervoso.

Ela riu. Foi silenciosa, mas ainda assim uma risada. Ele aceitou.

— Ela é legal — disse Maddie baixinho. — Pode ser escrota às vezes, mas sempre esteve disponível pra mim quando eu precisei dela.

— Não me faz gostar dela — alertou ele. — Isso já é demais.

A porta do motorista se abriu e Ashleigh olhou para dentro.

— Já acabaram? — perguntou ela a Gray.

Seus olhos encontraram os de Maddie.

— Ainda nem começamos.

— Cai fora — disse Ashleigh com um suspiro. — Antes que os paparazzi te peguem no meu carro.

Ele beijou a ponta do nariz de Maddie.

— Te ligo mais tarde. Vou ficar dois dias em Los Angeles. No máximo três.

— Pra onde você vai agora?

— Pra casa do meu pai. Preciso fazer as malas. E quero ver se eles estão bem.

— Toma cuidado.

— Eu sei lidar com a imprensa. Faço isso há anos. É com você que eu estou preocupado.

— Se você está tão preocupado, talvez seja bom sair logo daqui, porra, antes que todos nós sejamos atacados. — Ashleigh entrou e fechou a porta com um baque.

— Mudei de ideia — disse Gray a Maddie. — Eu meio que gosto dela. Do mesmo jeito que gosto do Hannibal Lecter.

— Sai, *rock star*.

Ele sorriu. Não conseguia imaginar um momento em que não ia gostar de perturbar Ashleigh. Talvez isso fosse uma coisa boa. Quer Maddie soubesse ou não, ele estava planejando ficar perto dela por um tempo.

— Seu pai está no escritório — disse tia Gina quando Gray entrou pela porta da cozinha. — Acho bom você avisar que está em casa.

Gray soltou uma lufada de ar. A última coisa de que ele precisava era de outro confronto com o pai. E ele sabia que *seria* um confronto. Havia carros estacionados de maneira aleatória na estrada e um grupo de jornalistas e fotógrafos rodeando a entrada da garagem. Eles não tinham visto ele voltar para casa, graças ao caminho dos fundos pelo bosque, mas era questão de tempo até eles irem bater na porta de novo.

— Vou falar com ele.

— Eu alertei a Becca sobre esses carros lá fora. Ela vai dormir na casa da amiga dela, Ellie — disse tia Gina, desamarrando o avental que estava usando para lavar os pratos. — Estou indo pra casa da Jenny Clark. Estamos nos revezando pra fazer companhia pra ela. Mais uma coisa pela qual ele era responsável.

— Você acha que eu devo pagar um hotel pra mãe da Maddie até as coisas se acalmarem?

O rosto da tia Gina se suavizou. Ela foi até ele e estendeu a mão para fazer um carinho no rosto dele.

— Você é um bom garoto, sabia? Mas, não, a Jenny prefere ficar na casa dela. Ela sabe onde as coisas estão. É adaptada pra ela. Ela vai esperar eles saírem. Ela tem tempo de sobra. — A expressão dela ficou séria. — E, se eles tentarem incomodá-la, vão ter que passar por nós.

Gray entrou no escritório do pai alguns minutos depois.

O pai levantou o olhar do jornal que estava lendo.

— Eu soube que você provocou um caos lá fora.

Gray se encostou na moldura da porta, enfiando as mãos nos bolsos.

— Não precisa se preocupar. Eles vão embora até amanhã. Estou indo pra Los Angeles.

— Você vai embora?

— Por uns dias. Tem umas coisas que eu preciso fazer.

— Humm.

— Tenho uma entrevista. Pra falar sobre mim e a Maddie.

— Seus relacionamentos estão me deixando zonzo. Não parece que faz muito tempo que você e a Ashleigh estavam namorando.

Gray achou que seria bom se acostumar a conversar com um público hostil.

— Eu namorei a Ashleigh quando era adolescente. Mas a Maddie é a mulher por quem eu me apaixonei.

— Certo. — O pai dobrou cuidadosamente o jornal, deixando-o de lado para dar atenção total a Gray. — Você está planejando magoar mais uma garota Clark? Uma vez pode ser considerada um erro. Duas vezes parece que você está mirando na família.

— Não estou planejando magoá-la de jeito nenhum. Estou apaixonado por ela.

A sobrancelha do pai se ergueu.

— Ah. Isso parece confuso.

— Não estou esperando a sua bênção — disse Gray. — Aprendi a viver sem isso ao longo dos anos. Eu só quero que você saiba, pro caso de ouvir pessoas falando.

— Eu não ouço fofocas.

— Eu sei.

O pai tentou se levantar, fazendo cara de dor quando os joelhos estalaram. Com as palmas apoiadas na escrivaninha, ele se inclinou para a frente, seus olhos encontrando os de Gray.

— Eu sei que você acha que eu fui duro com você.

— Eu não acho, eu sei que foi. Você me enchia o saco o tempo todo quando eu era criança. E depois que eu fiquei adulto também. Por que você acha que eu nunca voltei pra casa em todos esses anos?

O pai se encolheu.

— Tem um motivo pra isso. A vida é dura, Gray. Muito dura. Eu queria que você e os seus irmãos fossem resistentes o suficiente pra encará-la. Deus sabe o quanto eu queria que alguém tivesse me ensinado isso.

O coração de Gray estava martelando no peito. Ele pensou em todos os anos que passara desesperado pela aprovação do pai, mas só recebera sua condenação. É, isso tinha feito dele um cara resistente. O suficiente para encarar a situação de agora. Mas a que custo?

— Eu só queria o seu amor — disse Gray, com a voz grossa. — Mas eu sei que não tinha sobrado nenhum. Não depois que a minha mãe morreu. — Ele respirou fundo. — E acabei percebendo que não preciso dele. Não mais. Eu não tenho medo de você, pai. Eu sinto pena de você.

O pai tensionou os lábios e pegou a bengala, se apoiando nela.

— Sou um velho, Grayson. Velho demais pra mudar e começar a falar sobre amor e felicidade. — Ele foi até o local onde Gray estava parado. — Mas talvez você devesse olhar na gaveta de cima da minha escrivaninha. Você pode descobrir alguma coisa.

Gray deu um passo à esquerda para que o pai pudesse passar pela porta.

— Vou sentar no jardim — disse ele. — Espero que você tenha ido embora quando eu voltar.

Gray observou em silêncio o pai sair. Curioso, foi até a velha escrivaninha de mogno do pai e se sentou na cadeira de couro verde que ele tinha acabado de desocupar. Ainda estava quente.

Ele curvou os dedos da mão boa sob o puxador e abriu a gaveta, franzindo a testa porque estava presa. Mais uma puxada e ela se abriu, contrariada.

Gray enfiou a mão ali dentro e pegou uma coisa. Um CD. Ele o levou até os olhos e viu que era um CD dele. Seu segundo álbum, com seu torso nu tatuado na frente.

Havia mais CDs ali dentro. Quatro, ao todo. E havia programas impressos das suas turnês — que tia Gina devia ter levado para casa. Piscando, ele puxou um caderno grande e o abriu. As páginas estavam cobertas com reportagens de revistas e jornais e panfletos dos seus shows. Gray virou as páginas com cuidado, a garganta arranhando enquanto ele lia as primeiras análises do seu primeiro álbum, quando ninguém sabia quem ele era. E o último item colado. Sua entrevista para a *Rock Magazine*. O pai deve ter feito aquilo naquela manhã.

As lágrimas queimaram seus olhos. Ele piscou para afastá-las enquanto fechava o caderno e o colocava com cuidado na gaveta. O topo do caderno prendeu em alguma coisa. Uma moldura. Gray a levantou com cuidado, para não arranhar o caderno, e a virou para ver a fotografia. Era colorida, mas estava desbotada, como se tivesse ficado pegando sol por tempo demais. Apesar disso, estava nítida o suficiente para Gray reconhecer as pessoas em pé no quintal daquela mesma casa.

O pai parecia tão novo. Não podia ser muito mais velho do que Gray era agora. E estava ao lado de uma linda jovem. *A mãe de Gray.* Havia um bebê nos braços dela — ele mesmo, imaginou Gray —, e os dois estavam olhando para o pequeno com um sorriso iluminando o rosto.

Ele engoliu em seco. Nunca tinha visto aquela fotografia. Nem na escrivaninha nem no quarto do pai. Será que ele tinha escondido porque as lembranças eram dolorosas demais? Deus sabe o quanto Gray estava sofrendo de olhar para ela.

Seu peito ainda estava apertado quando ele fechou a gaveta e se levantou para sair do escritório. O pai era velho demais para mudar, ele mesmo tinha admitido, mas talvez Gray conseguisse viver com isso. Até mesmo entender. Se ele tivesse perdido Maddie da maneira como o pai tinha perdido a mãe, ele morreria.

Com esse pensamento, ele subiu para fazer a mala com o essencial para a viagem a Los Angeles. Estava na hora de defender a única coisa boa da vida dele.

29

Maddie estava triste e não gostava nem um pouco disso. Ela não deixava que as coisas a afetassem, não mais. Tinha uma pele de trampolim: os problemas quicavam nela e seguiam para outra pessoa. E as coisas que não quicavam? Bom, normalmente ela dava uma resposta sarcástica que passava a impressão de que não tinha doído.

Mas aquele vídeo e todos os comentários que as pessoas estavam fazendo? Eles a machucavam até a alma. Algumas pessoas estavam dizendo que ela era interesseira, mirando primeiro em Brad Rickson e depois em Gray Hartson. Outras zoavam a cara dela, perguntando como ela conseguia dormir com duas pessoas transando ao lado.

E, sim, também havia palavras gentis. Pessoas dizendo que Brad fora desprezível por ter filmado essa traição enquanto ela estava dormindo. Outras falando que ele devia ser processado por crimes sexuais. De qualquer maneira, tudo isso a fazia querer se esconder do mundo. Sair daquele corpo e se encolher num canto escuro até a fofoca morrer. Se é que ia morrer. Hartson's Creek era uma cidade pequena. As pessoas fofocavam com a mesma naturalidade com a qual respiravam oxigênio.

— A Grace quer que você leia uma história pra ela — disse Ashleigh enquanto entrava na sala de estar. — Mas só se você estiver disposta.

— Claro que estou. — Maddie deixou o celular de lado, determinada. — Eu adoro ler pra ela.

— Quando você voltar, podemos abrir um vinho e tomar aquele sorvete que você falou. E ver alguma coisa na Netflix.

— Tem certeza que não vou dar nenhum problema pra você ficando aqui? — perguntou Maddie. — Não consigo imaginar que era isso que você tinha planejado pra hoje à noite.

— Querida, você é minha irmã. Nada é mais importante do que garantir que você esteja bem neste momento.

Era estranho como as duas brigavam e faziam as pazes de novo. Era assim desde que eram pequenas. Talvez o sangue falasse mais alto. Porque Maddie sentia o amor pela irmã fluir por ela.

E sentia outra coisa também. A força que estava procurando o dia todo. Ela não tinha desaparecido para sempre, só estava se escondendo por um tempo. Lambendo as feridas enquanto pensava nos próximos passos. Ela sentiu a coluna se endireitar. Não o suficiente para ser visivelmente perceptível, mas permanecia ali.

Ela estava cansada de estar triste e de ser a vítima. Ela não era assim. Não mais.

— Posso adiar o filme? — perguntou ela. — Porque eu tenho uma coisa pra fazer antes.

— O quê? — Ashleigh sorriu, perplexa.

— Preciso comprar uma passagem. Vou pra Los Angeles me encontrar com o Gray.

— Tudo bem, então vamos repassar isso mais uma vez — disse Angie, a RP, olhando para as anotações que tinha feito no celular. — Nós concordamos que você vai falar do próximo álbum, da sua mão e, é claro, de você e da Maddie, mas nada de falar do Brad Rickson e do envolvimento dele com o vídeo. Não enquanto a gravadora ainda está consultando os advogados.

— E se o Dan O'Leary me perguntar sobre ele?

— Ele concordou em não perguntar. É só um segmento de cinco minutos. Quando terminar, você vai tocar "Ao longo do rio". — Ela sorriu para ele. — Sem a guitarra, claro.

— Nós conseguimos um ótimo guitarrista pra te acompanhar — disse Marco. — Alex Drummond. Você conhece, né?

— Já fiz turnê com ele.

— Excelente. Vocês vão ter um tempo pra ensaiar antes do início do show. Você precisa chegar ao estúdio até as seis.

— E, antes disso, você vai se reunir com o Rick Charles, da *Rock Magazine* — disse Angie. — Ele vai se encontrar com você pra um jantar adiantado. Isso nos dá uma hora. Podemos repassar algumas perguntas de novo? — indagou ela, dando um sorriso animado. — Eu posso filmar a gente e depois nós podemos ver a filmagem, se você achar que ajuda.

Não, não ia ajudar. Nem um tiquinho.

O fato é que ele não queria estar ali. Queria estar numa cidadezinha a mais ou menos quatro mil quilômetros, apoiado no balcão de uma lanchonete que servia os piores ovos do país. Queria estar olhando para a linda mulher atrás do balcão. Trocando olhares com ela. Ele queria o que tinha. Agora que estava de volta a Los Angeles, ele sentia a perda com tristeza.

Não ajudou nada o fato de ter sido recebido por uma multidão de paparazzi quando chegou ao aeroporto na noite anterior, os flashes o tinham ofuscado momentaneamente enquanto ele abria caminho até a saída, consciente do guarda-costas que a gravadora tinha contratado parado atrás dele. Gray não era um homem baixo, não com um metro e noventa e dois, mas o gigante protetor era muito maior. E ele odiava o fato de precisar dessa proteção.

Ele verificou o celular para ver se Maddie tinha respondido à mensagem que ele havia mandado mais cedo, só que a mensagem ainda nem tinha sido lida. Ele franziu a testa, depois digitou uma mensagem para Becca perguntando se estava tudo bem em Hartson's Creek.

A resposta foi rápida. *Está. A maior parte dos jornalistas foi embora. O Murphy começou a ameaçar fazer café da manhã pra eles. Acho que foi isso que finalmente espantou os caras.*

— Você está bem? — perguntou Marco.

Gray suspirou.

— Estou bem sim. Eu só queria que isso acabasse. Que a imprensa me deixasse em paz.

— É o preço que você paga — lembrou Marco. — Isso nunca te preocupou.

— Talvez eu tenha mudado.

Marco forçou um sorriso.

— Vamos esperar que você não tenha mudado *tanto*. As fãs gostam de você desse jeito. Amanhã você vai ser notícia velha. Vai no programa do O'Leary, fala o que a gente combinou e a Angie vai fazer o resto.

E depois? Essa era a pergunta. Desde que o vídeo tinha viralizado, ele sentia uma dor aguda na boca do estômago. Ele só precisava lembrar do rosto de Maddie quando ela olhou para o celular para saber como ela havia ficado arrasada porque seu segredo tinha sido revelado e viralizado. Mesmo que a imprensa parasse de falar nisso, o cidadão de bem de Hartson's Creek não ia parar. Graças a ele, Maddie ia ter que viver com aquilo.

Havia outro pensamento passando pela sua cabeça. Que fazia aquele aperto se transformar em dor. E se tudo fosse demais para ela? E se ela decidisse que não queria estar nos holofotes? Se chegasse à conclusão de que preferia ser discreta a estar com ele?

Ele trincou os dentes com esse pensamento. As poucas semanas com ela tinham mudado a vida dele. Ela havia mostrado a ele outra maneira de viver. Um jeito que não envolvia fazer turnês o tempo todo, paparazzi e relacionamentos sem sentido. Maddie era o máximo. E ela era a única pessoa que via a alma dele. Perdê-la ia matá-lo.

O celular de Marco tremeu.

— Seu carro chegou — disse ele a Gray. — Vamos pro restaurante um pouco mais cedo. Vamos ter tempo de conversar.

Gray se despediu de Angie e seguiu Marco para fora da sala de reunião. O corredor era largo, as paredes eram cobertas de cartazes e discos de ouro, e Gray ergueu uma sobrancelha quando viu o último dele ali.

— Gray — chamou uma voz. — Posso falar com você?

Ele levantou o olhar e viu uma mulher de mais ou menos trinta anos vindo na sua direção. O cabelo era curto e platinado. Com o jeans de boca justa e a camiseta preta de banda colada no corpo, ela se encaixava bem no ambiente.

— Agora não, Rae — disse Marco. Depois, sussurrando, ele disse para Gray: — Essa é a empresária do Brad Rickson.

— Não vai demorar, Marco. O Brad quer dar uma palavrinha com o Gray. — Ela ergueu as sobrancelhas. — Para pedir desculpas.

— Não tenho nada pra falar com ele — retrucou Gray, com raiva borbulhando por dentro. — E não é pra mim que ele precisa pedir desculpas.

— Ele também quer um encontro com a Maddie. — O sorriso de Rae era conciliador. — Ele tem noção da besteira que fez quando era mais novo e está enojado com tudo isso. Está tão chateado quanto você por aquilo ter vazado. Deve ter sido alguém da escola que os dois frequentaram.

— Não é uma boa ideia — disse Marco, com firmeza. — Obrigado, mas não.

— Já faz anos que aconteceu — protestou Rae quando os dois passaram por ela. — Você realmente vai deixar a carreira dele ser destruída por isso? Foi uma pegadinha que deu errado. Uma decisão ruim. Quem nunca fez isso? Vamos lá, pelo menos conversa com ele. De homem pra homem.

Gray se virou para trás, com os olhos flamejando.

— Ele não é nem homem, porra, ele é um babaca. E eu não lido com babacas. Ponto final. Se você é empresária dele, meu conselho é que você mantenha ele longe de mim, se não quiser ser empresária de um cantor morto.

— Gray — murmurou Marco, dando um tapinha no braço dele. — Fica calmo.

— Ele estragou a vida da Maddie, sabia? — disse Gray para ela. — Ela saiu da Ansell por causa dele. Abandonou a carreira. Então não me peça pra sentir pena porque a carreira dele foi destruída. Ele merece muito mais que isso.

— Está tudo bem? — perguntou o segurança, Liam, saindo do elevador. — O carro ainda está esperando lá embaixo, e o caminho está livre.

— Estamos indo — garantiu Marco, puxando Gray pelo corredor.

— Me liga se mudar de ideia — gritou Rae para as costas dos dois enquanto se afastavam. — O Marco tem o meu número.

— Nós não vamos ligar pra ela — murmurou Gray quando eles entraram no elevador aberto. — Nem agora nem nunca.

— Claro que não. — Marco assentiu. — Vem, vamos conversar com uns jornalistas. Começar a ajeitar as coisas.

Tinham se passado menos de dois meses desde que Gray havia cantado diante de um público como aquele, mas parecia uma vida inteira entre os dois momentos. Ele se sentia nu sem a guitarra. Se aproximou do microfone, com a mão boa segurando o pedestal enquanto olhava para a multidão.

Eles estavam do lado dele. Gray soube disso no instante em que eles aplaudiram enlouquecidos quando Dan O'Leary chamou o seu nome. E aplaudiram de novo quando ele disse que Brad Rickson era um babaca, embora Dan tivesse pedido muitas desculpas pelo palavrão de Gray.

— É a única coisa em que eu posso pensar, no momento, pra você não ser cortado da programação — dissera Gray a ele. — E eu não quero que isso aconteça.

A plateia riu, e ele soube que o público estava na palma da sua mão. Ele se perguntou se Maddie estava vendo o programa na casa de Ashleigh. Esperava que sim.

Tinha sido sugestão de Angie que ele cantasse uma das suas músicas mais populares.

— Agora não é hora de testar as coisas novas — dissera ela. — O importante é que os fãs se conectem com você de imediato; tanto os que estão na plateia quanto os que estão em casa. Dê a eles alguma coisa que eles possam cantar junto. Que os ajude a criar um vínculo com você.

Só havia uma música que ele realmente queria cantar. Aquela que ele tinha cantado na frente dela. E, naquela noite no Moonlight Bar, ele não tinha nem percebido como se sentia em relação a Maddie. Não tinha entendido que cada palavra que cantava era para ela. Mas agora ele sabia.

O guitarrista dedilhou a introdução, e o público começou a bater palmas imediatamente. Ele olhou para eles, depois para a câmera, querendo que Maddie estivesse vendo.

E aí sentiu o fluxo de adrenalina. Era como uma droga correndo pelas veias. O coração começou a bater no ritmo do baterista, e todos aqueles pensamentos, aquelas preocupações, se dissolveram no ar, quando a música tomou o lugar deles.

— *Lembra de quando a gente era criança?* — Ele grudou os olhos na câmera.

A voz era profunda e suave. Alguém tinha dito uma vez que ele era capaz de fazer uma freira tirar a calcinha com sua música. Ele tinha rido, mas, naquele momento, ele queria cantar até entrar no coração dela. Se isso o tornasse fraco, ele não se importava.

— *E tudo que a gente fazia? Dos dias que passamos na escola perto do rio.*

Ele ouvia os backing vocals cantarem junto, a harmonia se derretendo junto à voz dele.

— *O dia em que o amor morreu. E todo mundo chorou. A gente se abraçou forte perto do rio.*

Meu Deus, como ele queria abraçá-la de novo. Sentir a maciez do peito dela nos seus músculos duros. Acariciar o cabelo dela e sentir os fios sedosos enrolando nos seus dedos. A cada palavra que cantava, seu coração doía, porque agora ele sabia o que aquelas palavras significavam. Ele sabia o que era o amor. E queria cantá-lo para o mundo.

Quando a música terminou, o público se levantou num salto e aplaudiu enlouquecido, com assobios ecoando pelo estúdio. Dan O'Leary também estava aplaudindo, com um sorriso enorme no rosto quando se aproximou para agradecer a Gray. Um instante depois, ele se virou para encarar a câmera e chamar o intervalo comercial.

E aí eles estavam fora do ar e tudo tinha acabado. Mas a adrenalina continuava, tornando os movimentos de Gray um pouco irregulares.

— Você foi incrível. O público adorou — disse Dan, apertando a mão dele. — Volta logo, está bem?

— Que bom. — Gray assentiu.

— E, só pra constar, eu conheci o Brad Rickson e ele *é* um babaca. — Dan lançou um sorriso torto para ele. — Espero que ele receba o que merece.

Gray não queria se demorar no estúdio. Depois de agradecer à banda e à equipe de produção, Liam empurrou ele e Marco em direção à porta do palco. Quando a porta se abriu, ele viu gente para todo lado. Fãs amontoados, desesperados para vê-lo. Quando o viram sair, eles começaram a gritar seu nome.

— Tem gente demais — disse Liam para Marco. — Vamos ter que te levar direto pro carro.

— Não. — Gray balançou a cabeça. — Eu sempre arrumo tempo pros meus fãs.

Marco deu de ombros.

— Você decide. Dez minutos, pode ser? E, se tiver alguma confusão, a gente sai.

Gray falou com o maior número de pessoas possível, posando para selfies, autografando cartazes. Quando se aproximavam demais, Liam se metia no meio, afastando-os. As bochechas de Gray estavam doendo de tanto sorrir e a mão dele estava latejando como louca. Mesmo assim, ele continuou passando pelo meio das pessoas, agradecendo por todo o apoio e por estarem ali.

Era impressionante. Talvez por isso ele quase não a tivesse visto ali na rua. Ela estava nos fundos, com um sorriso divertido no rosto quando ele olhou para ela. Os olhos acolhedores dela encontraram os dele, e parecia que ele estava sendo envolvido numa nuvem de bons sentimentos.

— Maddie?

— Oi. — Ela sorriu para ele. A primeira coisa que ele notou foi que as marcas vermelhas ao redor dos seus olhos tinham sumido. A boca estava tensa com a preocupação na última vez em que os dois estiveram juntos, mas agora estava tranquila.

E como ele queria beijar aqueles lábios.

— O que você está fazendo aqui?

Ela deu de ombros, ainda sorrindo.

— Eu meio que estava com saudade de você.

Graças a Deus.

— Eu meio que também estava com saudade de você. — A voz estava rouca. Não só de cantar. Havia um nó na garganta que ele não conseguia aliviar.

— Gray! Posso falar com você?

O sorriso desapareceu quando ele viu Brad Rickson andando na direção deles. Seu primeiro instinto foi entrar na frente dela, para protegê-la do babaca. Ele olhou ao redor para ver onde estava Liam.

Graças a Deus, ele estava logo atrás deles.

Um murmúrio surgiu na multidão. Pelo canto do olho, Gray viu que as pessoas estavam levantando os celulares para filmar a cena.

— Liam, a gente precisa ir embora — murmurou ele.

— Pode deixar.

— O que está acontecendo? — perguntou Maddie, segurando o braço dele. Ela deve ter visto Brad logo em seguida porque Gray a ouviu ofegar.

— Está tudo bem. Vamos sair daqui. Você não precisa falar com ele.

— É a Maddie? — perguntou Brad, abrindo caminho até eles. — Maddie, eu preciso falar com você. Você precisa contar pra todo mundo que aquilo foi um mal-entendido.

— Sai daqui — disse Gray, com a voz sinistramente baixa. — Não fala nem uma palavra com ela.

— Ela é uma esquisita de merda. — A voz de Brad aumentou. — Todo mundo na escola falava isso. Ela não é nada. Ninguém. Então, por que diabos ela está destruindo a minha carreira?

As mãos de Gray se fecharam em punhos.

— Sai daqui — rosnou ele. — Antes que eu te mate.

— Vamos cair fora. — Liam pôs a mão no braço de Gray, mas ele a tirou com uma sacudida.

— Tira a Maddie daqui. Eu estou bem.

— Eu não vou a lugar nenhum — disse Maddie para ele. — Não sem você.

— Meu Deus, ela está fazendo de novo. Ela também era grudenta pra caralho comigo. — Brad balançou a cabeça. — Espero que ela seja melhor de cama agora do que quando eu estava com ela.

Ele deu um passo à frente, puxando o braço bom para trás para dar mais impacto ao soco. Mas, antes que a mão dele encontrasse o maxilar de Brad, Maddie parou na frente dele. Gray teve que recuar para não bater nela.

E Brad estava cambaleando para trás com uma expressão chocada no rosto. Só quando Maddie xingou e segurou o próprio punho é que Gray percebeu que ela mesma tinha batido em Brad.

Havia celulares para todo lado, levantados e apontados para os três. Liam entrou entre Maddie e Brad, que estava parado em pé, completamente imóvel, como se estivesse confuso.

— Srta. Clark, precisamos tirar a senhorita e o Sr. Hartson daqui.

Maddie fez que sim com a cabeça. Também parecia muito confusa.

— Tá bom.

Liam abriu caminho pela multidão e os conduziu, depois abriu a porta do carro preto que estava esperando no fim da rua. Maddie entrou primeiro, seguida por Gray e Marco. Liam contornou o carro para se sentar no banco da frente.

— Certo — disse Liam para o motorista. — Podemos ir. — Ele se virou para olhar para Maddie. — A menos que a moça queira dar mais um soco no sr. Rickson.

30

O canto dos olhos de Gray ficaram enrugados quando ele sorriu para ela.
— Te mandei mensagem o dia todo. Agora eu sei por que você não respondeu.

— Respondi quando cheguei ao aeroporto de Los Angeles, mas você já devia estar no estúdio — disse ela. Ainda estava chocada de ter visto Brad de novo. De ter batido nele. Era como se ela estivesse num sonho.

A mão doía quando ela mexia. Ela se encolheu quando tentou.

— Deixa eu dar uma olhada — murmurou Gray, estendendo a mão para pegar a dela. Ele a tocou delicadamente com a mão boa. — Dói?

— Dói. Pra caralho. — Ela ergueu as sobrancelhas.

— Você devia ter me deixado bater nele.

— E estragar a sua mão boa? Acho que não.

Os olhos dele estavam suaves e acolhedores.

— Eu faria isso por você.

— Eu sei que faria. Mas estou feliz por ter batido nele. Ele estava merecendo há anos.

Os lábios de Gray se retorceram.

— Você devia ter visto a cara dele. Parecia um quadro.

Ela tentou — e fracassou — engolir a risada.

— Eu vi.

— Bom, vocês vão ficar felizes de saber que foi gravado pra posteridade — disse Marco, sem se divertir nem um pouco. — Está em todas as redes sociais. Não vamos conseguir parar a divulgação dessa história.

O celular de Marco começou a tremer, e ele soltou um suspiro.

— É a Angie. Ela deve estar puta.

Enquanto ele atendia o celular, Gray fechou delicadamente os dedos ao redor da mão dolorida de Maddie.

— A gente devia te levar pro hospital — disse ele.

— Não tem nada quebrado. Eu consigo mexer. Vai ficar só um roxo — sussurrou ela.

Ele levantou a mão dela e roçou os lábios na palma.

— Melhor prevenir do que remediar.

— Vou pedir pra um médico ir à sua casa — disse Marco, cobrindo o celular com a mão. — Acho melhor ficar longe dos olhos do público por enquanto. — Ele balançou a cabeça e voltou para a conversa.

Levou meia hora para chegar à casa enorme de Gray, que dava vista para a costa de Malibu. Mesmo àquela hora da noite, o trânsito de Los Angeles era pesado. Maddie piscou quando o carro passou pelos portões eletrônicos abertos, os olhos se arregalando quando ela viu a casa de estuque branco de um andar. Era moderna e elegante e nem um pouco parecida com as casas de Hartson's Creek. Ela não conseguiu evitar se sentir um pouco intimidada.

Liam entrou primeiro para verificar a casa. Dois minutos depois, ele saiu pela porta da frente e se debruçou no carro.

— Está tudo tranquilo. Tenham uma boa noite.

— E tenta não bater em mais ninguém hoje, combinado? A menos que seja no Gray, porque aí você tem minha aprovação total. — Marco sorriu para Maddie. Gray riu e balançou a cabeça.

Eles desceram do carro para a entrada de cascalho da garagem. A primeira coisa que ela percebeu foi o som das ondas batendo na areia lá embaixo. Dava para sentir o gosto salgado do mar junto com a fragrância doce do jasmim que ladeava a entrada. Gray pendurou a mochila dela no ombro e pôs o braço ao redor dela, conduzindo-a ao subir os degraus.

Eles entraram e o motorista deu a partida no carro de novo, recuando pelos portões, levando Liam e Marco. Maddie ficou surpresa com o silêncio do lugar. Depois que o som do carro desapareceu, não havia nada além do mar e dos seus batimentos cardíacos.

— Então, esta é a minha casa. — Gray a conduziu até um vestíbulo enorme. As paredes eram pintadas de branco, o piso era de arenito. No centro havia um sofá redondo, com os assentos virados para fora, estofado num veludo cinza claro que captou as luzes quando ele as acendeu.

— É diferente da minha casa. — disse Maddie, tentando não se sentir oprimida pelo tamanho de tudo.

Gray riu.

— Pode-se dizer que sim. Vamos pra cozinha. Você está com fome?

Ela balançou a cabeça.

— Não. Na verdade, não.

— Vou pegar umas garrafas de água. Depois eu te mostro a casa.

Parecia que cada cômodo era mais impressionante que o anterior. Os móveis eram grandes — feitos sob medida, segundo Gray —, e as paredes brancas eram cobertas de quadros e cartazes. Mas eles não faziam nada para abafar o eco dos passos enquanto os dois passavam pelas portas dos cômodos. Também tinha outra coisa. Maddie franziu a testa, tentando identificar o que estava faltando.

— Onde estão as suas coisas? — perguntou ela por fim.

— Que coisas?

Ela mordeu o lábio, pensando no próprio quarto, repleto de fotografias e lembranças, roupas e cosméticos. E, claro, a música. Que estava por toda parte. A casa de Gray parecia um quarto de hotel elegante. Lindamente mobiliado e cheio de estilo, mas sem alma.

— Suas coisas. Suas roupas. Seus sapatos. Revistas ou livros ou coisas que você deixa em cima da mesa porque está cansado e não se preocupa em arrumar.

Ele piscou.

— Acho que a empregada guarda tudo. Não fico aqui com muita frequência. Poucas semanas de cada vez. E, quando estou aqui, eu só quero relaxar, sabe? Olhar pro mar, tocar minha guitarra. Eu não tenho muita coisa.

— Ah.

Ele sorriu para ela.

— É uma casa grande pra uma pessoa. Eu comprei uns anos atrás, pensando que ia acabar me estabilizando e ia encontrar alguém pra morar aqui comigo.

— É muito linda — disse ela, ignorando o aperto no peito. — Pra pessoa certa, seria uma casa maravilhosa.

Eles tinham chegado à sala de estar. Ela o seguiu até as enormes portas de vidro deslizantes que davam vista para a praia. Mesmo à noite ela percebia como a paisagem era incrível. Não era surpresa ele ter se apaixonado pelo local.

Mesmo assim... não era um lar. *Não para ela.*

— Você não gostou — disse ele, com a voz casual.

— Eu não falei isso. Só que não... — Ela deixou a voz morrer e respirou fundo. — Ela parece tão impessoal.

Os olhos dele se suavizaram.

— Tudo bem — disse ele. — Eu sinto o mesmo. É como morar num set de filmagem ou alguma coisa assim. Não é a vida real.

Ele tinha entendido perfeitamente. Estar ali era como estar de férias. Perfeita para passar uns dias, depois disso, ela ia sentir saudade de casa.

Ele se virou para ela e segurou seu rosto com a mão quente. Ela fechou os olhos e o inspirou.

— Eu comprei esta casa porque eu tinha uma coisa pra provar — disse ele baixinho, se aproximando para roçar os lábios nos dela. — Pro meu pai, mais do que qualquer outra pessoa. E ele nem sabe que ela existe. Eu queria que todo mundo que a visse soubesse que eu tinha chegado lá. Que eu sou alguém. Mas, no fim das contas, é só alvenaria.

O olhar dela encontrou o dele.

— Eu sei que você tem que passar muito tempo aqui. E Los Angeles é um lugar incrível. Mas Hartson's Creek é um lar. Pelo menos pra mim.

Ele a beijou de novo. Mais firme, dessa vez. Apesar da exaustão e da dor latejante na mão, ela sentiu o corpo reagir a ele. Ela pressionou o peito no dele, pôs a mão no pescoço dele e o beijou com mais força.

Gray gemeu nos lábios dela e um choque de prazer disparou por Maddie.

— Baby, o lar é onde você está — disse ele, com a boca se movendo na dela. — Hartson's Creek, Londres, Paris. Não dou a mínima. Eu só quero você nos meus braços.

— Você diz isso agora, mas e o seu trabalho?

— Estou sempre viajando, você sabe. Talvez às vezes você viaje comigo e às vezes não. E vamos ter que repensar as coisas quando tivermos filhos.

Os lábios dela se curvaram.

— Nós vamos ter filhos?

— Vamos. Estou pensando em quatro meninos.

Ela riu.

— É, porque isso funcionou muito bem na sua família.

Ele passou o dedo na linha acentuada da bochecha dela.

— Meninos, meninas, eu não tô nem aí. Só quero ter alguns. E você tocando piano e mantendo tudo em ordem. Eu gosto muito dessa ideia.

Ela estava sorrindo. A imagem que ele estava pintando estava mexendo com o coração dela.

— E, aos domingos, nós vamos pra igreja pra deixar o reverendo Maitland feliz. Depois vamos com as crianças até a lanchonete do Murphy. Teremos que pra eles evitarem os ovos.

— Você planejou tudo.

— Tive muito tempo pra pensar nas coisas — disse ele. — Talvez Hartson's Creek esteja no meu sangue. Do mesmo jeito que está no seu. Deus sabe que eu tentei acabar com isso e achei que tinha conseguido. Mas aí eu voltei pra casa e encontrei o meu coração. Encontrei um jeito de voltar a respirar. — Ele encostou a sobrancelha na dela, os cílios dos dois encostando. — Graças a você.

— Onde você moraria? — perguntou ela, ainda não preparada pra desistir do quadro.

— A gente encontraria um pedaço de terra. Construir uma casa grande e um estúdio anexo. Você pode dar aulas de piano. Talvez compor também. Quando eu não estiver em turnê, vou gravar meus álbuns lá. Talvez até produzir outros. E, no fim do dia, nós vamos nos sentar numas poltronas de plástico com uma cerveja e observar os vaga-lumes.

Meu Deus, como ela queria aquilo. Mais do que jamais tinha percebido.

— E os paparazzi?

— Eles vão seguir a vida, porque nós vamos ser chatos pra cacete. — Ele sorriu. — Uma estrela do rock vivendo feliz pra sempre não vende muito — Ele inclinou a cabeça para o lado, os olhos vasculhando o rosto dela. —

Claro que isso provavelmente significa que você vai ter que aposentar as suas luvas de boxe.

Ela ergueu as sobrancelhas.

— Eu posso fazer isso. Foi só por uma noite.

— Que bom, porque você tem um belo gancho de direita.

— Acho bom você lembrar disso.

— Baby, eu vou lembrar. — Ele beijou o maxilar dela, a garganta, o declive na base do pescoço. Ela prendeu a respiração e seus mamilos ficaram duros sob a camiseta fina. — E estou falando muito sério em cada palavra. Eu quero o felizes pra sempre, a cerca de madeira branca. A Família Dó-Ré-Mi que canta junto. — Seus olhos estavam determinados quando ele levantou a cabeça. — Eu quero você, Madison Clark. Você me aceita?

O corpo dela doeu de tesão. Por ele. Por aquela visão do futuro. A família que ele queria ter. Ela viu a verdade nos olhos dele quando o canto dos lábios se curvou para formar aquele sorriso sexy ao qual ela nunca resistia.

— Sim, Gray Hartson. Eu te aceito.

A história de Maddie batendo em Brad Rickson dominou as redes sociais por quase vinte e quatro horas. Tinha até uma hashtag: #SocoNoBabaca. Mas aí um político federal foi filmado com uma atriz de Hollywood e ninguém mais falou de Maddie e Gray.

Gray se sentiu grato por outra pessoa ter assumido o lugar deles na Twittosfera quando os dois pousaram no aeroporto de Baltimore. O resultado é que a saída do avião para o carro que esperava por eles do lado de fora quase não teve nenhuma interrupção. Só umas adolescentes perceberam os dois.

— Acho que já somos passado — disse ele enquanto o carro seguia pela estrada em direção a Hartson's Creek.

— Graças a Deus. — Maddie apoiou a cabeça no ombro dele. A mão dela estava com um curativo apertado, graças ao médico que tinha ido à casa de Gray duas noites antes. Ele tinha dito para ela descansar por alguns dias e aplicar compressas frias se voltasse a doer. Gray ria toda vez que olhava para os machucados combinando. — Talvez eles nos deixem em paz por um tempo agora.

— Essa é a esperança. — Ele beijou a pele da sobrancelha dela. Era impossível descrever como ele se sentia aquecido naquele momento, indo em direção à casa do pai e ao lado da mulher que amava. O vazio tinha sumido, substituído por ela. Maddie Clark. A mulher com quem ele pretendia passar o resto da vida.

Havia uma fila de recepção esperando por eles quando chegaram à casa do pai uma hora depois. Becca estava lá, sorrindo, com os punhos erguidos como se fosse brigar. Ao lado dela estava Ashleigh, vestida de maneira elegante no que pareciam sapatos novos e um terninho de saia em seda, junto com a mãe de Maddie e a tia Gina. Gray engoliu em seco quando levantou o olhar e viu o pai parado no topo dos degraus que levavam à porta da frente, com as costas bem retas e o rosto quase apático.

Quase porque Gray podia jurar que tinha visto uma sombra de um sorriso ali antes de ele se virar e voltar para dentro de casa.

— Acho que essa é a versão de Hartson's Creek dos paparazzi — murmurou ele quando o carro parou.

— Eles parecem inocentes, mas vão te quebrar em trinta segundos — concordou Maddie, com os olhos brilhando de felicidade. — A gente devia ir lá encarar o público.

— Devia. — Ele a virou para encará-lo, depois deu um beijo doce nos lábios dela. Não estava com a menor pressa de sair e falar com as pessoas. Não quando ele podia estar beijando Madison Clark, para o contentamento do seu coração.

— Gray?

— Humm? — A palavra vibrou nos lábios dela.

— Acho que eles estão olhando pra nós.

— Deixa pra lá. — Ele a beijou de novo. — Eles precisam se acostumar. Porque eu pretendo te beijar muito.

— Parece terrível. — Ela retribuiu o beijo, sem fôlego.

Ele riu.

— É por isso que eu te amo. Você sabe alimentar o meu ego.

— Seu ego não precisa ser alimentado. Ele já é grande o suficiente. — A voz dela diminuiu, os olhos ficando mais suaves. — Eu também te amo, Gray Hartson. Embora não deveríamos funcionar juntos.

— Mas funcionamos — disse ele, com o coração crescendo umas dez vezes. Ela o amava, e isso iluminava o mundo dele como fogos de artifício. Ele nunca ia se cansar de ouvir isso.

— Funciona sim. — Ela se aproximou para beijá-lo de novo. — Agora, vamos encarar a inquisição. Eles estão começando a ficar inquietos.

Claro que Becca estava pressionando os dois, além de Ashleigh e da tia Gina.

— Tudo bem — concordou ele, os olhos brilhando de amor. — Vamos lá.

Epílogo

O dinheiro não só falava como também trabalhava por você, pensou Maddie enquanto encarava a casa. Tinha levado pouco menos de oito meses para construir. Desde o momento em que eles apresentaram as plantas para o comitê de zoneamento até o dia em que o último pedreiro foi embora, com a van laranja lançando uma nuvem de poeira ao desaparecer ao longe.

E agora não era mais só uma casa, era um lar. *O lar deles.* Onde os dois iam morar e trabalhar. Para onde a mãe dela ia se mudar em algum momento e se alojar no o anexo especialmente construído à esquerda da casa principal, que era adaptado às necessidades dela.

Havia um enorme estúdio de música no fim do quintal. Além de um estúdio de gravação para Gray, também tinha uma sala de música separada para Maddie. Ali, ela daria aulas para os alunos que tinha mantido e escreveria as próprias músicas. Maddie tinha escrito duas das músicas do último álbum de Gray e eram ótimas. Às vezes, ela precisava se beliscar para acreditar.

E, quando eram só os dois trabalhando no estúdio, o sofá de couro no escritório de Gray era o lugar perfeito para os dois se reconectarem.

Sim, isso *podia* ter acontecido naquela manhã. Podiam processá-la que ela não ligaria. Ele era namorado dela e era gostoso. Algumas coisas eram boas demais para dispensar.

— Que horas são? — perguntou Gray, sua sombra caindo sobre ela quando ele a abraçou por trás.

— Quase quatro — respondeu Maddie, inclinando a cabeça para trás para apoiar no peito dele. Gray se abaixou para beijar o pescoço dela, e Maddie sentiu tudo de novo. Aqueles arrepios, aquele tesão. Será que um dia isso ia parar? Ela sorriu quando imaginou que eles seriam o tipo de pais que iam deixar os filhos malucos com o excesso de afeto. — O pessoal deve começar a chegar às seis. Seu irmão ligou pra avisar que pousaram.

— Qual irmão? — Ele curvou a mão na cintura dela, deslizando os lábios na curva do seu ombro.

— Tanner. Ele vai pegar o Logan e o Cameron, lembra?

Ele sorriu na pele dela.

— Lembro. Eu só estava pensando qual deles ia ter a ideia de ligar. Eu devia saber que seria o Tanner.

Nos últimos meses, Maddie tinha passado a conhecer melhor os irmãos de Gray. Eles a acolheram e a provocavam do mesmo jeito que faziam com Becca nas ligações por vídeo. Eles a desafiavam a trocar uns socos quando se encontravam na vida real. Era difícil não se apaixonar por *todos* os Irmãos Heartbreak. Eles eram fortes e acolhedores e, se você fosse da família, eles te protegiam até a morte. Ela gostava do fato de eles fazerem parte da sua vida.

Até Ashleigh tinha admitido, contrariada, que eles eram legais. E isso era um elogio, partindo dela.

— Então, a família vai se reunir aqui hoje à noite e nós vamos ter uma grande festa amanhã — disse Gray, descendo as mãos pelos quadris dela. Maddie adorava o jeito como ele sempre precisava tocar nela quando os dois estavam próximos. Como se tivesse um pouco de medo de ela não ser real. — E, depois disso, a casa volta a ser só nossa.

— Até você começar a gravar daqui a duas semanas — lembrou ela. — E aí a banda vai ficar com a gente.

Ele levantou o olhar, franzindo o nariz.

— Você acha que eu posso adiar isso? Quero passar um tempo com a minha garota.

— Você passou muito tempo comigo. — Mas ela sorriu mesmo assim, porque sabia o que ele estava sentindo. — Eu fui com você pra Los Angeles pro álbum, depois você ficou comigo pra eu poder trabalhar com os meus alunos. E depois nós dois fomos pro México porque você precisava descansar.

— Talvez eu devesse repensar essa coisa de produzir — murmurou ele.

— Me tornar um marido caseiro, em vez disso.

— Você ia ficar entediado num minuto — disse ela, erguendo uma sobrancelha.

— Não ia não.

Ela sorriu.

— Ia sim. Você não conseguiu ficar sentado e quieto por cinco minutos no México. Acabou escrevendo quatro músicas. E, quando esta casa estava sendo construída, você ficava insistindo em ajudar os pedreiros. Vamos encarar a realidade, Gray, você é um cara que não gosta de ficar sentado sem fazer nada.

— Eu faria isso com você — disse ele, seus lábios se curvando num sorriso. *Aquele sorriso*. Aquele que sempre fazia o corpo dela tremer.

Ela pegou a mão dele.

— Então vem sentar comigo agora. Me conta o seu dia. Depois a gente pode se arrumar e esperar as nossas famílias. Você sabe que a tia Gina sempre chega cedo.

— E sua mãe e a Ashleigh sempre chegam atrasadas.

Ela sorriu.

— E os seus irmãos erram completamente o dia.

Era incrível a facilidade com que ele havia se encaixado no mundo dela do mesmo jeito que ela se encaixara com perfeição no dele. Como se houvesse um espaço com formato de Maddie e Gray na vida de cada um, esperando para ser ocupado. Em alguns fins de semana, eles realmente iam à igreja e depois iam ver Murphy — que finalmente tinha aceitado a demissão dela. E, em outros fins de semana, eles ficavam em Los Angeles, passando tempo com os amigos de Gray e falando com a gravadora. Ela até conseguira vender algumas das suas músicas diretamente para eles. Era fonte de orgulho não ser apenas o dinheiro dele que pagara pela construção da casa que eles estavam dividindo.

— Sabe, eu tenho uma ideia melhor — disse Gray, conduzindo-a pelos degraus da casa antes de puxá-la para os seus braços. — Nós temos uma hora antes de alguém chegar e uma cama enorme que está com saudade de nós. Devíamos dar uma olhada nela.

— Devíamos mesmo. — Maddie fez que sim com a cabeça. — Eu odiaria que uma peça inanimada de mobília se sentisse solitária.

Ele desceu as mãos pelas costas dela, as palmas aquecendo a pele através do vestido fino.

— Só tem um jeito de fazê-la se sentir melhor.

— Dormir nela?

Ele a puxou para a coxa, até ela não ter a menor dúvida de como o afetava.

— O que eu tinha em mente não inclui dormir.

Ela arqueou uma sobrancelha, adorando cada minuto.

— O que está incluído?

— Deixa eu te mostrar. — Ele a fez recuar até ela passar pela porta e entrar na cozinha, com os braços ainda segurando seus quadris. — Não vai demorar.

— Famosas últimas palavras. — Mas ela adorava mesmo assim. Adorava estar nos braços dele. Adorava ser beijada por ele. Adorava como ele sempre queria estar com ela, nela, *dentro* dela.

Porque era isso que ela também queria.

Certo, na verdade tinha levado um pouco mais de tempo do que ele planejara. Mas tinha valido cada minuto contemplando o corpo dela. Gray deixou a cabeça cair no travesseiro enquanto Maddie se aninhava o corpo no dele, com a cabeça apoiada no seu ombro.

Mesmo depois de tantos meses, ele não se cansava dela. Ele sinceramente achava que nunca se cansaria. Eles estariam velhos e decrépitos e ele ainda ia carregá-la lentamente até a cama para poder tê-la de novo.

— No que você está pensando? — perguntou Maddie.

— Em você ficando velha e enrugada.

— Eca. — Ela se virou para olhar para ele. — Que horror.

— Não. — Ele sorriu. — Eu estava pensando em como você vai ser sexy. Toda a pele sobrando pra eu beijar.

Ela revirou os olhos.

— Você começou a beber cedo?

— Esse sou eu, babe. Não preciso de bebida. Você é a minha droga. — Seus olhos brilharam quando encontraram os dela. Ele percebia que o amor que sentia por ela refletia neles, e isso o fez desejá-la de novo.

— É melhor a gente levantar. Tomar um banho. — Ela se virou de lado para verificar o relógio na mesa ao lado da cama.

Foi aí que a porta da frente bateu. Ela virou a cabeça rapidamente para trás, com os olhos arregalados enquanto uma voz gritava na escada.

— Gray, você está aí?

— Tanner — disse Gray, sem som. Maddie abriu a boca, e ele teve que engolir uma risada.

— Onde fica a cerveja? — Esse era Logan ou Cam. Gray ainda não conseguia distinguir as vozes dos dois.

— Para de abrir todos os armários, Cam. — Sim, esse *definitivamente* era Logan. — Você devia esperar até alguém te convidar.

— Eles chegaram cedo — sussurrou Maddie.

— É.

— E eu estou nua.

— Eu percebi. — A voz dele estava baixa e simpática.

— Você tem que descer e impedir que eles subam. — Maddie saltou da cama. — Diz pra eles que eu estou no banho porque... porque... eu passei o dia todo desfazendo as malas.

— Claro. — Ele deu um sorriso torto para ela. — Eles vão acreditar. — Ele saiu do colchão e pegou as roupas. — Vou me lavar bem rápido e descer pra dar um oi.

Ela cobriu o rosto com as palmas.

— Não acredito que eu deixei você me convencer a fazer isso.

Ele afastou os dedos dela devagar.

— Babe?

— Sim?

— Eles são meus irmãos. Eles não vão se importar com o que a gente estava fazendo. Eles podem fazer umas piadas pra te ver ficar vermelha, mas eles te amam. Então, vai tomar o seu banho e desce pra dar um oi, porque eles vão ficar felizes em te ver.

Ela respirou fundo, os olhos encontrando os dele.

— Tá bom.

Meu Deus, como ela era maravilhosa. Ele faria qualquer coisa por ela, de verdade. Ela não lutava só contra os próprios demônios, mas também o ajudava a lutar contra os dele. Ela era a pessoa dele, aquela que ele procurara desde sempre, e ele não queria nada diferente daquilo.

Quando ele desceu, os irmãos já estavam se sentindo em casa. O coração dele se aqueceu ao ver os três sentados ao redor da ilha da cozinha, bebendo as cervejas que Cam tinha achado na geladeira.

— Oi. — Ele sorriu ao entrar. — Tem uma pra mim?

— Oi, irmão. Claro. Sempre tem uma cerveja pra você. — Cam deslizou uma garrafa aberta pelo balcão, e Gray a pegou com a palma da mão aberta, salpicando cerveja na pele.

— Como foi a viagem?

— Foi boa. Tirando o ronco do Cam — comentou Logan.

— Eu não ronco.

— Ah, irmão, você ronca. Por que você acha que eu ficava no dormitório da minha namorada quando a gente estava na faculdade?

Tanner balançou a cabeça, os olhos encontrando os de Gray.

— Sua casa é linda. Vocês fizeram um bom trabalho.

— Obrigado. — Gray tomou um gole de cerveja. — Eu mostro tudo pra vocês quando a Maddie descer.

— Onde ela está? — perguntou Cam, olhando ao redor como se ela estivesse encolhida num canto.

— Tomando banho.

Logan riu.

— A gente interrompeu alguma coisa?

— O irmão Heartbreak mais velho ataca de novo. — Cam levantou a garrafa.

— Gente, pega leve. Ela passou o dia todo trabalhando e queria estar bem antes de vocês chegarem. — Gray balançou a cabeça. — Vocês tinham que chegar cedo, só pra variar.

— Não me diga que a gente interrompeu antes do fim — disse Tanner, rindo. — Cam, eu te falei que a gente devia ter esperado alguém abrir a porta.

— De jeito nenhum. — Cam sorriu. — Lembra daquela vez que o Gray me pegou com a Ellie Maynard na edícula? Essa é a minha vingança.

— Você tinha doze anos — disse Gray. — E a Ellie era namorada do Logan. E a edícula também não era sua.

— Sou gêmeo. — Cam deu de ombros. — Eu nasci pra compartilhar.

Gray abriu a boca para responder quando uma batida forte veio da porta dos fundos.

— Espera um pouco. — Ele foi abrir a porta e um sorriso se espalhou pelo seu rosto quando ele viu a irmã mais nova parada ali.

— Becca. Você é a única da família que tem educação, sabia? — perguntou ele, fazendo-a entrar. — Estão vendo? Isso é ser educado. Você bate, espera alguém atender e *depois* entra quando é convidado.

Becca sorriu para ele.

— Agora que você me convidou pra entrar uma vez, eu provavelmente vou entrar sem convite nas próximas vezes, como uma vampira. — Ela o abraçou e depois correu até onde os outros irmãos estavam sentados, deixando que eles a abraçassem e a provocassem como tudo que a família Hartson sempre fazia. — Obrigada — disse ela para Tanner quando ele abriu uma cerveja para ela. — E, a propósito, adivinhem quem está de volta à cidade.

— Shady? — sugeriu Cam.

— Cala a boca. Estou falando com o Tanner.

Cam fingiu levar um tiro no peito, segurando os músculos peitorais enquanto caía para o lado.

— Vou morder a isca — disse Tanner, sorrindo para a irmã mais nova. — Quem é?

— Savannah Reid.

Por um instante quase imperceptível, os olhos de Tanner se arregalaram. Depois ele tomou um gole de cerveja e ajeitou cuidadosamente a expressão.

— É mesmo? — perguntou ele, com a voz indiferente.

— Quem é Savannah Reid? — perguntou Gray.

— Na escola o pessoal a chamava de Van — respondeu Becca.

Gray piscou.

— Van, a melhor amiga do Tanner?

Becca sorriu.

— Ahã. Eu a vi na lanchonete ontem. Ela não falou muita coisa, mas fiquei com a impressão de que ela voltou de vez.

Tanner esvaziou a garrafa e a pôs sobre a mesa, sem dizer nada.

— A Vanzinha está de volta — disse Cam, sorrindo. — Caramba, ela era uma pestinha. Tudo que a gente fazia, ela fazia melhor. Pular sobre as pedras, jogar futebol americano, ela até ganhava algumas brigas. — Eles todos se juntaram com histórias da infância. Todos, menos Tanner. Gray percebeu o irmão encarando o nada, com uma expressão pensativa.

— Você está bem? — perguntou ele a Tanner.

— Estou, sim. Acho que vou pegar outra cerveja. Quer uma?

— Ainda estou bebendo esta. — Gray levantou a garrafa.

— A festa já começou? — perguntou Maddie, descendo a escada e entrando na enorme cozinha. — Achei que fosse amanhã.

— A Maddie chegou — gritou Becca, correndo para abraçá-la. — Graças a Deus, eu estava ficando sufocada com tanta testosterona.

Depois de cumprimentar os irmãos de Gray com abraços, Maddie deslizou o braço na cintura do namorado e beijou a bochecha dele.

— Tudo bem? — murmurou ela.

— Mais do que bem. — Ele se virou para beijar os lábios dela. Cada palavra era verdadeira. Ele estava cercado pela família. Aqueles com quem nascera e aquela com quem estava construindo uma família, e não conseguia pensar em nada mais perfeito. Cameron abriu mais uma cerveja e entregou a ela. Gray a puxou para o seu colo, o banquinho do café da manhã resistindo ao peso dos dois.

Ele curvou os braços ao redor dela e inspirou o aroma fresco do xampu, sentindo que finalmente estava em casa.

No pensamento de Gray, não havia nenhum outro lugar em que preferisse estar.

Impresso no Brasil pelo Sistema Cameron da Divisão Gráfica da
DISTRIBUIDORA RECORD DE SERVIÇOS DE IMPRENSA S.A.